作者简介

塔巴塔巴

塔巴塔巴，2002年起在《科幻世界》刊载翻译作品，并尝试写作；2003年起在清韵、科幻世界等网站论坛发表作品；2004年接触九州题材，很快成为忠实拥趸和新生代创作力量，是"贲朝史纲补完计划"的最早参与者和主力作者之一。

画师简介

ESC，插画家/漫画家，GGAC全球游戏美术概念大赛专家团荣誉专家，作品《沉醉东风》入选首届全国动漫美术作品展。作品有"古代名剑拟人系列"《杀鱼集》《菜刀集》；古诗词系列《江城子》《沉醉东风》等；参与编写《涂鸦王国13周年画集》。

九州

澜州战争

九州系列长篇巨作

塔巴塔巴 著

——珍藏版——

WAR IN DARK WOODS

重庆出版集团 重庆出版社

图书在版编目(CIP)数据

九州·澜州战争:珍藏版/塔巴塔巴著.—重庆:重庆出版社,2023.5
ISBN 978-7-229-16683-0

Ⅰ.①九… Ⅱ.①塔… Ⅲ.①长篇小说—中国—当代 Ⅳ.①I247.5

中国版本图书馆CIP数据核字(2022)第047801号

九州·澜州战争(珍藏版)
JIUZHOU·LANZHOU ZHANZHENG(ZHENCANG BAN)
塔巴塔巴 著

责任编辑:唐弋淄 唐 凌
装帧设计:谢颖设计工作室
封面/插图:ESC
责任校对:朱彦谚

重庆出版集团 出版
重庆出版社

重庆市南岸区南滨路162号1幢 邮政编码:400061 http://www.cqph.com
重庆出版社艺术设计有限公司 制版
重庆豪森印务有限责任公司 印刷
重庆出版集团图书发行有限公司 发行
E-MAIL:fxchu@cqph.com 邮购电话:023-61520646
全国新华书店经销

开本:890mm×1230mm 1/32 印张:8.375 字数:195千
2023年5月第1版 2023年5月第1次印刷
ISBN 978-7-229-16683-0
定价:84.00元

如有印装质量问题,请向本集团图书发行有限公司调换:023-61520678

版权所有 侵权必究

目录

- 001 九州·冲锋
- 063 九州·弯刀之夜
- 131 九州·天河水
- 238 九州·公主列传及其他

九州·澜州战争

WAR IN DARK WOODS

九州·冲锋

四月十一　晨

灰色的天空，恼人的细雨，湿滑的沙石路面上寸草不生，乌鸦和秃鹫在雨中敛了翅膀，藏身于岩石的缝隙中，神情严肃地注视着峡谷中默默行进的马队。高大的北陆马时不时在雨雾中打着响鼻，骑士长袍下贴身的皮甲永远都湿腻腻地贴在身上。

这就是澜州吗？

孙宁一边不耐烦地拉扯着皮甲的束带，一边打量两侧嶙峋峭拔的石壁。一过索桥关，他就感到浑身难受。这并不只是因为天气，或是地势；虽然澜州秋天的雨水并不多见，但百里天线峡的险要却早有耳闻。再者说，他毕竟是身经百战的军人，也曾经藏在死人堆里吃过半个月的腐烂马肉，喝过西江里腥臭不堪的血水。真正让他不自在的，是过索桥关的时候，守将居然给他们送行。当时他压在队伍的末尾，最后一个过了锈迹斑斑的铁索桥，无意间回头望去，却见黝黑的关城上，四面玄色大旗的旗杆尖上都顶了雪白的缨子，仿佛刺破青天的四只白鸟，在沉沉暮色中耀着人的眼球，分外突兀；而索桥关的主将，大贲朝的武威将军笔直地站在最高的垛口前，顶盔贯甲，手擎大旗，目送这七百人一千七百匹马消失在西澜州的茫茫细雨中。

这是大贲朝军人给予出征将士最高的礼遇；而受到这种礼遇的将士，多半一去不回。

问题在于，孙宁自己都不知道，这次他算不算出征。

他只是贲朝禁军虎翼第四营的游击，这次带着麾下一百二十精骑加入到马队里来，而且只穿了最寻常的皮甲，带了短兵，重甲长兵一概藏在马腹下的箱子里。直到现在，他收到的命令仍然是"一路收敛行藏，押送一千马匹过索桥关，出天线峡，最后交到山这边的羽人手中"。带队的是禁军选锋三营主将，破虏将军洛晨钟。三年前西江之乱的时候，他们共事过，没想到前几天见面的时候，将军还记得他这个游击的名字。

正思量间，他便听到前面有人唤他。乌衣的传令兵伏在马背上，顺着岩壁一溜过来，"洛将军有令，四路游击速向中军靠拢"。七百骑兵，虽然分别来自四个不同的大营，七八天工夫就被洛晨钟收拾得井然有序，行军扎营的时候，表面上不按军制，但内里却捏成一个牢牢的拳头，蕴着不可小视的力量。一方面，这要归因于洛晨钟治军有方；另一方面，也是因为七百骑兵都是十万禁军里的精锐，个个都久经沙场，根本不用军官多操心。

孙宁一路压在队尾，等他赶到中军，其他三个游击都已经聚在洛晨钟的两侧。洛晨钟身材并不高大，面色黝黑，声音沉厚，仿佛胸腔里有巨大的腔洞,每次张口都有嗡嗡的回响。"到今天晚上,我们就能到达峡口,"洛晨钟抬头扫视一遍身边四个游击,"地形马上就要开阔起来,招呼各自弟兄,把队伍收紧,约束马匹,别乱了阵脚。"

四个游击交换了一下眼色,年纪最长的一个问道:"既定队形?"这是禁军选锋营游击贺翔,本来就是洛晨钟的手下。

洛晨钟点点头,"对"。

四个黑点无声无息地向队伍两端散去,很快就消失不见,仿佛湮没在浊流间的鱼。

B.
四月十一 午后

走马山纹面羽斯特兰城的巡城官,白鸟团第一副团长哈斯·克鲁·艾格瑞特极其讨厌这种湿漉漉的天气,他简直烦透了。在最近的一段时间里,他的全部生活都在与他为敌。除了他之外,澜州羽族第二大城邦的所有首脑,也就是纹面羽的所有高层人士,已经统统赶往北澜州的神木园,参加五十年一度的泰格里斯神光辉典。他们甚至可以看到泰格里斯天圣女的光芒之舞!据说在整个典礼的高潮时候,天圣女三天三夜不停的光芒之舞最终会照亮整个北澜州的天空,让日月星辰都黯然失色。可是他,纹面羽的第五号人物,艾格瑞特家族克鲁系的正宗继承人,却一个人孤零零地守在空旷阴冷的高塔中,看着窗外绵延不绝的淫雨,悲慨人生。

窗外的细雨让人心烦意乱,但他宁愿把头探出窗户,永远不缩回来。他面前桌上有堆积如山处理不完的公文,各式的纸张上涂抹着各种不同颜色的笔迹,散发出桦树、花椒树、杨树以及龙爪树的味道,内容也五花八门,应有尽有。他素不知道,城市的政务官原来是这么可怕的差事，只代理了八天，他就已经接近崩溃的边缘。

这些天最让人头疼欲裂的问题，是城市污水处理系统重建工程。他的代理政务官生涯开始不到三天，西澜州走马山地区就遭逢一场特大暴雨。这场暴雨对整个斯特兰城周边地区的农业和交通状况都造成了极其恶劣的影响，但最为可怕的后果是：城市污水处理系统遭到了严重的破坏。据不完全统计，全城共有四十二处下水道淤塞，十九处被冲毁，毫不夸张地说，斯特兰城的污水处理系统已经完全瘫痪，而城市卫生状况也因此大受影响，市民生活质量严重下降。在斯特兰城这样一个推崇自由的城邦，民意的力量绝对不能忽视。现在他面前的信件中，三分之一是市民寄来的措辞强硬的抗议信。不过他目前也无计可施，重建工程需要大量的人力、物力和资金，作为一个权力有限的代理政务官，他没有办法在短时间内调集足够的行政资源，开始大规模重建工程。但他也不能无所作为，那样的话，民愤积聚，事态可能会演化到无法收拾的地步。所以他一边派遣城市环卫和建设机构的人员，在各处下水道口装模作样或者零敲碎打地开工，一边躲在斯特兰塔中，处理各种各样的抗议信。

当然，除了抗议信，还有许多其他种类的公私信函，其中他唯一稍微感点兴趣的是求爱信。其实他处理信件的一半以上精力和时间都花在阅读求爱信上。这是轻车熟路的活计，自从成年礼之后，英俊的副团长大人每天都会收到数量不等的求爱信，以及一些思春少女寄来的奇怪的小礼物——当然了，也有少妇寄来的，只是他从来不予理会。心情好的时候，他会拣几封纸张质量较好、气味也比较芬芳的求爱信，给予最简洁的回复——哈斯·克鲁·艾格瑞特副团长是个粗人，他看不懂其中的文采高下。

在翻拣求爱信的时候，他突然在纸堆里找到一封样式独特的信件，淡黄色的桑皮纸封面，角落处火漆鲜红。他拿起信封闻了闻，味道很淡，而且没有特定树种的气息——这是中州人大规模造纸业的产物。他警觉地看了看封面，那上面用通用语和羽族语两种文字工工整整地书写着：永恒王朝斯特兰城白鸟武士团团长大人启。落款是：菸阳陆。

对于古老而优雅的羽族文字，副团长大人其实一窍不通，他唯一能掌握的就是自己名字的拼写；当然了，对于简洁明了的通用语，他的研究也不是很深。艾格瑞特家族的族姓在通用语里应该是"经"，而与中州人打交道的时候，他的名字应该叫做经夏。幸好，信件的内容完全以通用语写就，刨去繁文缛节寒暄客套，内容只有一点：

艾格瑞特王家白鸟武士团有史以来最大的一笔采购——一千匹北陆马将于本月底到货，负责押运的则是马商从菸阳路护团聘请的一百二十名路护，都是骑手。

哈斯觉得很振奋。白鸟团纹面骑兵的实力即将得到极大的补充，而他正是这三千锐骑的直接统领。澜州羽族十大城邦中，纹面羽的斯特兰城是唯一拥有骑兵的，甚至在秋叶城的青羽眼中，骑兵本身就是离经叛道的产物，它代表着羽人离开了世代繁衍的森林，走向无遮无拦的平原。"那些腐朽的脑袋，就该烂死在夜沼腐臭的水草里。"哈斯不屑地想道。菸阳路护团，一百二十名骑兵，这是哈斯从军三十年来第一次见到中州人的骑兵。想到这一点，他的心中就有些不安的躁动，还有点隐隐的兴奋。

四月十一　正午

孙宁骑在马上，不动声色地看着对面的羽人。那羽人正和洛晨钟飞速地交谈，眼珠子却滴溜溜乱转，仿佛要把周围的环境和这支队伍的状况都扫在脑子里。洛晨钟还是一贯的沉稳模样，耐心地向对方解释，为什么押运队不是一百二十骑，而是七百骑。昨天晚上碰头的时候，将军说最担心的就是羽人起了疑心，不让骑兵靠近走马山斯特兰城。至于他们为什么要去斯特兰城，他没说，大家也不问。不过将军的担心似乎是多余的，对面来交涉的羽人使者看到马队以后喜形于色，根本没有阻拦的意思。此时孙宁对这些羽人不禁有些小视，难道他们真是从小只知道爬树，一个个天真得发傻？轻视对手是军人大忌，他暗暗地告诫自己。

洛晨钟也有些诧异。根据地图显示，他们的马队已经逼近了天线峡的喇叭口，再往前走十里，两侧的山崖就到了尽头，走马山低矮平缓的丘陵带中，他的骑兵就可以恣意驰骋。可是眼前的羽人却没有一点提防戒备的意思，居然肯让他们一路行到斯特兰城下，再谈定最后的交易。

既然大家没有分歧，交货的时间地点很快就谈拢。那羽人使者似乎对他们这队骑兵抱着极大的兴趣，居然提出要巡阅他们的队伍。洛晨钟没有丝毫的迟疑，很爽快地答应了他的请求。这支所谓的"荥阳路护骑兵队"分了四个组，在天线峡中一字排开，所有骑兵都勒着坐骑，静静地分列在马队的两侧。其实一出索桥关洛晨钟就吩咐过，让大家行进扎营的时候不要太守着禁军的规矩，尽量显得散漫一点。所以许多人便故意披着头发敞着怀，驱着马匹踩出凌乱的步子，时不时大声吵闹喧哗，故意流露出一些野兵的做派。选锋营的贺翔看了大摇其头，说如果禁军教营的教头们看了精锐骑兵的这般面孔，多半是要吐血而亡的。那羽人使者骑着一匹雪色的骏马，轻飘飘地穿过他们的马队，有些兵士一言不发，有些却故意摆出满不在乎的样子来，胯下的马匹也随着主人的架势，轻轻地晃动着脖子，脚下不时挪着细碎的步子。羽人毫不在意，一路饶有兴致地看过来,眼睛瞪得老大,十分好奇。破甲营游击王洋靠近孙宁,小声念叨:"他那马可真俊。"王洋身材高大,爱马如命,胯下的花斑马也是这支队伍里最魁伟的。

孙宁笑了笑,"光是长得漂亮,多半打仗不好用吧"。

王洋表示赞同,"你看他那小身板,能拉得开么?"

踏白营游击赵卫的枣红马轻轻踱到他们身旁,"也不见得。听说羽人都是天生的弓箭手,咱们还是莫要轻敌。"他脸颊瘦削,脾气平和,不过眼中时时会闪过刀锋般锐利的光芒。

王洋满不在乎地笑笑,"躲在林子里射箭或许真是他们的特长,可骑在马上冲锋陷阵,他们无论如何也不是对手吧"。

赵卫笑笑,"对啊。看他们的体格,恐怕没一个能挥得动斩马刀,端得起穿山矛"。

说话间,那羽人已经看完了他们的队伍,很遗憾地扭回头,对身后伴随的洛晨钟说:"你们就没有长兵器吗?"

洛晨钟一惊,不知道他是不是看出了什么端倪,心里的念头绕了几绕,却没有马上回答。

那羽人以为他没听明白,便用手比画着说:"就是这么长的,哦,比这还长的,比如说长矛啊、长刀啊……"

洛晨钟迟疑了一下,谨慎地回答:"我们是路护,一般只会对付盗匪,用不着那些冲锋陷阵的兵器。"

听了这话,那羽人脸上的失望之情溢于言表,"唉,原来你们都没有啊。还以为你们是真正的骑兵,没想到只是些骑马的武士"。

洛晨钟身后的贺翔颇有些不忿的神色。他看了看洛晨钟的脸色,随即接过话头:"我们只是荥阳最寻常的路护,上不得真正的战场。中州真正的骑兵都在天启禁军,那才是百战百胜的威武之师。"

"哦,"羽人无奈地应了一声,"不知道什么时候,我才有缘看见那些真正的骑兵。"

贺翔嘿嘿一笑,"有机会,经大人一定……"话说一半,他便触到洛晨钟凌厉如刀的目光,心里一寒,剩下的半句吞回了肚里。

羽人似乎没发现这微小的表情变化,只是自顾自地摇着头,心里多半还在叹息。

四月十三　上午

斯特兰城的双马议事大厅里一片嘈杂,走马山纹面羽斯特兰城的巡城官和代理政务官,白鸟团第一副团长哈斯·克鲁·艾格瑞特正在忍受长老团喋喋不休的无端指责。他并没有戴着平时的白鸟头冠,而是戴了政务官的黄色翼形头饰。他规规矩矩地坐在大厅中间的椅子上,脸上写满了忏悔和愧疚的表情,眼睛里却隐约闪烁着狡黠的光芒。

长老团批判会的主题是:身系十七万纹面羽命运的代理政务官大人,无论如何也不该冒充一个联络官,跟人族贸易代表团会面。他们的理论依据是:中州人是残忍而贪婪的种族,他们永远包藏祸心,永远图谋不轨。

长老团批判会的运作方式是:先由今天的当值长老宣布批判会开始,并且宣布批判的中心思想;然后由长老团推选的三位长老从三个不同的角度论述哈斯这种行为的动机、危害,以及在纹面羽臣民中造成的恶劣影响;然后是自由批判阶段,每位长老均可按照自己的理解,向哈斯提出质询甚至斥责;最后是当值长老总结陈词,将哈斯的行为归结为《斯特兰博格天命书》第四章列出的十二种妄行之一(或之几),责令他深刻反省,不得再犯。

这项澜州十城中独具特色的长老团批判会制度,已经在纹面羽族群中实施了超过七百年的时间,是纹面羽一项引以为傲的光荣传统。它可以有效地避免艾格瑞特家族权力的过分集中,时常提醒他们只有广大的纹面羽民众才是这西南澜州丘陵和草原的主人,即使是额头上有三道血痕的艾格瑞特纹面王,也要每隔一段时间坐到议事大厅的正中间,接受长老团的质询。

哈斯其实对这阵势并不在乎,他是惯犯,从成人典礼开始,他隔三岔五地坐在这里挨训,早就麻木了;当然了,在那之前,长老团早就恨了他十几年,只是碍于法典,无法对孩子下手。哈斯从小就是出了名的疯孩子,胆大妄为,偷过天马厩的倐马,拆过议事大厅的长椅,为了替朋友泄私愤,还曾一把火烧了斯特兰城的西外门。不过他也是出了名的聪明,颇有机警百出的头脑和当机立断的作风,即使闯了那么多的祸,也还是深得纹面王的宠爱,所以长大以后在白鸟团待了不到十年就坐上了副团长的位置。这次纹面羽高层全员出动,单派他留守,一方面是因为怕他在秋叶闯祸,另一方面也是信任他的能力。纹面王早就说过,如果哈斯能收敛心性,练就沉稳内敛的气度,下一代纹面王的位置或许就要传到克鲁系了。哈斯倒是不以为意。比起做一个气度沉稳的纹面王,他似乎更中意现在的生活。

现在批判会已经进行到第二阶段的尾声,一个满脸皱纹的长老正在一一列数哈斯早年间犯下的无数罪行,语言铿锵有力,感情真挚饱满。可巡城官的思绪早就飞到天线峡的入口,在那里,中州人的七百骑兵正驾着高大的战马,踏着不疾不徐的步子,缓缓走出峡谷末端的喇叭口,投到低矮却蜿蜒起伏的走马山丘陵中。

白鸟团的团长历来由纹面王兼任,所以第一副团长就是白鸟团实际的最高指挥官。哈斯带了这么多年的兵,深知真正军人的做派。那种骨子里的坚韧和镇定,只能从那些见惯了生死、刀下饱饮人血的军人身上才能见到。所以他第一眼看到那支七百骑的押运队，马上就嗅出了他们身上浓重的血腥味。那队骑兵绝对不是来送马的。他们绝不是什么菸阳的路护，他们都是真正的军人，身经百战以一当十。哈斯甚至有些羡慕那个黑脸的将军，能指挥这样一支精干的队伍是每一个将军的梦想。要知道，白鸟团已经百年未经真正的战事，虽然训练有素，但一旦上了战场，面对那些杀惯了人的虎狼，不知道能不能有令人满意的表现。

不过，那一天眼看着是不远了。

泰格里斯神已经拔出了他的巨剑，白鸟团的游骑兵已经悄悄出城，抄向敌人的后方；弓箭手们正从周围的村落里赶来，到了后天下午，至少可以聚齐两千兵力；秘术联盟的秘术士们正在彼此传递着信息，三天之内就能集结完毕；而白鸟团最引以为傲的兵力，三千骑兵主力在昨夜已经全员整备，只等着冲锋的号令。

哈斯闭上眼睛，在脑海中勾勒出一幅完整的战场调度图，刀枪齐舞战马嘶鸣，那真是令人迷醉的画面啊。突然间，他的思路被一声苍老的厉呼打断。

"代理政务官大人！请专注一点！"

四月十三　午夜

多年的征战使孙宁养成了一个很好的习惯——无论何时何地，一躺倒就能睡着，但任何异常的响动都会让他立即醒来，而且一旦醒来，便毫无倦意，提上刀就能出门厮杀。所以传令兵的脚步一走近他的帐子，他便醒转过来。午夜的时候，洛晨钟紧急召集四路游击，肯定有什么迫在眉睫的大事。

洛晨钟的帐子比孙宁的略大，五个人聚集在里面也显得很拥挤。四个帐角都拉得严严实实,生怕那点昏黄如豆的灯火会泄漏一丝一毫出去。洛晨钟背对着灯火,面目隐在浓重的阴影里,看不清一点神色。他看大家到齐,便招呼一下踏白营赵卫:"赵兄弟,把你的消息通报一下。"

赵卫坐在帐门附近,皮甲绳结被雨水浸得发黑肿胀,显然这一宿未曾摘除。他轻声说道:"今天出天线峡,昨天放出去的四路斥候已经全部返回。四路一共十六个人,损了七个,还剩九个。其中扫尾的一路全员返回,带回两件东西。"说着,他从怀里摸出两件物事,放在灯火较亮的地面上。大家凝神去看,一件是一支羽人样式的短箭,箭杆轻细,箭镞上还沾着血迹;另一件是半条撕裂的绑腿,更是血迹斑斑。赵卫接着说:"这两件东西说明,在我们身后至少有两伙队伍,一方是羽人的弓箭手,另一方似乎是自己人,却不为我们所知。他们已经交上手,明显是羽人占了上风。"

贺翔神色严肃地说:"这说明两件事:一、羽人对我们并非毫无提防,甚至已经严阵以待,随时准备动手;二、我们身后有人跟踪,不知来路。"

洛晨钟点点头,"那天来谈判的羽人联络官绝对不是泛泛之辈。我们的伪装,怕是瞒不了他。还有,我们身后那队人也并不神秘,我待会儿再说,赵兄弟,你继续说"。

赵卫继续说道:"左路斥候损了一个,右路损两个,他们报告的情况大体类似。羽人的游骑兵正在向我们身后运动,看样子似乎想扎住峡口,让我们无路可退。而且敌人非常谨慎,两路斥候均被轻易发现,但交手之后,却无意赶尽杀绝,似乎不怕我们发现。前方的一路探子损失最重,只剩下 个,已经身负重伤,被我派出的后援找到,队伍里的军医正在照料,但不知道是否能挺过今晚。看样子,正面敌军兵力最强,戒备也最严。"

洛晨钟点点头,"大家有什么看法?"

营帐里密不透风,昏暗的灯光却仍在微微跳跃。每个人脸上的暗影都在摇曳,显得阴晴不定。孙宁想了想,还是问道:"我最想知道的,还是身后那伙人的来历。"

洛晨钟看了看他,又看了看大家,沉声说道:"那好吧。事到如今,我也该告诉大家此行的真正目的。"

四个游击屏着气,静静地听着。

"我们七百兄弟一道,过天线峡来到澜州,名义上是为了送马,实际上是替我们大贲朝试试澜州羽人的深浅。西江一役之后,宛州不足为虑,大贲朝下一步攻略的目标,就是羽族占据的澜州。可是中州战乱多年,羽族与我们人族已经百年不曾来往,羽人的兵力虚实战力强弱,谁都没有把握。所以陛下亲令禁卫司马大将军从禁军中挑选骑兵精锐,杀奔澜州探探羽人虚实。为了掩人耳目,不给羽族王朝责难的口实,我们要扮作商队的路护——大家可明白?"

四路游击迅速交换了一下眼色,最后还是贺翔问道:"背后那伙人又是怎么回事?"

洛晨钟沉吟一下答道:"上头也没跟我提到这伙人。但据我猜测,他们应该不隶属于禁军辖制,而是陛下的亲卫,或是相府的内卫。他们的责任,恐怕是要时刻监视观察我军战果,随时向天启回报。"

王洋愤愤地说:"难道我们自己不会回报么?禁军难道还要内卫来监视?"

洛晨钟摇摇头,"不是不信任,但如果我们全军覆没,又怎样自己回报呢?"

孙宁心里一寒。本来还要多问的,看来也没有必要了。

帐里寂静下来,洛晨钟借着灯火看看大家晦暗不清的表情,又问道:"这个先不谈,禁卫司给我们的任务,只是与羽人交一次手,打上一仗。羽人的反应比我们预想的更快,现在已经没有突然袭击的可能。这仗怎么打,何时打,往哪个方向打,你们有什么看法?"

贺翔先说道:"照现在形势,羽人游骑已经扎到我们身后,看来有吃掉我们的打算。如果为全身而退做打算,不如先回军天线峡,抢占峡口,好有个退路。"

王洋接道:"如果只守在峡口,的确足以自保,但并不对羽人造成严重威胁,羽军主力不见得会出动,我们此战的意义又何在呢?"

贺翔不再言语,赵卫说道:"看目前形势,左右两翼未有敌军主力,最多只有游骑骚扰监视。敌人主力尚在前方斯特兰城一带。羽军反应虽快,三两天内完成集结准备已经不易,目前应该还不到主动出战、寻歼我军的时候。"

洛晨钟看着他说:"你的意思是,我们应该抢先动手?"

赵卫点点头,"事不宜迟,如果等敌人动手,恐怕就不妙。"

"那如何动手,向哪个方向打?攻城还是野战?"洛晨钟提出一串问题。

赵卫一时间回答不上来,只好老老实实回答:"属下还没多想。"

洛晨钟又转向孙宁,"你怎么看?"

孙宁心里盘算了几圈,谨慎地说:"先动手是没错的。我们是骑兵,攻城是下下策,何况我们也没有攻城的实力。如果野战的话,敌强我弱,最好能在敌人准备妥当之前诱其出战,这样还多了几分取胜的把握。"

洛晨钟赞许地点头,"我也这么想。不过,在这样计划中,究竟什么样的诱饵才能诱使他们仓促应战呢?"

孙宁看着洛晨钟模糊晦暗的脸庞,依稀中有目光闪亮,"洛将军心里早有安排了吧?"

洛晨钟微微一笑,"安排说不上,只是改你一个字——'诱敌出战',不如'迫敌出战'。"

孙宁的嘴角也浮出一丝隐隐的笑意,"先咬他们一口,让他们知道疼"。

洛晨钟点点头,脸上的笑容却黯淡了。

灯盏里的灯油在渐渐耗尽,四个游击静静地坐着,谁都没有言语。

洛晨钟站起来,头几乎碰到帐篷的顶,"收拾兵甲,拂晓前出发,全军向左。"

B.

四月十四　傍晚

樟木味,又是樟木味。为什么所有恼人的公文信函都是樟木味的?难道是为了刺激阅读者的鼻子和脑袋?哈斯手里捏着几叶薄薄的樟木纸,脸色非常难看。当然了,比味道更让人恼火的是公文的内容。

中州骑兵的动作远比想象的快。他们已经撕下交易马队的伪装,露出狰狞的面目。今天一早他们就扑向斯特兰城北方,袭扰那里散居的平民,一天之内,这些残暴的野蛮人已经烧掉了三个村子。不过,幸亏人员损失并不大。那些中州人似乎无意大肆杀戮,他们每次都大张旗鼓地冲进一个村子,把村民赶得四散奔逃,然后放一把火把村子夷为平地。也幸好走马山一带丘陵起伏,多的是草场平地,森林本来就不算浓密,要不然惹起森林大火,麻烦就大了。目前的伤亡报告显示，三个村子的六百余名村民共有四死十伤。四个死者均属于敌人袭扰的第一个村子，三个年轻的弓箭手和一个秘术学徒在抵抗中被杀，还有五人受伤。剩下的五个伤员来自其他两个村子，三个是逃散途中摔伤的，一个惊慌失措被敌人的战马踩伤，一个坠入河里差点淹死。

现在敌情已经传到斯特兰城，市民们一片哗然，各种流言蜚语开始在街头巷尾流传。千骑之城百年未有战火，突然中州骑兵来犯，市民们都有些不知所措。长老团又向政务厅发出质询公文，要他向双马厅做出解释。他这次可没时间答理这些顽冥不化的老头子，战事在即，他可以援引《斯特兰博格天命书》第二章第九条规定的紧急避险原则，在危急关头暂时无视长老团的意见，根据自己的判断行事。

他知道安定民心最好的措施就是立即出兵，甚至一次振奋人心的出城式都能大大鼓舞全体市民的士气。白鸟团主力骑兵已经蓄势待发，弓箭手也已经集合得差不多，但秘术士分队还没有到位，游骑兵刚刚抵达天线峡口，尚未布置好阻击阵地，现在并不是交战的最好时机。虽然敌人只有七百骑兵，但他决不愿意用羽族骑士的鲜血来换取敌人的头颅，只要再等两天，等上两天，他就有把握以最小的代价消灭敌人，让敌人的最后一滴血都留在西澜州的土地上。

但敌人是训练有素的军人，抢攻袭扰的目的无非就是逼迫白鸟团仓促应战。两天，他等得起吗？

这时候，门铃响了。哈斯大人轻轻咳嗽一声："进来。"

褐衣的中年羽人伸手拂开悬挂在门前的藤蔓，脚步沉重地踏上斯特兰塔六边形办公厅的活木地板。哈斯心里不禁一颤，那些沾满污泥的脚印，一会儿要费上好大工夫才能擦拭干净。

斯特兰城的营建官，安德·克塞·艾格瑞特是个粗线条的男人,他的靴子上永远沾满泥水,他的嗓音永远洪厚如钟。

"伙计,现在没人关心下水道了,我们还干不干?"

A.

四月十五 中午

太阳早就出来了,地面依旧是潮的。孙宁勒着马,扶着鞍桥上的长刀,面无表情地看着眼前宁静的羽人村落。它马上就要化为灰烬。这将是两天内焚毁的第五座村庄,而斯特兰城的羽人军队还没有出动的迹象。五次突袭,负责点火的是他的虎翼骑兵。破甲营是矛骑,没有虎翼刀骑的轻捷灵便;踏白骑兵是游骑,长于搜索袭扰,被洛晨钟派作警戒;而选锋营作为洛晨钟的本部,自然要留在手里不能轻动。

孙宁并不喜欢这个差事。驱赶屠戮一些手无寸铁的羽人平民,并非值得夸耀的功绩。幸亏洛晨钟并不好杀,只是让放火,并不着意赶尽杀绝,所以虎翼骑兵并没有沾到多少血腥。他也特别吩咐下属,能吓则吓能赶则赶,尽量不要伤到人命。手下的兄弟们都还听话,只在昨天第一个村子里遇到抵抗时,从树上射下四个羽人来,三个弓手,一个秘术师。看到秘术师他有些惊诧,传说羽族中有秘术天赋的要比人族多些,可没想到寻常村子里就能找到。不过敌人毕竟还是平民,他手下的兄弟不过三个挂彩。羽人的狩猎短箭根本穿不透他们的板甲,只有无遮拦的四肢才会受箭伤。这让他的兄弟们很振奋,冲锋起来毫无忌惮。焚烧后来三个村子的时候都很顺利,羽人们似乎已经得到消息,骑兵一来就四散奔逃,根本不做任何抵抗。眼前这座村子静悄悄的,或许人早就跑光了。

孙宁挥挥手,两支十人队从他身侧掠过,乌黑的战马踩着碎步,轻盈地穿过平整的草地和稀疏的灌木丛,向那座林中村落扑去。孙宁带着主力跟在前锋百步之后,绰着短弓,谨慎地搜索前进。再往后两百步远,洛晨钟带着大队严阵以待,随时准备接应。二十骑前锋很快穿过村边的草地,踏上进村的小路。村子里地形看来比较复杂,二十骑转眼就不见了。孙宁发个手势,九十七名骑兵一起勒住马,停在村子百步之外。村子里还是一片宁静,看不出有什么异常。如果不出意外的话,前锋很快就会放出信号,虎翼主力就会点燃火把,把这片林子(或村子)烧个干干净净。

可是,出意外了。孙宁等了很久,那村子还是死一般地沉寂。他下意识地捻着右手的指环,回头张望。骑兵大队还在远处稳稳地等着。胯下的乌骓马似乎也感觉到主人的焦躁,不安地踱着步子,像是嗅到了前方危险的气息。孙宁知道干等不是办法,便唰的一声抽出长刀,高高举起,"大家听好,散开队形,先不要点火,冲!"

九十七名骑兵高举着刀,在村外的空地上,哗啦啦排成稀疏的直线,从正面扑进村里。

一进村孙宁马上发现不对。这座浓荫遮蔽的树村从外面看死气沉沉,里面却狂风呼啸,大风嘶喊着在林间盘旋,卷起无数枯枝败叶,空中尘土弥漫,五步之外不能见人。孙宁马上勒马回转,想即刻撤走,可来路一样模糊不清,他根本找不到方向,林子里也不敢策马飞奔,他只好稳住心神,想收拢身边的队伍。不过他的声音在呼啸的风声中实在微渺,一张开口就有尘土灌进来,用尽全力吼叫,自己都听不到。

孙宁知道不妙,便不敢乱走,下了马牵着缰绳往旁边摸索。很快他摸到一棵一人抱的大树,赶紧把缰绳拴在树上,从马鞍上解下长刀和短弓,顺着树摸索了一圈,寻找往上爬的支点。据他对前几个村子的观察,这么粗的大树树杈上往往都架着树屋,他要到高处瞧一瞧到底发生了什么事。

风依旧是那么大，孙宁费了好大劲，才在另一棵大树上找到比较低矮的杈子。他费力地爬了一层，觉得身上的板甲实在碍事，便脱下来扔在地上，心说这下可挡不住敌人的短箭了。

B.
四月十五　下午

哈斯有些坐不住了。其实上午传来消息说人族骑兵逼近鬼哭村的时候，他就知道事情要坏。斯特兰城防兵力本来有万无一失的计划和详尽周密的安排，可以在最短的时间内以最高的效率集结分配兵力；但自从现任秘术联盟大长老塔图·阿莫斯上任以来，此项行动的效率就打了很大的折扣。这位惹不起的老头子自从二十年前搬进鬼哭村以后，就没有离开过一步。据说那里是整个西澜州的风眼，天线峡里终年游荡的穿峡风的起点就在鬼哭村东的山口，所以亘白术士修炼风术，那里就是最好的地点。阿莫斯老头的风术号称独步澜州，比起神木园的亘白长老也不逊分毫，鬼知道他还有什么可修炼的——对了，所以他才会去那个叫鬼哭的村子，跟他唯一的知音鬼兄弟在一起生活。

阿莫斯不肯挪窝，秘术联盟的核心就必须随他固守鬼哭村，而斯特兰城配合白鸟团作战的秘术师分队的集结时间就大受延误。现在人族骑兵误打误撞碰到秘术师的窝子里，依着那老家伙的性格，必然要大战一场。这下子，倘若联盟有点什么损失，或者伤到了他老人家的腿脚，哈斯恐怕就麻烦大了。

中午飞骑来报，中州骑兵的先头部队已经进入鬼哭村，很可能已经开战。哈斯怀着一丝侥幸问道："你可看见尊贵的大长老？"

那骑兵摇摇头，"没有。没有大长老的特许，任何军人都不可以进入鬼哭村"。

哈斯颓然坐下,右手下意识地抚摸着左腕手链上的一颗颗珠子。救,还是不救,这是个问题。

斯特兰城的营建官,安德·克塞·艾格瑞特懒洋洋地坐在北门洞里,外面天色阴霾,空中没有一只鸟。他已经带着队伍忙活了十多天,完成的工程量还不到四分之一。门洞外面的十几个伙计还在换着班地干,虽然大家都没指望能顺利完工。斯特兰城是澜州唯一具备了完整污水处理系统的城邦。因为除它之外,其他城邦都隐在茂密的林中,每家每户的生活污水都通过自己的大树林消化处理,根本用不到专门的下水道。斯特兰城的居民很为自己的城市自豪,他们认为,其他所有城邦的羽人每天都蹲在自家树杈上大小便,实在是极其不雅的行为。不过安德对此却不甚认同,他认为越先进的东西就越脆弱,羽族传统的自然消化式厕所虽然在效率和卫生程度上不如冲水厕所,但简单可靠,永远不会出故障;不像他们面对的这套,虽然平时里便捷卫生,但一旦淤塞,满大街臭水蔓延,实在是极其肮脏,极其腥臊。幸亏他有先见之明,在自己后院的小树林中修建了一处传统厕所,才使得老婆孩子不用每天走上二三里路排队挤临时搭建的公共厕所。

在人族流寇出现之前,公众的舆论压力一直压在他的肩上,使他艰于呼吸视听。因为城邦首脑集体缺席,代理政务官也无权征集大量义工或者募捐,而下水道疏浚排污工程又实在是个天大的难题。双马厅的老头子们倒是有权通过议案让军队加入到紧急救灾行动中来——澜州十城中规模排第二的常备军白鸟团,二十年来未尝一战,如果不捅捅下水道,养着他们做什么?

还有他们那些银光灿灿的制服,走在几里外都能瞧得见。白鸟团三千精骑全员出动,不用刀枪,单是衣服就晃花了敌人的眼睛。也不知道那是什么料子做的,反正不是澜州的物产。相比之下,他的营建队就土气很多,衣服不光颜色不好看,料子材质也差一个档次。对,年底双马厅年会的时候,他要好好说道说道,争取来年给自己的弟兄们换身行头。

正在胡思乱想之际,他忽然觉得臀下的土地里传来一阵微微的震颤,他警觉地四处张望,看见左手边黄杨木水杯里的温水也泛起一圈微微的波纹。是什么?他站起身。门洞里还是一如既往地阴凉,远处的街道房子被午后的阳光映得一片惨白,潮气在蒸腾,几乎扭曲了他的视线。杯子晃得越来越厉害了,圈圈波纹激荡碎溅。他跳出门洞,三步两步攀上城楼,扶着垛口向两边张望。

一片银色的光芒照亮了他的双眼。

B.

四月十五　下午

虎翼刀骑冲进村落已经好久了,里面还是一片寂静。洛晨钟的手伸在战袍里,不住地摩挲腰上一块温润的玉佩。他喜欢这样的触感,这让他想起妻子温润的手。身后两营精骑不动如山,没有一匹战马发出不安的嘶鸣,没有一个战士喘出一口混浊的粗气。但他知道,所有弟兄的心里都憋着炙热的火焰,只要一声令下就能迸发出来,吞没面前这个不起眼的村庄——或者,吞没在那个村庄里。

然后就起风了。

太阳已经偏西,风从他们背后吹过来,呜咽徘徊,吹不动骑士身上的重甲,只把森林边缘几丛稀疏的灌木吹得呜呜作响。从军多年,洛晨钟从来没有见过这样奇异的天气,刚才还是平平静静,忽然间就起了莫名的风,而且盘旋往复,久久不息。

贺翔王洋勒着马,一动不动地停在他身后。洛晨钟不用回头就知道两个游击脸上定是铁一般的青色。村庄里一定有什么变故,搞不好虎翼刀骑已经全军覆没。此次兵发澜州,预期的对手是斯特兰城的白鸟骑兵,如果在这莫名其妙的村子里折了主力,可是意料之外的损失。

风越来越大了。

洛晨钟戎马半生,大大小小的阵仗经了无数起,各种厉害的秘术师也见过不少,但这样完全由秘术笼罩的密林却是第一次见到——该怎么办?

孙宁发现这片林子的确非同寻常。爬上树冠,就能看出这里的林木长势奇异,很有人工的痕迹。一眼望去,不管什么树种,统统生着庞大的树冠,而且彼此连成一片。最神奇的是,这些枝丫居然会生成平整的一排,踩在脚下活脱脱就是天然的道路,曲折蜿蜒四通八达。有些狭窄的地方,齐腰处甚至有较细的枝条与道路平行生长,完全就是栏杆的模样。此时他已经顺着道路走了很久,一个人都没发现。当然了,他并不敢大步向前,只小心翼翼地摸索前进,这里毕竟是敌人的地盘。

自从爬上了树冠,风就小了很多,而且能感到固定的风向。他顺着风势来路一点点追踪,最后终于看到,密密的树冠间出现了一大片平整的空旷地。

枝条仍然在脚下蔓延,伸向面前的空地,只不过都排在脚下,在半空中编出一片巨大的半台。半台之上还有一个小一些的半台,仿佛孙宁记忆中儿时家乡的戏台,只是四面敞开,没有影壁。虽然开敞,但平台四周围着许多叶蔓繁茂的枝条,将平台围拢起来,只能看到里头影影绰绰的人影，具体的情形却无从分辨。丝丝白气不断从枝条间喷涌而出，搅在一起，向四面八方散去。

唯一可以确定的是，林子里的狂风一定出自这里。

想解决这阵风，必须摧毁这个枢纽。但他知道这事决不简单，敌人的秘术枢纽绝对不会全不设防。如果单枪匹马进攻的话，以他的能力，即使翻上几倍也不足以对付敌人中间最低阶的秘术师。所以他小心地解开左手的护腕，从里面取出个两寸多长的竹管，他心里明白，虎翼刀骑能有多少人活着走出林子，大贲朝的禁军精骑能否打败或者打跑这些可怕的术士，全维系在这个管子上了。

那是一支焰箭，紧急时刻才可以用的联络方式。他队伍里只有两个人随身带了焰箭，一个是联络官徐二强，在禁军里混了十多年的老通信兵，另一个就是他自己。这焰箭分两管，左右手护腕里各藏一管，左手里日用，一旦升起尾部就会冒出浓浓的黑烟；右手夜用，会放射出明亮的火光。现在徐二强不知道窝在哪里，可以信赖的只有他自己。他估算着自己与平台的距离，心里暗暗地数着步子，大约在三十步到三十五步之间，从这里跑过去也用不了多久，但那些隐蔽在暗处的术士，绝对不会给他这么充足的时间。

怎么办呢？

孙宁靠在粗大冰冷的树杈上，苦苦思索，却怎么也找不到答案。

正在愁肠百结的时候，身后突然传来一阵簌簌的声音。他一下子警觉起来，握紧了刀柄。右侧后方的树枝微微颤了一下，一只手从枝叶间穿了出来，孙宁无声无息地抽出了腰间的短刀，把身子隐在树后。一个幽暗的影子悄悄出现在他脚前，那人很小心地挪着步子，身材瘦弱，脚步轻盈。孙宁早就把自己的影子藏在树后，不露出半点形迹。那影子一步步近了，孙宁悄悄举起右手的短刀。他可以在一瞬间就削掉敌人的头颅。

就在那个影子马上要迈过生死线，孙宁手背青筋暴跳一触即发的时候，它突然消失了。脚下突然不见了那个影子，孙宁知道不妙，不假思索地回身一刀。当的一声兵刃相交，他感到刀上传来一股大力，一时间竟有些把握不住。他心里大惊，难道羽人不像传说中那样孱弱？他跨步，拧腰，回身，抱刀于胸，准备应付下一刀。但刚一转回来，就听到一声低低的呼唤："六哥！"他心里陡然一松，原来是自己人。

来人一共两个，都是他手下的老兵。在本队里，老兵都唤他六哥，似乎是因为他的前任被人唤作五哥，所以他到这个队伍的第一天，就莫名地被人安了老六的排行，当然，他也乐意接受这个称呼。

孙宁把两人招呼过来，问道："你们一路摸过来，还见到几个弟兄？"

那两人摇摇头，"在地上时，还见了几具尸体，上了树以后就一个都没见了"。

孙宁心里一沉，"只靠我们是不够的"。

那俩兵士略微一愕，"六哥你要？……"

孙宁说："这里秘术强大，若非外面大队支援，我们怕是没有一点机会。"

"他们进来也危险啊，这林子太可怕了。"

孙宁点点头，"是啊，所以我们只能呼唤弓箭支援"。说着他亮出右手的竹管，"这是我和洛将军约定的信号。如果直冲天空就是呼叫大队冲锋，向东偏就是弓箭支援，向西偏就是全军撤退。"

两个兵士神色严谨地听着。

孙宁继续说道："我要在尽量靠近敌人的地方释放焰火，但接近敌人非常危险，所以我需要你们牵制敌人，吸引敌人的注意。"

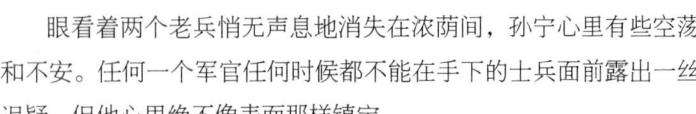

眼看着两个老兵悄无声息地消失在浓荫间，孙宁心里有些空荡和不安。任何一个军官任何时候都不能在手下的士兵面前露出一丝迟疑，但他心里绝不像表面那样镇定。

唯一能确定的是，敌人的秘术结阵一定没那么简单，他丝毫不指望两个举着长刀的士兵能冲破高阶秘术师的防线，他所要的只是牵制，只要这两个勇敢的士兵能吸引敌人片刻的注意，他就有机会冲进结阵，把袖中拖着浓黑烟雾的焰箭射向天空。密林之外，无数骑兵已经拉开了他们的弓弦。

越是紧张，时间流逝就显得尤其慢。孙宁靠在树干上，听着自己的心脏扑通扑通跳着，仿佛能感觉到每一滴血在体内的流动。终于，耳边传来一阵喊杀声。

他悄悄探出半个头，看到平台的另一侧闪过刀锋的光芒。同伴已经开始进攻了。孙宁缩回头，默默地在心里数着时间：一、二、三、四、五……数到第十下的时候，他猛然从枝丫间跳了出来，冲上那片平台。这是他的估算。同伴很快会被发现，但敌人着手消灭他们也需要一个反应的时间，此时，估计两个士兵差不多完蛋了，而敌人的注意力还被牵扯在那边，这是他唯一的机会。

孙宁没命地跑着。

不知道为什么，这段路看上去只有短短一截，可踏上去似乎有几百里长。他紧紧攥着竹筒，表情狰狞地冲锋，耳边的风声似乎消失殆尽，他仿佛掉进了一个寂静的冰窟，除了自己的喘息和脚步声，什么都听不到。敌人在哪里，会看到他吗？

近了，近了，活木蜿蜒的台子突然就到了眼前，仿佛再迈出几步就可以触到。孙宁右手攥紧竹筒，左手拉住了竹筒尖端伸出来的绳线。没等他拉动绳线触发机关，耳边就响起一阵排山倒海的呼啸，中间夹杂着微弱的惨叫。他愣了一下，抬起头，看到平台那头的空中凭空升起一道混浊的风柱，盘旋着，呼啸着，直直卷上天空。而那两个勇敢的士兵正手舞足蹈地在天上飞舞，身体扭成奇怪的姿势，嘴里发出含混不清的惨叫，却又被淹没在风声里。

就在下一个瞬间，风柱突然又消失了，天空又是一片白花花的颜色。那两个士兵笔直地从空中坠下来，重重跌落在平台的那边，消失不见。孙宁不敢多想同伴的命运，伸手就要拉那绳结。这时，他突然感到身子一轻，仿佛一股大浪掀过，而他就被这浪头卷在其中。

他明白了，因为呼啸的风声卷过自己的耳边，淹没了天地间的一切。他重复了那两个士兵的命运，也掉进了某种自动触发的风术陷阱，升天了。

他不知道一个人可以轻易地飞这么高。龙卷风卷着他的身体，一个冲刺就穿破了头顶层叠的枝叶，把他掀上半空。这时候他努力睁开眼睛，发现这片密林已经完全处在他的脚下，树海蔓延，一眼望不到边。而他的正下方，就是那个奇异的台子，四个秘术师分坐四角，正中间还有一个岿然挺立，身形似乎要比一般的羽人高大一些。

他知道自己要完蛋了，心里有些悲哀。这时候，风毫无征兆地停了，他感到自己开始下落，索性闭上眼睛。

他的右臂高高举过头顶，指向天空，左手猛地拉动绳结，一股黑色的浓焰冲向东边的天空。

B.

四月十五　傍晚

哈斯看到阿莫斯长老烧焦的长袍和胡子，终于长长地出了一口气，心里暗道侥幸，却不敢说出来，只能让手下赶快取来替换的袍子，毕恭毕敬地亲手捧到长老面前。没想到长老的脸色愈发难看，挥挥手，偏过脸去，看都不看他一眼。

哈斯讪讪地退了回去，心中暗暗后悔——提前准备了罩袍，说明他早就料到鬼哭村一战秘术联盟必败无疑，这样的想法和行为，对新败的阿莫斯长老而言，绝对是极大的嘲讽。

纯粹的秘术师队伍，面对一支训练有素的军队，很难讨得好去。白鸟团作战守则上的第二条，就严肃指出了这样的作战原则——对于我军而言，要尽量把军队和秘术师分队结合起来，协同作战；对于敌军而言，要尽可能把他们的军队和秘术师分隔开来，各个击破。

不过值得欣慰的是，此战虽败，但秘术联盟主力未折，纹面羽主力的战斗力就基本得到了保障，接下来的战斗就更添了几分把握。按照他的设想，此时的最佳战略应该是立即进攻。中州骑兵刚刚经过一场莫名苦战，虽然取胜，但一定也正在休整喘息，清点损失，绝对不会料到传说中的纹面骑兵已经潜伏在十里开外；而他们和阿莫斯长老的人马会合后，兵力集结基本完成，锐气正盛，正是寻歼敌军的大好时机。

唯一的问题在于，阿莫斯长老这个模样，可不像马上要回归战场重新厮杀的。

天渐渐黑了，哈斯坐在一株粗硬的山毛榉下闭目养神，头顶的叶子被风吹得呼啦啦作响。三千骑兵散落在稀疏的树林里，与环境夜色融为一体，那银色的衣甲随着光线的暗淡渐渐隐去了光芒，变成近似乌黑的颜色。他努力逼迫自己不去想今晚的战略——虽然白痴都能看出来，夜袭才是此时最佳的选择，但阿莫斯长老的难缠程度远远超过二十里外的中州人，没有秘术师的配合，白鸟团单独出击必将蒙受很多不必要的损失。

可是，时间不等人。

这时一个轻巧的黑影悄悄靠近，肃立在哈斯身边。哈斯睁开眼，问道："近况如何？"

斥候队长回报："他们在山坳里扎营，周围山丘上都安置了岗哨，风太大，瞭哨无法隐蔽接近目标。"

哈斯又闭上眼，一动不动地坐了一会儿，忽地站起来，嘴角露出微笑，"把你的人都叫来。"

A.

四月十五　傍晚

天色渐渐暗了，风依然吹个不停，扎帐的绳子被风吹得呜呜作响。洛晨钟一个人绰着腰刀，绕着营帐的外缘走了一圈。兵士们刚刚吃过晚饭，正在用泥土封住临时搭建的灶台，尽可能地掩盖升上天空的烟气。其实这样的动作并没有太大的必要，如此大风，这点炊烟一冒出来就被吹得无影无踪了；但这些身经百战的老兵早已养成了许多固定的习惯，这样的活计在他们手里轻松自然，不用多费一丝一毫的力气。

"都是好兵啊。"洛晨钟心里忍不住又赞叹一声。选锋营的兵自不消说，那都是禁军精锐中的精锐，不过这几日看来，那几营的兵也并没有逊色多少。大贲朝赖以平定中州坐稳江山的根基，就是这禁军三十七营，十万虎狼。

不过今日在那个诡异的村子里，这支队伍遭受了进入澜州以来的第一次伤亡。虎翼刀骑全体陷入林中，被敌人强大的亘白秘术法阵所困——从军以来，他从来没有见过如此可怕的风术——最后损失了三分之一的兵力，已经伤了元气。如果不是游击孙宁舍命发出讯号，指引大队弓箭强袭，或许这一百二十骑要尽数折在阵中。兵力损失其实并不是最大的问题，更让他头疼的是军官的损失。打扫战场时，他们从法阵的核心附近捡到了重伤的孙宁。队伍里的军医是太阳系秘术师，看了孙宁的伤以后，发现多半竟是自己人火箭焚林时引起的大火烧伤，除此之外还摔断了右臂和右腿。在秘术师的照料下，孙宁捡回一条命，但复原却一时无望。此次出征，兵力配备上虽然完善，军官却是一个萝卜一个坑。无奈之下，他只能把虎翼刀骑收做自己的本队，亲自指挥。

而那些神秘的羽族术士，虽然被箭雨以及火势击败，却没有任何遭受严重损失的迹象。他们似乎是带着所有家当从容退出了战场，没有留下一滴血迹。唯一见过他们真容的孙宁依然昏迷不醒，敌人的情况始终是个谜。

这时，一个兵士匆匆走近他的身边，低头行礼，低声禀报："禀将军，孙将军醒了。"

孙宁努力想睁开眼，却始终没有成功。他感到自己的眼皮巨大而沉重，仿佛天启城门洞内的千斤闸，没有绞盘大索的帮助万万不可能打开。全身上下火烧火燎，哪怕一个最轻微的动作都会引起撕心裂肺的疼痛。刚刚醒转的时候，他全身的感觉似乎还在混沌当中，除了睁不开眼睛让他懊恼无比外，其他倒还好。可自从喝了医官喂的水以后，随着意识的逐渐清醒，他渐渐感到痛楚难当，只是强咬着牙，不愿发出一声呻吟。

正在痛苦挣扎时，他听到帐篷的门帘被掀开，有人走了进来。医官在旁边说："禀将军，孙将军意识已经开始恢复，但还不敢有任何动作。"

然后是洛晨钟的声音："嗯，照这个样子，他什么时候能复原？"

医官踌躇了一下，继而说道："我现在用曼陀罗草加光炙止痛，再加上秘术营带来的三裂叶蛇葡萄藤生肌，两日内烧伤可愈；可是断裂的骨头，即使用足祝福过的接骨草，十日之内也不可能痊愈。"

孙宁听到这话，心里又加了一道急，便努力张嘴要说话，可是情急之下，本来可以低声说话的喉咙却发不出一点声音。

洛晨钟显然是注意到了他的动作。孙宁听到主将走到床前，在他耳边轻轻说："没事，有什么话，伤好了再说。"

孙宁可不能等着伤好，他伸出手，摸索着拽住洛晨钟的胳膊，生怕他说完这话就走了。

洛晨钟握住他缠满绷带的手，"放心，我在呢。不用担心你的弟兄们，他们都活着，林子里只损了十几个，大家都在，有医官照顾，没事的。"

孙宁还不肯罢休，他努力伸出另一只手，在空中挥舞着，虽然每一个动作都让他疼不欲生，但有些话，他必须跟主将说。他射出焰箭之后，似乎敌人的秘术施放也受到了影响，那阵狂风没有把他抛出很远，所以他只是坠回到原地。活木的平台只让他摔断了胳膊和腿，却没夺走他的性命，这让他在半昏迷中听到了敌人秘术师的对话，那是足以决定这支队伍命运的信息。这时他感到另一只手也被握住，赶紧牵着那只手放到自己的喉咙边，示意要他们想点办法，让自己能出声说话。

很快，他就感到一股清凉的水送入口中，他微微抬起头，拼尽力气把水咽了下去，光是这个动作，几乎就让他又昏厥过去。他咳嗽了两声，觉得应该能说些什么了，就拉住洛晨钟的手，让主将跪得更近些，好让自己含混不清的低语传到他的耳朵里。

"斯特兰……骑兵……出城了！"

B.
四月十五　夜

如果能自由选择的话，斯特兰城的代理政务官、白鸟团第一副团长哈斯·克鲁·艾格瑞特大人显然更喜欢他的后一重身份。当他带着十二个人的精锐斥候小队在狂风中接近敌人营帐的时候，这样的偏好达到了顶峰。风这样大，本来应是一个明月当空的夜晚，可是不知道为什么，天上依然有许多浓黑的云被吹得到处乱走。他坐在马背上紧紧拉着缰绳，好把自己轻盈的身体固定在马鞍上，身后十二个骑士无不做着同样的动作，唯有两个年轻的秘术师不得不高举双手，准备施放音障术。为了施放这个相对复杂的秘术，这两个可怜的小伙子只能用皮索把自己的屁股固定在马鞍上，上半身在狂风中无奈地摇摇晃晃。

哈斯做了一个简洁有力的手势，那两个小伙子闭上眼开始低声吟诵——当然，别人是听不到的。渐渐地，他们身边的狂风息了，哈斯能感觉到那狂风吹到身边的时候平白拐了个弯，绕了过去。这下就舒坦多了。其实音障术不是什么复杂的高阶秘术，可惜大长老现在情绪很差，高阶术士不好调动，他只能调用两个刚刚完成学业的秘术学徒参与此次行动。否则，一个成熟的亘白术士，不用高举双手也能独立掩护这支十五人的小队。当然了，年轻也有年轻的好处。如果大长老亲自出动，虽然秘术好用很多，但一会儿狂奔逃走的时候，大长老的骑术和身体状况又很成问题。

等到气流完全平静，哈斯就放开手里的缰绳，仔细检查身上的装备，手下人也都跟着他快速检视了一遍。他看了看身后的斥候小队长，从下属的眼睛里得到了肯定的答复。他很满意，微笑着说："开始吧。"

十五匹骏马迈着细碎的步子小跑起来，他们选择逆风接近敌人，这样虽然全程的冲击速度受到影响，但敌人追击的时候，也同样会受到很不利的干扰。

翻过前面的小山包，就是敌人的营帐。哈斯一把抽出狭长的马刀，高高举过头顶，只听到身后一阵唰啦啦的拔刀声，十二个骑兵和两个高举双手的秘术师紧跟着他们的统帅，如一阵旋风般冲上低矮的山岗。

不出所料，山岗上果然有敌人的哨兵。

哈斯带着队，风驰电掣地向那个哨兵冲去。音障术不但能隔绝声音，视线也能遮去大半，所以等那个哨兵感觉到脚下土地的震动，仓皇间扭过身子时，冰凉的马刀已经掠过他的脖颈，血花飞溅，他的手甚至来不及搭上刀柄。

夜色暗沉，风依然呜咽不休。羽族骑兵排成一条直线悄无声息地冲下山坡，向中州骑兵的营帐冲去。这时候乌云飞掠，明月在天空中突兀地显露了出来，他们看到一千匹北陆马在这片临时营帐的周围围了一个圈，构成了一道并不稳固的屏障，而中州骑兵们的战马都缩在圈里，拴在每个骑兵的帐篷外，让每个士兵都能在最短的时间里上马作战。在明月的光辉下，哈斯的队伍毫不费力地冲破了北陆马的屏障圈,闯到中州人营地之中,哈斯和最前面的两名骑士挥舞着锋利的马刀,划断一座座帐篷的绳索,把沉睡的敌人压在底下,一时不得脱身。而后续的骑士则毫不留情地对着帐篷布幔下挣扎的阴影大肆劈砍。当然,速度第一,每个骑士都是在疾驰中对身边的帐篷挥刀,每个帐篷只有挨两三刀的时间,如果帐篷里的兵士没有仓皇失措地站起来挣扎的话,他很可能就会躲过这从天而降的杀戮。

哈斯砍断了最外三根帐绳之后,就收了刀,把这项任务交给身后的战友,而他自己则以最快的速度向营地中央的一顶大帐扑去。这时候,冲锋道路两侧的营帐正飞快地一个个倒塌,可远处的帐篷丝毫未损,已经有抄起兵刃的士兵从帐篷里涌出来,如蚂蚁般朝他们聚集。

不能停。敌人的反应远比想象中更快,只要有稍微的迟疑,他们就会陷在敌人的重围中。最远处的敌人已经跨上马匹,而这个时候他也冲到了中军大帐跟前。他没有如前般砍断帐篷的绳索,而是挥着刀在帐篷上划了个大大的口子,如果敌人从这个口子里奔出来,就正好会迎上后续骑士的刀刃。可是没有人出来。在与大帐擦身而过的瞬间,透过他刚刚划出的缝隙,借着明亮的月光,他看到里面只有一个躺在行军床上的伤兵,浑身都被绷带裹得严严实实。

他有些失望,这次奇袭最佳的战果莫过于斩杀敌人的主帅,不过现在看来显然是不能实现了。

十三个骑兵裹着两个秘术师,如一阵风般掠过了敌人的营地,在最后又要冲破北陆马聚成的外围屏障时,已经有零星的敌人骑兵挡住他们的去路。这些人还没来得及披上重甲,只是穿着贴身的衣物绰着长矛。哈斯一挥手,本是一条直线的骑兵队伍突然散开,从七八个地方穿过敌人这条稀疏的防线,只有哈斯去势不变,如利箭般朝着三支长矛直挺挺冲去。中州骑兵看到敌人分散突围，略微迟疑了一下，不过哈斯的样子明显是主将，截住他一个也不亏。月光明亮，狂风呼啸，哈斯在马背上挺起身来，收刀入鞘，双脚脱开了马镫。他张开双臂，闭上眼睛，扬起长发狂舞的头颅，他的嘴角带着温和而讥诮的笑容，他的脸颊上隐隐浮现出血红的斑纹。对面的中州人咬着牙握紧了长矛，脖颈上青筋暴跳，明亮的矛锋闪烁着寒冷的光芒。就在哈斯的胸膛即将迎上矛锋的那一瞬间，中州骑兵的眼睛忽然一花，羽人主将突然失去了踪影，只有那匹乌黑的战马从三个茫然的士兵身边冲过。不知道是谁喊了一声："天上！"那三个士兵猛然抬起头，看到刚才消失的敌人正在头顶飞过，宽阔的羽翼刚好遮蔽了明亮的月光。三个士兵慌忙滚落马下，生怕敌人有什么从天而降的攻击。可是没有。

　　白鸟团第一副团长哈斯·克鲁·艾格瑞特大人只是轻飘飘飞过敌人的头顶，然后重重地落在自己的坐骑上。

　　这是一次完美的逃离。逆着狂风，敌人追击的弩箭注定没什么功效。哈斯带着重新聚拢的队伍如游鱼般消失在了西澜州走马山茫茫的夜色里。这时候乌云重新聚拢，明月又一次暗淡了。

A.

四月十五　午夜

　　洛晨钟盔甲整齐地站在营地边上，他的面前就是三个刚刚截击哈斯失败的长矛骑兵，其中一个身材高大，正是破甲营游击王洋。

　　"你可看清了？敌人带队的主将，就是那天的使者？"洛晨钟神色严峻地问。

　　"看清了，没错。他过来时月光正亮，我看得清清楚楚。最后起飞之前，他仰着脸，脸上还爬满了红色的血纹。"王洋肯定地回答。

洛晨钟问道:"你可看清了血纹的模样?"

王洋摇头,"那倒没有,不过隐约看来,似乎是飞翼形。"

洛晨钟点点头,"那就对了。飞翼正是纹面羽王族的徽纹,那个使者绝对不是泛泛之辈。王将军,收拾你的人,马上出发。"

"得令!"

王洋带着那两个矛骑风风火火地走了,洛晨钟回头对身后的踏白营游击赵卫说:"你的人,一定要盯紧了,羽族那个带队的可不简单。"

赵卫点点头,"将军放心。这次跟在敌人身后的,都是我们踏白营最精干的斥候,历经了无数的阵仗,还从来没出过漏子。"

"嗯,只是这夜色太暗,敌人又会隐匿行踪的秘术,跟踪恐怕着实不易。"

赵卫笑了笑,从怀里摸出一个乌幽幽的水晶镜片来,递到洛晨钟手中。

洛晨钟眉毛一挑,"这是什么?"

"将军把它放在眼前,再瞧我的左手腕。"

洛晨钟把镜片挡在眼前,透过它,低头看赵卫的手腕,发现踏白营游击的护腕上闪着一圈明亮的红光。他不禁有些讶异,"这是?"

赵卫解下护腕递到主将面前,借着朦胧的月光,可以看到上面缠着一些黑色的丝线。很奇怪,如果透过镜片看,那些丝线就闪着明亮的红光,拿开镜片,丝线就是纯黑的,没有任何异样。

赵卫解释道:"这是我们踏白营斥候的一种秘密信号工具,据说是用宛州建水底的红藻丝编织成的,平时看不出任何特异之处,但若用河络的黑晶镜片观察,就会闪出耀眼的红光,几里之外都看得真切。这是珍稀的装备,除非有重大的任务,平时是不用的。"

洛晨钟问道:"难道你们在敌人身上布下了这种红藻丝?"

赵卫答道："对，就在敌人分散突围的时候，我们在其中两匹马的鞍桥上射了极小的短箭，箭尾就缠了红藻丝，除非特别留心，他们根本不会发现。"

"这样的话，你的斥候只要有黑晶镜片，即可以在几里外遥遥跟踪着。"

"对，绝对丢不了。"

洛晨钟满意地挥挥手，"马上收拢队伍，全军出发。"

孙宁此时已经睁开眼睛，虽然他感到自己的眼皮肿得像桃子。太阳秘术的治疗效果不容小视，他觉得已经没那么疼了。但当几个虎翼营兵士搬动他的身体，把他扶上担架时，他还是觉得全身散了架一般。

骑兵对托运伤兵也有独到的经验，只要马匹足够就好。他们带了藤编的担架，正好固定在两匹马的马鞍之间。而且他们的战马都久经训练，在特质马鞍的束缚和旁边骑士的牵引下，会踩着稳定的步子前进，把伤员受的颠簸减到最小。

孙宁忘不了帐篷被划破的时候，外面那个黑衣羽族骑士的样子。虽然看不真切，但他坚信那人就是曾经来过的羽人使者。看到敌人的马刀划破自己营帐，他恨不能马上跳起来跟对手厮杀一场，可浑身的伤痛却把他拉回现实。战斗非常短暂，他不知道敌人夜袭的成效如何，自己人有多少伤亡，现在为什么又要连夜开拔。不过他确信，洛晨钟已经知道了敌人骑兵出城的消息，今夜绝对不会毫无防备。叵是身边的士兵却什么都答不上来。他心里火辣辣的，比伤口还难受。

这时候洛晨钟来了，他握着孙宁的手，"伤口还好么？能不能挨？"

孙宁努力点点头,喉咙里发出低哑的声音,"还……好。情况,怎……"

洛晨钟微笑了一下,"不用担心,我们早有防备,没有几个伤亡。而且我们的斥候已经盯上他们的尾巴,大队马上出发,这笔账,今晚我们就找回来。"

孙宁闭上眼睛,他放心了。

洛晨钟在他耳边补充道:"所有伤兵都跟在大队之后,一起出发,医官会一直照顾你们。"

孙宁略点了点头,手稍微用力捏了一下主将的手,他眼皮上的桃子太大,实在不能再睁开了。

B.

四月十五　凌晨

回到营地的时候哈斯就感到身上泛起一阵难言的疲惫,即使在明月照耀天空的今夜,即使只有那短短的一瞬,凝结羽翼的行为还是耗去了他很大一部分精力。他只想赶快爬到自己的行军床上,好好睡半觉。醒来以后,脸上的血纹应该会消散。纹面羽脸上的徽纹,只有在气血翻涌、精神力达到顶点时才能出现。主将是一军之魂,当不动如山,可不能让普通士兵轻易看到自己这副模样。

不过还有要紧的事要办。

他一回到帐子就吩咐勤务兵:"去给我问问,我们的盆栽怎么还没送来?"

勤务兵是个贵族少年,跟随哈斯也有几个年头了,进帐子本来是要伺候大人脱衣睡觉的,可是马上就被他吩咐去做事,看着哈斯大人满脸血纹疲惫如斯仍然以军务为先,又是心疼又是感动,暗暗下定决心,等到自己长大了,一定要以哈斯大人为榜样,做个对人民有用的人。

哈斯可没察觉出勤务兵这么复杂的心理活动，只是懒洋洋地往床上一倒，马上就打起了呼噜。

等他再醒来时，帐篷里除了勤务兵，还站了一个穿土黄色衣服的粗壮男人。他一愣，马上问亲兵："我睡了多久？"

勤务兵赶忙答道："不久，我也刚刚回来。"

哈斯眼睛一瞥，发现窗子上已经透着蒙蒙的亮，知道自己至少睡了一个对时。他无奈地叹口气，明白勤务兵也是好心，这些年轻的孩子，不知道战争是如何残酷，也不知道有时候一个对时的贪睡，足以改变战争的进程。

反正都睡过了，追究无益。他坐起身，问那个土黄色衣服的营建队员："我要的盆栽，都运来了吗？"

"巡城官大人出城的时候，吩咐我们搬运白鸟团营房内的三千盆栽，营建官大人马上就着手做了；可是我们营建队只有二十几个人，一次最多运来五百盆。营建官大人还在征集志愿者，搬运剩余的……"

"知道了知道了。"哈斯没耐心听下去了。他心中忽然感到莫名悲哀，"这些和平中长大的人啊，这样的效率如何打胜仗呢？"不过，说到底仗还是要依靠这些人打的。他又抬起头，"你们营建队的人还在么？"

营建队员看到代理政务官情绪很差，心里惶恐，回答的时候声音不免有些颤抖："在……"

哈斯看到他的样子，只能安慰着说："好好，你们做得很好。现在如果大家还有精力的话，就把盆栽都摆放在营地南边吧。"

营建队员连连点头,"马上去,马上去。"哈斯挥挥手,那人忙不迭退了下去。

打发走了营建队的人,哈斯一个人坐在行军床上,开始琢磨晚上的夜袭行动。从突围而出的时候起,他心里就隐约觉得有些不妥,可是飞翔耗费了太多的精力,让他无法集中精神思考这件事。现在仔细想来,至少有两处不妥:第一,敌人只布置了山岗上的瞭望哨,营地周围却没有巡逻值夜的分队,所以他们才能那么轻易地杀入营中;第二,他们突围的时候,敌人的骑兵明明已经上马,却没有拼命追击。

这两点又说明了什么呢?难道敌人是故意放他们进入营地,又放他们逃走?那敌人的目的何在?难道说……想到这里他不禁打了个寒噤,猛地站起来大喊:"勤务兵,勤务兵,去把斥候分队长找来!"

斥候队长果然带来了令人担忧的消息。

他说正东方向的游哨刚刚失去了联系。本来已经到了换班的时间,可上岗的哨兵出发了很久,夜班岗还迟迟没有回来。哈斯一下子锁紧了眉头,他盯着斥候队长的眼睛,咬牙切齿地说:"让你手下能飞的人都飞起来!敌人已经来了!"

说罢他又一次对着勤务兵咆哮:"把那该死的大长老喊起来!"

这时他的耳后响起塔图·阿莫斯大长老低沉的声音:"该死的大长老已经起来了,代理政务官大人有什么吩咐?"

哈斯回过头,看见大长老依然穿着那烧焦了半截的袍子,脸色铁青。

不过这个时候,维护斯特兰城的行政系统和秘术联盟的团结并非迫在眉睫的任务，哈斯依旧板着脸，以最快的速度发布一道道命令，让所有的骑兵都尽快上马，列队，让营建队的差役们把五百盆盆栽往东边搬，还要摆开间距。阿莫斯大长老提议现在就把盆栽发到骑兵手中，哈斯顾不上搭理，大长老气得几乎拂袖而去。

天色在渐渐转亮，白鸟团的营地乱成了一锅粥，战马嘶鸣，骑兵主力们正在起床，巡夜的哨兵们却都在帮营建队搬盆栽，只有秘术联盟的秘术师们整整齐齐跟在大长老身后，已经做好了开战或者开溜的准备。

当第一缕阳光刺破走马山早晨蒙蒙的薄雾，映在哈斯·克鲁·艾格瑞特脸上的时候，他听到身边的勤务兵轻轻叫了一声，声音里有惊诧的颤抖。顺着年轻而细嫩的手指指引的方向，哈斯看见西方的地平线上扬起了一阵金色的烟尘。

6.

四月十六　　拂晓

当羽族斥候腾空而起，向四方散去的时候。大贲朝禁军的骑兵们已经蓄势待发，完全做好了进攻的准备。

洛晨钟看着远处微亮的天空中腾起几个朦胧的黑点，知道敌人已经警觉，马上举起粗壮有力的手臂，简短地说："准备冲锋！"

三个游击迅速拨转马头，回归本队。

这是一个楔形的队伍，破甲营的重甲骑兵架起一百八十支丈四穿山矛，排成三列横队，摆在大队的最前端。破甲营身后是三列两百五十名选锋骑兵，在敌人的防线被撕开缺口之后，他们会挥舞着七尺斩马刀向两翼绞杀，尽可能地杀戮，或者叫做扩大战果。

冲锋开始后，洛晨钟会带着虎翼刀骑的剩余兵力，跟在主力的右后方，如果大队攻击受阻，他们会马上席卷敌人的左翼。虎翼刀骑用四尺马刀,没有全身甲,防护力弱些,但速度和机动性要好很多。而踏白骑兵则跟在大队左后方,担负远程攻击、警戒和追击的任务。

太阳在遥远的东方挣破地平线的束缚,闪出夺目的光芒,低沉的冲锋号回荡在走马山。洛晨钟看着前方骑士乌黑的盔甲上映着金色的晨光,他很骄傲,他知道自己的队伍战无不胜。

B.
四月十六　拂晓

敌人的骑兵已经开始冲锋,哈斯必须做出决断。

这是斯特兰城实际上的最高军事指挥官、白鸟团第一副团长哈斯大人第一次真正面对战场上的危局,心里有些微微的颤抖。不过一个天生胆大妄为的人从来不会害怕战场和危机,几个转念间,他就下定了决心,做出了一个出人意料的决定。

"值夜分队东撤一里,弓箭列阵;剩余所有骑兵迅速上马,撤十里,在蔷薇谷集结。能逃多快就逃多快。"

这是一个简单的命令,很好执行。白鸟团的骑兵们开始乌泱乌泱地奔逃,作为东陆速度最快的骑兵,逃起命来绝对无人能追及。值夜分队为了避免被奔逃的大队践踏,先小心翼翼地闪到营地左侧,再后退列阵。很快,当敌人的旗帜和长矛出现在视野中时,营地里已经空空荡荡,只剩下无数顶被遗弃的帐篷、五百盆凌乱的绿色植物、二十名营建队员,以及大长老塔图·阿莫斯统领的四十六名秘术师。

高傲的大长老不屑于再次向那个著名的混世魔王提出行动方

案,虽然他的秘术联盟此时已经置于三百年来最危险的处境之中。再强大的秘术恐怕也无法阻挡全力冲锋的重骑兵,而且布置任何一种复杂而强大的秘术结阵都需要时间,而他们现在最缺乏的,正是时间。

这时候哈斯似乎第一次发现秘术联盟的存在,他马上走到大长老身边,诧异地问:"您怎么还不走?"

大长老差点要揪住他的脖子,把他撕碎。但还没等他发作,哈斯便马上说:"此战成败,全在长老和诸位身上。请即刻上马追赶骑兵主力。注意,撤退的时候要分散开,敌人的目标不是你们。"

秘术师们走了,营建队员还不知所措地聚在营地中间,等待指示。哈斯看着他们两手空空,就直接吩咐他们把剩余的马匹归拢起来,笑容可掬地招呼道,"大家过来,过来,跟我一起到营地后面,有好瞧的。"

A.

四月十六 晨

在冲锋的途中,洛晨钟已经发现敌人的异动。出乎他意料的是,占据兵力绝对优势的敌人,居然丝毫没有接战的意思,甚至开始奔逃。这进一步坚定了他的信心——羽族的体重和力量,决定了他们完全不具备与中州骑兵近战的实力。

天空中的羽哨向奔涌而来的骑兵潮射出稀稀拉拉的箭矢,妄图暂时阻挡铁骑的脚步,可那几支箭如同投入惊涛骇浪中的小石子,瞬间就被淹没。羽人的短箭永远不可能穿透精钢打造的重甲。

敌人的营帐越来越近了,一千步、八百步、五百步……在三百步远的时候,号角又一次响起,每一名骑兵都拉下冰冷的面罩,破甲营的骑士们放平了长矛,选锋营的士兵们举起了斩马刀,踏白营的骑射手们向着敌人的营帐射出第一轮箭矢。很不幸，营地里似乎已经没有多少值得射击的目标。不用吩咐，禁军的铁骑会摧枯拉朽地踏碎敌人的营帐，继续追击，他们会粉碎沿途的一切抵抗。每个骑兵都坚信，他们是澜州土地上有史以来最强大的骑兵，除了密林和河流，没有任何东西可以阻挡他们冲锋的脚步。

就在破甲营的铁蹄踏过敌人第一排营帐的时候，冲在最前面的王洋透过面甲的缝隙突然看见，视线的远端、营地外的另一头静静地伫立着一个骑马的羽族将军，他的身后是一堆稀稀拉拉的羽族平民，穿着黄不拉叽的制服。王洋来不及思考，重骑兵踏出冲锋的第一步之后就很难再有思考的余地，他带着第一列的六十名骑士，依然以奔雷般的速度冲进敌人的营地，没有人注意到马蹄下碎裂的除了简陋的帐篷，还有一些绿色的盆栽。

营地东西走向不过三百步，对于冲锋的骑兵而言，这样的距离片刻间即可跨越。可是当第二列破甲骑兵在百步之后冲进营地的时候，看到的就不单单是破碎的帐篷了。这些重甲的骑士眼睁睁地看着地上破碎的花盆里生出一种奇异的植物，而且以惊人的速度生长、生长。但这个时候他们已经完全收不住狂奔的脚步，只能义无反顾地踏入这些突然长出的藤蔓中。当第三列骑兵冲到营地边沿的时候，挡在他们面前的已经不是奇异的植物，而是一片盔甲和长矛织成的丛林，即使是钢甲包裹的骑兵，也不敢轻易踏入这样恐怖的阵地。此时，第一列已经快冲到营地的那端，而第二列正在营地中央。他们的攻击都无可奈何地陷入停顿。第三列骑兵死死地拽住缰绳，空气中回荡着六十匹战马悲怆的嘶鸣，那些突然出现的植物骑士，正举着比穿山矛还要恐怖的长枪，一堆一堆地从平整的土地上站起来，一个个高大威猛，杀气腾腾。

大贲朝禁军战无不克的破甲骑兵，第一次遇到这样奇异而可怕的对手,第一次身陷莫名的困境。

B.

四月十六　晨

二十来个神情惶恐的营建队员伸长了脖子,眼看着他们驮来的盆栽突然变成了高大威猛的植物骑士,眼珠子几乎都掉一地。那些植物的骑士,就在战马践踏的残破营地间站起身来,沉默地竖起长枪,面甲上黑洞洞的眼眶中仿佛藏着吞噬一切的力量。他们面前,那些骄傲的中州骑兵面甲后面的明亮的眼睛里,不禁露出一丝惊慌的神情。

这正是白鸟团第一副团长哈斯大人期待的效果,他马上招呼身边的营建队员们上马追赶主力部队——营建队员们愉快地接受了这个命令。

营建队员的撤退其实很简单,哈斯当初留下他们,唯一的原因就是顾不上搭理;现在终于得到了撤退的号令,他们一个个翻身上马,飞也似的逃了,临走前,哈斯拉住那个临时的负责人,让他直接回斯特兰城,告诉营建官安德·克塞·艾格瑞特,不管用什么方法都要马上征集足够的志愿者,把剩余的两千五百盆植物送到十里外的蔷薇谷。

哈斯看着大家风驰电掣地逃命,心里很是满意。如果斯特兰城的其他公职人员也都具备这么精湛的骑术,那么白鸟团骑兵的后备兵源就有了充足的保障。这个问题,等战斗结束以后还要找到营建官安德·克塞·艾格瑞特详谈。就在这几个转念之间,哈斯发现身边已经空空如也,营建队的队员们已经在遥不可及的远方。他觉得自己有些孤单,便赶忙磕了一下战马的肚皮,一道烟走了。

A.

四月十六　晨

　　初看到那些植物骑士的时候，洛晨钟也着实吓了一跳。前锋的破甲骑兵们不明不白地陷入几百个植物骑士的包围，一时间大有风云突变的意味。身经百战的选锋骑兵刚开始也愣了，不知道如何应对这样奇异的局面，不过他们很快回过神来，马上就从第三列破甲骑兵的两侧包抄过去，对敌人形成了反包围。

　　可是敌人却没有大举进攻的意思，事实上，这些从地上长出来的植物骑士似乎很满足于把破甲骑兵困在当中的效果，丝毫没有进一步进攻的打算。不过骑兵冲锋的脚步已经被打断，这样的攻势一旦停顿，他们就再无可能追上狂奔而去的敌人了。洛晨钟当即决定先不理会这边的战局。他带着七十几个虎翼骑兵毫不停歇地冲过了破甲营和选锋营骑士的身边，继续追击的脚步，战场的另一侧，踏白营赵卫心领神会地带着自己的人马，紧紧跟随虎翼的行动。

　　洛晨钟之所以做出这样的决定，是因为他也像王洋一样，看到了那个羽人的将军，而且那将军身边只有一群毫无武装的平民。直觉告诉他，那个羽族将军就是四天前打过照面的羽人使者，也就是昨晚带队夜袭的斥候头领。如果能生擒此人，对今后的战局将有莫大的帮助。甚至，即使把破甲营和选锋营的兵士都牺牲在这里，只要能把他抓回天启，此次澜州之行就算大获成功。

　　风在呼啸，眼看着距离渐渐近了。

　　那群平民早已不见踪影，羽族将军似乎并没有发现危险的存在，逃跑的速度并不快。他朝着远处的一片灌木丛奔去，头都不回一下。眼看着那个将军盔顶白色的羽翎就在百步开外，洛晨钟的心脏随着密集的马蹄声怦怦地跳，难道这样轻易就可以擒住敌人的头目？

这时候第一阵箭雨落了下来。

这次可不是村子里那些羽族猎手用的狩猎轻箭。箭矢划破天空的时候带着震人心魄的呼啸，每一个经验丰富的骑兵都明白，只有破甲重箭才能发出那样令人胆寒的声音。洛晨钟挥舞着手臂，声嘶力竭地呼喊着："散开！散开！"他知道此时再散开，第一轮箭雨肯定是避不过；敌人的箭手多半藏在灌木后面，这样的距离上，敌人最多只有射三轮箭的机会。虎翼骑兵马上疏散开队形，但已经有十多骑倒下了。

负伤的战马嘶鸣着倒下，骑士滚落马下，被甩出老远，即使没有利箭射穿胸腹，恐怕在剧烈的碰撞中也会摔断胳膊；那些身躯完好的战友却毫不理会，只是松散了队形，躲开地上翻滚的人马，笔直地向前冲去。左侧远远的地方，踏白骑兵的箭矢已经毫不留情地飞起，落在那片灌木丛中。枝叶摇动，他们似乎听到了敌人战马的悲鸣，不由得兴奋起来，愈加迅猛地前冲。

第二阵箭雨落了下来。羽人族弓箭手超出了任何一支华族军队弓箭手的能力，第一轮齐射和第二轮之间，似乎只有一眨眼的间隔，却没有丝毫仓促而凌乱的感觉，每一支箭矢却都像长了眼睛一般落在虎翼骑兵的头顶。

洛晨钟的分散队形起了作用，这次倒下的骑兵只有七八个，但他们冲击的速度毕竟受到了影响，暴露在敌人箭矢打击之下的时间也长了。不过赵卫的队伍也及时做出了反应，踏白营的骑兵们都勒住马匹，在原地举起弓弩，向着那片灌木进行压制射击。其实骑射手们主要的攻击手段是平射，他们用的短弓射击威力本来就不大，如果在这样的距离上，在飞速奔驰中曲射压制，命中率就低下到不可忍受。他们对虎翼友军的近战能力有着绝对的信心，主要有一半的刀骑冲到敌人近前,哪怕是三倍的羽族骑兵都无法抵挡。

B.
四月十六　晨

敌人的骁勇又一次让哈斯惊叹不已。

眼看着在值夜分队密集的箭雨压制下,敌人的刀骑还在奋不顾身地冲锋,哈斯就知道只凭值夜分队的七十个弓箭手,是挡不住的。

这时候敌人的箭雨也落了下来。值夜分队的阻击阵地布设得非常仓促,防御弓箭的护盾都没有来得及搭建,大家只好藏在灌木丛中,希望能遮蔽敌人一些视线。中州骑兵的箭术虽然比不上自己人的精湛,并没有造成多少实际的伤亡,但白鸟团这些从未经历过大战的射手们,心理承受能力确实有限,在敌人的反压制下,自己射出的箭矢不由得就胆怯了很多。

很快,冲锋的刀骑已经逼近到五十步以内,倒下的却只是少半。哈斯知道守不住了,就果断地命令:"弃弓,上马,逃吧!"

值夜分队的射手们慌乱地上马,笨重的复合弓扔了一地,纷乱的马蹄把插在地上的备用箭矢踩得东倒西歪。哈斯摇摇头,心说以这样的速度一定要被敌人统统斩落马下了。

这时敌人的骑兵已经近在咫尺。

太阳不知道什么时候已经完全跃出地平线,金色的光线透过无穷无尽的空间,穿破清晨的薄雾和羽族逃兵惊起的烟尘,照在哈斯的脸上,他不由得眯起眼睛,回过头,就看着那些威武的中州骑兵高举着长刀,仿佛天上的神兵,披着金光而来,要用钉着铁掌的马蹄踏平澜州的万顷森林。

"分散开,向两边逃!"哈斯声嘶力竭地喊道,"活下来的,都去蔷薇谷!"

值夜分队的骑兵们开始奔逃的时候,敌人的长刀已经几乎够到了他们的马尾。哈斯知道自己得做些什么,拯救这些没打过仗的可怜士兵。

B.
四月十六　上午

洛晨钟没有想到敌人的将领居然有这么大的胆量。

当虎翼刀骑够到敌人尾巴的时候,那个头上扎着白羽的羽人将军,居然拨转马头向虎翼刀骑直冲了过来。骁勇的骑兵们一时间也没反应过来,等他们意识到这个应该在逃命的敌人将军正在孤身反冲锋的时候,那家伙的白马已经穿过虎翼骑兵稀疏的阵列,向着他刚刚放弃的营地方向奔去。那里还有陷入困境的破甲骑兵和攻势受阻的选锋营——难道他要去指挥那些奇异的植物骑士?

洛晨钟猛然勒住马头,他知道那几个仓皇而逃的无甲骑兵绝对没有这个家伙来得值钱。虎翼骑兵紧跟着主将的动作停下冲锋的步伐,一起拨回马头。这时那个羽人已经跑出老远。洛晨钟咬咬牙,"四个人跟我回追,剩下的接着追杀敌人骑射手,把头带回来!"

离他最近的四个骑兵马上靠拢上来,跟他策马回追。剩下的都四散开,又朝着那些刚刚开始奔逃的羽人阻击分队掩杀过去。

这时候洛晨钟注意到那家伙已经换下夜袭的黑马,换回了那日冒充使者时骑乘的白马。羽人的战马都没有任何的铠甲,连身上的军服看起来都轻飘飘的,没有一点盔甲的味道。那家伙身上唯一的防护装备似乎只是头上的白盔,但那头盔的盔体纤细轻薄,佩戴时突出的重点显然是头顶的白色羽毛,防护性能很值得怀疑。洛晨钟知道羽人身体轻快,再不披甲,跑起来一定快上许多,直接追赶多半是追不上的。不过那人往回跑,其实正对着破甲和选锋,断然不是逃脱的道路，而踏白骑兵在北边，所以他必会拐个弯向南。

猜到了敌人逃走的路线，洛晨钟就抢先向南偏离，准备抄个近路截住敌人。可是那羽人将领也明白得很，与他们同时折向南，丝毫不让他们占得便宜。眼看着敌人要渐渐远去，洛晨钟从鞍桥上扯出短弓，搭上箭，瞄准敌人结实的马屁股。这时候那家伙突然停了下来，回头张弓搭箭瞄了过来。洛晨钟暗道不好，左手把弓身微微一抬，顾不得仔细瞄准，二尺一寸长的狼舌人箭就飞了出去。这箭平时专用来射马，一旦射中，创口崩裂血流极快。这生死之间，也顾不得活口了。可是他这边刚松脱弓弦，身边就响起两声惨叫，两个骑兵已经中箭滚落马下。洛晨钟心中一寒，对手的连珠箭速度惊人，恐怕马上要招呼到自己身上。他马上矮身伏在马背上，这时候就听到簌簌的几声，几支要命的羽箭从头顶划过。然后又是两声惨叫，那边的两个骑兵也倒下了。

"他妈的！"洛晨钟忍不住狠狠地骂了一声。

战马不安地原地踱着步子，再没有新的箭矢飞来。他从马颈侧面向前看去，那羽人将军居然还大摇大摆地停在原地，手里依然端着弓，看来就等他什么时候冒头。洛晨钟一时间不知道该怎么应对，只好死死趴在马背上一动不动。

此时的战场似乎寂静了。洛晨钟渐渐觉得天气闷热难当，地面上潮气蒸腾，耳朵边似乎有飞虫嗡嗡叫个不停。弓在左手，箭壶在右胯边，可是他根本不敢抬头。时间过得很慢，他又悄悄探出头，发现那个混蛋居然还在。洛晨钟在心里骂遍了他的十八代祖宗。

不知道过了多久，洛晨钟眯缝着眼睛看着敌人单薄的身影，决定不受这鸟气了。他计划着趴在马背上渐渐逼近敌人，豁出去大腿上中一箭，也决不能被那个混蛋困在这里。即使战马被射倒，他也能躲在马匹尸体的掩护下，用弓箭跟敌人拼个高低。想到此，他双腿轻轻夹了一下马腹，战马温顺地迈开了步子，小跑起来。他的手心里都是汗。

八十步，七十步，六十步……速度越来越快。洛晨钟暗暗算着距离，把弓箭挂在鞍前的得胜钩上，从腰间抽出马刀。敌人的影子还在那里。

等到三十步的时候，战马已经冲了起来。洛晨钟低低地拖着马刀，旋风般冲了过去。这时候他听到嘣的一声，锁裙甲下的左小腿仿佛被抽了一鞭子，火辣辣地疼。那个可怕的敌人一箭射断了他的弓弦。崩断的熟牛筋结结实实地打在他腿上。

他有一种被愚弄的感觉，敌人能轻易射断他的弓弦，说明随时都能轻易射穿他的双腿。难道他是因为敌人的怜悯才能毫发无伤么？

就到了，就到了，潮湿的手掌握紧了麻布缠绕的刀柄。

这时候前面传来一声嘹亮的战马嘶鸣，他抬起头，看见那个漂亮的羽人将军已经拨转马头，白衣白马，以一种超越箭矢的速度驰向南方，转眼间就变成一个模糊的小点，消失在视线的尽头。

"逃了？"对敌人逃跑动机的猜疑，超过了对其速度的惊叹。

洛晨钟回头。

赵卫的踏白骑兵正踩着轻盈而彪悍的步子，席卷而来。

B.

四月十六　下午

蔷薇谷其实并不算是山谷，两侧山丘低矮，空身走的话，不一会儿就能爬上山顶，俯瞰这片宽阔的长满蛇莓的平缓而宽阔的山谷。

有人说许多年前这里开满血红的蔷薇，所以才命名为蔷薇谷；也有人说蛇莓其实是蔷薇的一种，只是它永远匍匐在地上，开出细碎的花朵，却有鲜红的果实。哈斯知道那果实其实很奇妙，可以止血，可以做蛇药，也可以治疗烧伤。所以他倾向于后一种解释。

白鸟团的骑兵们正聚集在蔷薇谷的末段，斯特兰城就在东边四里之外。站在山丘上就可以看到这座澜州最高大巍峨的城垣。许多人曾经说，青荇秋叶是澜州最庞大最美丽的城市，但哈斯从来不这么认为。秋叶城和所有古老的羽族城市一样，都融化在茂密的森林中，每一座房子都会生长，每一条道路都悬在高高的空中。这是没错的——如果羽族永远都把自己封禁在这片森林中的话。听说在遥远而寒冷的宁州，羽人们已经和无根民混居在一起，在山地的草场间放牧，在波涛翻涌的海边捕鱼。哈斯并不知道绵羊和小黄鱼能拿来做什么，但他知道羽族早晚要走出这片森林。

高大的夜北马安安静静地伫立在山谷两边，骑兵们躲在阴影里擦拭着自己的马具。偶尔还有些会用光洁的绸布仔细擦拭马刀的锋刃。不知道接下来的战斗中，他们的马刀有多少使用的机会。或许这只是骑兵的习惯吧，就像洛晨钟每次带兵出城前都要亲手整理一遍马镫，习惯而已。

在清晨的退却中，除了帐篷和一些物资以外，高傲的白鸟骑士团并没有受到多少实际的损失。不过值夜分队却在敌人的追杀中折损了一半的人马，哈斯的个人英雄主义行为虽然成功吸引了敌人的主将和骑射分队，但在敌人游骑兵的长刀下，还是有三十来个羽人射手丢掉了自己的头颅。多么可怕的效率。最后投入追杀的中州刀骑也不过三四十个，差不多每个骑兵都有自己的斩获。逃回命来的射手们仍在战栗，对于这些从未上过战场的小伙子而言，那些高举着长刀的中州人如同恶魔般恐怖。他们眼睁睁看着自己同伴在绝望的逃亡中被一刀砍下头颅，却根本没有回身迎敌的勇气。举起弓箭对着前方的目标射击，其实并不难；可真正挥刀杀人，眼看着同伴的自己的或敌人的血液喷涌而出，一个个鲜活的生命突然变成尸体却是另外一回事。军人永远无法在训练场上成长，没有经过血的洗礼，就没有坚韧而勇敢的士兵。

每隔一阵，斥候分队的鸽子就会传回瞭哨的信息。中州人的骑兵收拢了队伍，正在缓缓向蔷薇谷进发。有时候那些窄小的纸条上还残留着新鲜的血迹。在这片丘陵的隐蔽角落里，斥候战一刻也未曾停息。

一来一往两次袭击，充分说明了敌人远远比自己老辣。那白鸟团的胜机在哪里呢？在正面的会战中，数量的优势会被敌人的近战优势轻而易举地抵消。他们的阻击分队在敌人长刀的面前仿佛婴儿般不堪一击。

但即使在此时，哈斯也有坚定的信心。羽人的鲜血远比那些中州人珍贵，所以他不但要赢，还要赢得漂亮。他在等待，只要给他再多一点时间，胜负的天平就会毫无悬念地倒向他的一侧。

这时候山下溜起一道烟尘，一骑探马飞奔上来。

"禀报副团长大人，营建官安德·克塞·艾格瑞特大人到了。"那个骑兵在哈斯面前漂亮地勒住马匹，右手握拳行礼，恭敬地说道。

这时候微风吹过，金黄色的蛇莓花映在碧绿的藤蔓上，波涛起伏仿佛黄色的海。斯特兰城的代理政务官和正式巡城官、白鸟团第一副团长哈斯·克鲁·艾格瑞特露出了灿烂的笑容。

A.

四月十六　下午

大贲朝精锐禁军的骑兵们端坐在高大健壮的北陆马上，向远处的蔷薇谷进发。他们已经知道，羽人的三千骑兵撤退到那座山势半缓的谷地里，就停下了脚步，整理队形静待冲战。所以，这个下午的进军就从容了许多。大战在即，何必让战马多耗费力气呢？

前头领军的是破甲营游击王洋，压阵的是选锋营游击贺翔，洛晨钟和踏白营游击赵卫守在中军，缓缓前行。清晨一战，真正损失的还是虎翼营，弓箭底下又折了二十几个骑兵，一百二十个虎翼骑兵，现在能战的不过五十几个，留在大队后面由医官照顾着的还有十几个，包括孙宁。踏白营撒出去三十骑的斥候，至少有一半失了联络。反而是破甲和选锋，居然只有几个轻伤，没损一个性命。最让人诧异的是，那些从花盆里长出来的植物骑士，跟他们对峙了一阵，就突然萎缩了。等到洛晨钟这边收拾完战局，回到羽军营地的时候，两营的官兵正呆呆地留在原地，哭笑不得。洛晨钟亲自检视的时候，地上只有一些泥塑的花盆残片，以及一些完全枯萎变形分辨不出原来形状的藤蔓。

这倒是大大出乎了他的意料。他不知道这算是什么名堂。花盆里瞬间就长出一些奇奇怪怪的植物骑士，看起来威猛无比不可一世——王洋和他的骑兵们也证实了，至少在那很短的时段内，这些骑士的长矛坚硬而锋锐，铠甲也似乎坚不可摧。许多收势不及的战马都被长矛刺伤，要知道，破甲营的战马是最威猛雄壮的良种北陆马，身上披着厚重的马铠，并非一般武器可伤。而且在马匹的践踏之下，这些植物骑士组成了一道极其坚固的防线，根本不可能硬冲。

可这样的植物兵器，转瞬间就灰飞烟灭，这实在太不合情理了。

上午唯一的斩获还是来自损失惨重的虎翼。他们果然横扫了敌人四散奔逃的骑射手。大部分骑兵回来的时候，马鞍上都挂着敌人的头颅，每个人脸上都闪烁着快意的汗水。开战三天了，亲密无间的战友不知不觉就被吞噬了一半，可以想象这些粗豪的汉子，心中该有怎样的郁闷。现在，他们的长刀终于饮到敌人的鲜血，脸上终于有了笑。

这样的笑容对于这支骑兵而言，实在是太关键了。

十里其实很近。以最慢的行军速度，一个半对时就赶到了。

中州骑兵们在蔷薇谷前勒住了坐骑的步子。他们看到远处低矮的山坡上，羽族的骑兵已经列好了阵势。洛晨钟不慌不忙地指挥着这些饥渴的士兵排列着阵形，缓缓迈上最近的山坡。谁都知道，骑兵绝对不能向上冲锋，他们不吃这个亏。

依旧是破甲在前，选锋随后。踏白和虎翼分列左右。不过现在的虎翼骑兵兵力太薄，踏白营要分过来二十骑，把队伍补平，可是骄傲的虎翼骑兵拒绝了。洛晨钟也允许了这样的举动，五十个骄傲的骑兵比一百个普通骑兵更具威力，这是每一个军官都明白的道理。

又起风了。洛晨钟已经知道在西澜州的这个季节这个地段，每个下午都有大风。不过此时的风对他们而言并不坏，因为按照现在的队形冲锋，他们是顺风。而且阳光的优势也在他们这边，接战的时候敌人不得不迎着耀眼的阳光。

大战在即。

骑士们有条不紊地准备着手里的任何一件兵器或者马具。都是身经百战的士卒，越是在这样的局面下，越能显出他们的珍贵。洛晨钟心想，此战无论成败，都要尽可能地多回去一些人吧。当然了，他自己也一样。

忽然他周围的骑兵中起了一阵微微的骚动，洛晨钟回过头，居然看到他最信任的部属，本来该昏迷不醒的孙宁居然披着锁甲奔上山坡。

虎翼骑兵们在欢呼，所有骑兵都投来崇敬的目光。

可洛晨钟很快发现孙宁只是强撑着冲上前线，他的脸上仍然缠了绷带，只是再没有鲜血渗出。孙宁一路驰来，在洛晨钟面前勒住马匹，右手握着刀柄，费力地抽出刀来，"孙宁归队！"虎翼骑兵们都满怀激动望着他们的游击，眼睛里有自豪有钦佩，也有担心。

洛晨钟策马上前，扶住孙宁的肩膀，低声说道："兄弟，你的身体，此时还不能上阵吧。"

孙宁矮下身子，低声回道："肯定挥不动刀，但至少可以提提士气。"

洛晨钟点点头，"好兄弟。一会儿冲锋了，你给我们掠阵！"

"得令！"

这时银光耀眼，敌人阵中突然一骑飞来。禁军的骑兵们都停下手中的活计，目不转睛地看着那个白衣的家伙骑着高大的夜北马旁若无人地冲到自己阵前。六百多名凶神恶煞般的骑兵，一千两百多道目光齐刷刷地投在那个羽族骑士身上，胆小的人恐怕早就吓破了胆。可那骑士却满不在乎地张弓搭箭，瞄着洛晨钟的方向，弓弦一抖，一支响镝呼啸而来。那箭杆子极长，飞行却很慢，洛晨钟伸手就把箭杆抄在手里，看到那箭的尾羽几乎延伸到箭杆中央。尾羽的边上还绑着一卷细细的纸筒。

战书。

洛晨钟一点一点抽开纸筒，却看到几行歪七扭八的通用语，不禁失笑。

白鸟团第一副团长哈斯大人恭敬地发出请求，希望能约定双方焰火为号，共同开始进攻。后面的文字基本都是废话，文化素质很低的哈斯大人词不达意地表示了对洛晨钟以及中州骑兵的尊敬，并强调能与这样的对手作战实在是一生最大的荣幸。

洛晨钟笑了。他对着那个信使举起箭杆，一把掷在地上，声若洪钟地说道："告诉你们将军，准时开战！"

B.

四月十六　下午

自从信使出发以后，哈斯的心里就很忐忑。不知道自己那段文字写得是否通顺，敌人的将领看明白没有呢？这是他有生以来第一次觉得，多读些书其实也是应该的。

说实话，自从营建官安德赶到之后，他又情不自禁开始担心城市下水管道的事。说到此，安德就跟他急了，抱怨说营建队所有人员都被白鸟团征调了，他还拿什么修下水道？这次征集志愿者送花盆过来，不知道费了多大的力气。哈斯很后悔跟他探讨这个问题，赶忙中止了这段无意义的谈话，把安德带来的那些兴奋不已的志愿者安置在两侧的山坡上，近距离观赏这场精彩的战斗。安德本身似乎还在对手下队员的下落心怀怨念——要知道，早上逃散的那些营建队员，到现在为止还有很多没回来。哈斯确信那些人只是迷路了，可安德恶狠狠地诅咒他，说那些可都是无辜的平民，如果不幸死了一个，就要他好看。哈斯诺诺地应着，心里却说，战争哪有不死人的。

这时信使回来了，带回了敌人的口信，随时可以开战。

哈斯马上策马赶到骑兵群中，他已经有点迫不及待了。

这时候两千五百个骑兵手中领到了属于自己的花盆——哈斯有点心疼早上毁掉的五百个了。十七个岁正术士各安其位分散在两千五百骑兵中间，阿莫斯大长老带着十四个亘白术士站在队伍的最前列，做好了一切准备。哈斯满脸放光地跑到大长老身边，背对战场，面向着自己麾下英武的骑兵们，高高举起双臂，用最古老的羽簇语言发出准备进攻的号令："阿提拉瑞！刚巴哈的！"

十七个青衣宽袖的岁正术士闭目敛神，默念咒悟，双手结长生印。两千五百骑兵把花盆高高举过头顶，狠狠摔碎在鞍桥上。破碎的花盆里，藤蔓和泥土闪烁出淡青色的岁正花纹，然后藤蔓就像毒蛇般爬上每个骑兵的身躯，手臂、胸腹、腿脚、头颅……甚至连战马的头部和肩背都被这细密的藤蔓缠绕起来，只露出骑士和战马的眼睛，炯炯地看向前方。最后成型的是藤蔓编织的长矛，它有着狰狞的外观和尖锐的矛头，尾端却连在盔甲上，与人马浑然一体，散发出摄人心魄的气息。

这样的盔甲和长矛，如果没有岁正秘术的加强，只能维持很短的时间，所以在清晨的营地中，哈斯只能用它暂时阻挡敌人的脚步；但有了强大的岁正秘术做保障，就可以保持两个对时而不坏。那藤蔓的长矛很快就会变得无坚不摧，比任何钢铁的兵器都更坚硬锋利，那植物的盔甲却牢不可破，整个东陆没有任何一种箭矢可以穿破它的阻挡。

这时候，阿莫斯带着十四个亘白术士高高举起双手，白色的气流在他们手指间徘徊旋转，很快就嘶嘶地散开，笼罩在最前排一百名骑士的身边。风铠给这些最前线的骑兵又增加了一层坚固无比的防护，即使是敌人的穿山矛，都无法穿透风的屏障。

是时候了。

哈斯微笑了。白鸟团的骑兵们已经有两百年没有踏出冲锋的脚步，祖先留下了这样完美的战术，却从来没有实践的机会——他感谢那些中州人，所以，才一定要用最尊敬最虔诚的态度，发动最威严的冲锋——最好把对手杀得一个不留。哈斯闭上眼睛仰起头，殷红的翼形斑纹又爬上了他的脸颊和脖颈——如果有寰化的眼睛，你也会看到两千五百个骑兵面甲之后的脸庞上，无不爬满了各式的斑纹。

风吹得正猛，两千五百匹夜北马发出高亢的嘶鸣，两千五百名骑兵爆发出山呼海啸般的喊杀声。哈斯高举双臂,斑纹血红神情迷醉地听着这动人的声音,然后发出了冲锋的命令:"劳斯!劳斯!劳斯!"

终

灰色的天空,恼人的细雨,湿滑的沙石路面上寸草不生,连乌鸦和秃鹫都不见了踪迹。孙宁醒来的时候,发现自己被捆在马鞍上,正摇摇晃晃地走,但绳索勒得并不痛。四骑青衣把他围在中间,每个人都紧紧握着兵刃。

这是哪里?这个地方似乎曾经来过。孙宁又闭上眼,他感到自己的头颅里埋着一万把钢刀,不停地锯啊锯,所有感官和回忆都被割得七零八碎。他似乎记得某个树林里狂风大作,他被龙卷风掀上半空,然后重重地摔下来;他还记得雨夜的帐篷里,几个披甲的军官神色凝重地交谈,每个人的脸都很熟悉,又很陌生;西江的水是红色的,散发着腥臭的气息,隔壁村子里的李屠户每次都拿刀吓唬他;他的马叫做骅熠;七百个骑兵的血,染红了空旷的山谷。

骑兵。血。山谷。风在呼啸,视线中的一切都在扭曲变形。

藤蔓。花。长矛。羽人骑兵突然变成植物骑士,巨型镰刀般的长矛,风的铠甲。两支骑兵相撞的时候大地都在剧烈颤抖,乌云狂奔着追上太阳的脚步,天色刹那间变得地狱般沉暗。

摇晃,摇晃。地势崎岖道路湿滑,战马突然一个趔趄,孙宁身子一栽,差点摔下马去。他睁开眼,看见身边的青衣骑士还在表情木然地看着前方,他们的身上血迹斑斑。

这是哪里,他们又是谁?

看到他醒来,旁边的一个青衣骑士转过脸,神色木然地看着他。

他又闭上眼睛,细碎而冰凉的雨水打在脸颊上,全身的骨骼都在疼，脑海中的影像却渐渐清晰起来。

天空仿佛一张灰色的大纸上胡乱泼溅了浓厚不均的墨汁，有的地方漆黑一团，有的地方却薄得晶莹通透，几乎要渗出金色的阳光。狂风大作，在地上匍匐的碧绿藤蔓都被吹得摇动不止，黄色的蛇莓花被狂风卷得七零八落，雨下起来了。六百多个骑兵组成的坚固阵列，在这样浓黑狂乱的天象下显得游移而捉摸不定。敌人就像从蛇莓藤蔓中站起来的成群的怪兽，这个战场就是他们的巢穴，是他们肆虐的领地，他们称霸的王国。第一列的怪兽披着狂风而来，白色的气流笼罩在他们身边，将他们的身形面目都包裹起来，这让人马上回想起秘术森林里那阵妖异而迷乱的邪风，然后浑身的骨节都在疼。

冲锋的距离很短暂，两股力量势不可挡地碰撞在一起，破甲营的穿山矛在那风的铠甲面前如麦秸秆一般脆弱，折断、粉碎、飞上半空，钢铁的面甲下面是一双双惊恐的眼睛。接下来，怪兽的爪牙轻易地撕破了骑兵的身躯——那不是长矛，只有妖兽才会用爪子把人撕得四分五裂，然后舔食那些猩红的血肉。

在这些妖兽面前，中州最强大的重甲骑兵如婴儿般脆弱，他们的身躯、盔甲和战马都被肆意践踏着蹂躏着，被妖兽的铁蹄踩进地上的藤蔓和泥土里。第一列倒下了，湮没了，然后是第二列、第三列，然后是选锋营。目睹了破甲营的覆灭之后，选锋营的骑兵们自动向两边散开，可是没有用，肆虐的妖兽像潮水一般涌来，藤蔓的长矛像章鱼的触手般无限延长，末端又像蝎子的尾巴，带着一击致命的毒性。选锋的斩马刀还高高举在空中，可是他们的身体已经被戳得千疮百孔。然后是虎翼，然后是踏白……太阳被遮蔽，这里是谷玄之神的领地，每一片碧绿的叶子上都带着死亡的气息，每一个花瓣都在狞笑。这样的植物并不害怕践踏，骑兵和战马的鲜血会滋养它们，使它生长得更茁壮，更妖异。这不是战斗，不是我见过的任何一种战斗，这里没有英雄和抵抗，也没有懦夫和逃离，只有杀戮，肆意的杀戮。主宰天空的谷玄要吞噬掉所有中州骑兵的血肉、身躯和精神力。

疼，头疼。孙宁又睁开了眼睛。

还是漫长的峡谷，还是蒙蒙的细雨。这里是天线峡。

可是在我的脑海中，在我的眼前，杀戮仍在继续。妖魔还在肆虐，陷入绝境的骑兵们发出凄厉的惨叫。最勇敢的士兵也丧失了抵抗的勇气，却没有人逃跑，逃不掉的。妖魔已经吞噬了他们求生的勇气。天色依然晦暗沉重，碧绿的草地被染得一片殷红，空气中弥漫着浓重的血腥气。这时候我的视线越过了那片血水污浊的屠场，看见在敌人冲锋的起点，一个孤零零的将军屹立不动，他白衣白马，头上束着白色的羽毛。我知道他就是羽族的主将，这场杀戮的策划者。

我伏在马背上，顺着山坡的反斜面悄悄向他奔去，刀柄不停地碰撞着我的胯骨，我用手把它按住。平缓的山脊挡住了我的视线，让我看不到山谷里屠杀的景象，但空气中传来的凄厉呼号让我头皮发麻，身边弥散的血腥气让我一阵阵反胃。我极力屏住呼吸，拉下头盔的衬里。

当我估算着距离突然翻上山脊，准备向他发起偷袭的时候，眼前却先看到许多观战的羽族平民。这些邪恶的生物居然兴高采烈地欣赏着那场屠杀，一时间，我甚至想放弃刺杀那个将军，削几个平民脑袋解解气。

可我还是放弃了。我从平民的背后悄悄溜了过去，向那个将军身后逼近。距离越来越近，我抽出了刀。心怦怦地跳，这个时候我才觉得刚才的奔袭已经耗费了我所有的体力，伤口又开始迸裂，断裂的左臂拉不住缰绳，右手只能稍微抬起。刀都挥不动吧。可是我不管，我要杀了他，为兄弟们报仇！

就在我快要逼近他身边的时候，天空中突然响起一声炸雷，我抬起头，看见乌云被劈开一个缺口，一缕灿烂的阳光投射下来，我的视线越过羽人的肩膀，看到那片屠场已经宁静下来。雨也随之而下，我清清楚楚地看着那个将军转过身来，平和地望着我，望着我手里的刀，银灰色的长发被雨水打湿，沾在他的前额上。从担架上挣扎起来的所有能量终于消耗殆尽，最后一丝力气从指缝间溜走，我再也握不住长刀，整个身体慢慢地慢慢地从马背上滑落下来，一头摔在粗涩的藤蔓间，鼻子里飘过一缕蛇莓花勾魂的微香。最后的一个瞬间，我看到他的眼睛里露出一丝怜悯。

一切都结束了。

孙宁完全睁开了眼。

看到他醒来，旁边的一个青衣骑士拉住了他的胳膊，简单地问："孙将军现在可好么？"

他挣了挣胳膊上的绳索，那人看到他的动作，面带歉意地说，"孙将军昏迷不醒，我们急着赶路，只能出此下策。等回了天启，在下一定登门谢罪。"

孙宁漠然问道："你们是相府近卫，还是大明殿的执金吾？"

青衣骑士正色道："大明殿执金吾左司马赵国诚，左右都是我的同僚。"

"你们来了多少人？"

"二十二人。你们决战蔷薇谷的时候,这边还有十三个。天线峡口突围进来,就只剩我们四个了。"

孙宁心中又微微一抽。

"救命之恩,孙宁不谢了。"

赵国诚淡淡一笑,"大家同是大贲朝的军人,孙将军不要见外"。

"何必要救我?"

"蔷薇谷一战,孙将军是唯一的见证。我们会不惜一切代价保护你回去。"

孙宁沉默了。

路长得好像没有尽头。在阴冷、潮湿和颠簸中,孙宁感到自己的生命在一点点流走。不知什么时候起,他又睡着了。他很希望睡着,却又害怕睡着,因为睡着了就可以暂时摆脱纠缠不休的痛楚,但一旦入睡,那地狱般的屠杀景象就会重新涌入脑海,这是比伤痛更可怕的折磨。

再次醒来的时候,他身边的人似乎少了一个。

他问赵国诚,赵国诚还是淡淡地说,死了。羽人的游哨原来一直未曾离开,只要时机合适就会发动致命的狙杀。

在伤痛和噩梦的折磨中过了两夜,他们走到了索桥关,身边剩下的,也只有赵国诚一个。高大的关城横亘在远方,赵国诚了无生气的脸上第一次有了表情。孙宁的神志是清醒的,在那个男人的眼睛里他看到了一点希望的火焰,要回家了。可是还没来得及说话,那火焰瞬间就熄了。孙宁费力地抬起头,看到左侧的山崖上鬼魅般站着几个纹面的羽人。他们身上覆着青色的甲衣,仿佛融进了这青色的山崖,就像苔藓,就像岩石。

赵国诚笑了。那是一种如释重负的笑容，然后一支没羽箭悄无声息地穿过了他的喉咙。

孙宁等了很久，却没有等来夺命的羽箭。

他再一次抬起头，看到青色的山崖上空空如也，那几个羽人已经凭空消失了，仿佛从来不曾出现过。赵国诚的尸体还伏在马背上，战马不安地踱着步子，并不知道背上的主人再也无法拉动缰绳。

孙宁努力摇动身体，嘶哑着对自己的战马下令："驾……"

战马迟疑地挪动着步子，孙宁努力催促着它，"驾，驾……驾！"

战马终于向前走了，赵国诚的战马似乎踌躇了一下，也跟了上来。

就这样，两匹战马，驮着动弹不得的活人和死人，一步步走过天线峡的末梢，走近了那座巍峨的青色的关城。

雨还在下，天色阴沉。

九州·弯刀之夜

莫小闵来到斯特兰城的第一天，就嗅出了这个城市中弥漫的不祥气息。

她的感觉跟当时这座城市笼罩的积极乐观气氛完全相反，所以她的意见也没有受到应有的重视，就连她唯一的同伴莫塔也丝毫没放在心上。莫小闵当时皱着鼻子嗅来嗅去，光洁的皮肤上被挤出一道道并不难看的皱纹，她还扯着莫塔的袖子不放，嘴里念念有词："不对，肯定什么地方不对。"莫塔不耐烦地说："得了吧，你以为你是狗吗？"

这并不能怪莫塔是个愚钝、没耐性、缺乏远见的人，只是莫小闵在这两个对时中已经依靠她超乎常人的灵敏嗅觉发现了三家隐藏很深的糖水店，十二处垃圾堆，以及遍布整个城市地下的污水管道。也是在认识了莫小闵之后，莫塔才知道，在这片辽阔而神奇的土地上，大家感官能力的差异有多大。而且，他还知道了羽人的城市也是有下水道的。他小时候，那些行商的长辈告诉他，羽人的城市都建在巨大的树冠上，每家的生活都跟自己家的树屋融为一体，非常自然,非常和谐。这次他来到斯特兰城,却发现完全不是那么回事。这是一座高度发达的都市,其中很多设施的先进程度其至超过了天启——当然,这是以一个前帝国水军军官的现实主义眼光和缜密思维评判的结果,在莫小闵的世界里,这只是一个有着新鲜植物和糖水香味的城市,别无其他。

这时候,莫小闵还在努力向他证明,这个城市真的有些地方不对劲,比如天上飞过的鸟儿不会在街道上拉屎啊,比如一只狗都没有啊,还有这里的灯心草叶子太圆了之类的。莫塔三心二意地听着,视线却落在四周的景物上,游移不定。正在走神间,他左手腕突然一疼,不由得倒抽一口凉气,回头看去,青春无敌的莫小闵正捧着他的手腕,露出两颗尖尖的犬齿。他猛地抽回手腕,瞪圆了眼睛:"又咬人!"这时候小闵已经收起犬齿,变成可怜巴巴的小女孩,两只大眼睛眨巴眨巴,楚楚可怜,"你……你都没听人家讲话。"

莫塔叹了口气,"唉,继续,我听着呢。"右手背在后面,心里念叨的是:"下次,一定要戴个铁护腕。"

他们住在城西的花椒树旅舍——从名字上讲就不是什么高档旅舍。当然了,一个中州人很难体会其中的奥妙,莫塔也是住了四五天之后才发现这个道理的。斯特兰城的旅舍大约有五所,名字分别为花椒树、梧桐树、白杨树、红松树和苏铁树,另外还有一座官方旅舍,一般不对外营业,居然叫做年木邸阁。随便哪个木材商人都可以告诉你,这六种木材的价格正是按照上述顺序,从低到高依次排列。同理,花椒树旅舍正是五所旅舍中最低档的。

斯特兰城应该说是澜州最开放的城市,除了土生的羽人外,中州华族的身影也并不鲜见,其中主要以木材商人和药材商人为主,偶尔也有些贩牲口的。花椒树旅舍里就住着四五个中州人，基本都是这些行当的商人。莫塔第一天来的时候，跟其中两个打了照面。在这异乡的土地上，能见到黑眼睛黑头发的同胞，大家不觉分外亲切，尤其是莫塔身边还有个堪称美貌的小姑娘。两位中年大叔便坚持要做东，晚上就在旅舍前厅里摆了一桌酒席，邀请两人参加。莫塔不好推辞，白天带莫小闵上街草草逛了一圈，晚上便回来赴中州同胞的宴席。

那两位大叔一个姓游，一个姓赵。姓游的年长些，是一家天启官办木材商行驻澜州的总管，经费充足，为人却很细致，并不张扬；姓赵的是一个宛州小药材铺的采买，生在化外之地，性格着实豪爽，总有大包大揽的做派——酒过三巡之后，莫塔方才知道，这位其实算不得"大叔"，年龄比莫塔甚至要小着一岁，只是头发掉得多些，皱纹多些，看起来颇显沧桑。澜州的果酒一般酒性偏凉，要热了喝才不伤身，不过可惜又不够香醇，总是温着，只会越来越寡淡。赵"大叔"号称喝遍天下名酒，对澜州果酒评价极低，喝了几口，忍不住又开始骂。莫小闵睁大眼睛，似乎不习惯这个男人的粗鲁。游大叔细声细语地解释道："羽人体温本来就低，平日里消耗得少，这种偏凉的果酒，正合他们的脾胃。对我们人族来说，味道就差了些。"莫小闵却不在乎，她生来体温也低，这种略带酸味的果酒比中州的白酒要好喝多了。要不是莫塔在旁边不住扯她的袖子，恐怕她又要喝多了。

喝到后来，话题聊得开了，自然聊起莫塔和莫小闵此行的目的。白天里莫塔只是草草地说想"倒腾一点东西"，现在大家已经是酒友，自然要坦诚相见。莫塔便告诉他们，自己是泉明莫家的后代，遵了家长的命令，来澜州看看有没有什么能赚钱的营生。赵家兄弟皱了皱眉头，"泉明莫家？你们家可是管船队的？"游老板笑笑说："商族逐利而为，什么买卖都做得。"

莫塔点点头道："外人都说莫家是经营船队的大户，其实无非就是做点倒手的贸易，顺便揽一些土木工程，没多少本钱。"

游老板性子虽沉稳，但似乎颇有些好奇心，端起酒杯喝了一口，继而问道："莫兄弟请恕我冒昧，愚兄还是忍不住问一句，听说你们莫家并非以血缘而论，倒更似门派师承，家族里不管有无血缘关系，一律姓莫。这传说可是真的？"

莫塔看了看他，正待回答，没料被莫小闵抢了先："真的，完全正确。莫家子弟真正有血缘的并不多，大家五湖四海，凡是入了莫家门，便是莫家的人，都是亲人了。"

莫塔补充道："莫家先人下海讨生活，那时还没得这么大船队，海性更不熟，十有八九葬身鱼腹。等生意渐渐有了样子，老一辈出生入死的交情比亲人还亲，后来就有了这个规矩。其实大家本不姓莫，但海上厮混得久了，都忘了本来姓名，索性莫问出身，一律姓了莫。"

游老板赞叹道："今天算是长了学问，明白了泉明第一大家姓氏的由来。莫兄弟，相见即是缘分，咱们也莫问出身来历，同饮这一杯吧。"

赵老板咕哝道："等半天了，才举杯。"说着，举杯与大家一碰，一饮而尽。

众人看他有些醉意，相视而笑。

又喝了几杯之后，游老板看时候已经不早，便说莫家二人今日方到，还是要早些休息才好，于是众人便起身，留下一桌杯盘让店家收拾，各自就要回房。临走前莫塔突然问道："两位前辈可知道这斯特兰城附近，哪里有水晶石卖的？"游老板皱皱眉，"这我倒没听说过，明日里我给你打听打听再说吧。"赵老板舌头已经大了，"水……水……晶石？这个……"还没等他说完，游老板已经把他打住，"赵老板，你喝多了，我扶你回房去啦。"

当第一缕阳光穿破清晨的薄雾，透过斯特兰塔第四层东侧的窗户映在宽大的橡木办公桌上之时，一双修长而白皙的手已经在有条不紊整理一沓文档，一页页装订成册。今天是本月十二，早上没有例会，当日简报中也没有三级以上的内容需要当即处理，但良好的生活习惯一旦养成就难以更改，所以斯特兰城艾格瑞特王家的情报次长韦茨·克鲁·艾格瑞特还是一大早起来，一页页翻阅黎明前送来的内情简报。

纹面羽都城的行政系统工作效率堪称澜州第一，在这份散发着橡木清香的内情简报中，详细地登记着昨日十二个对时中进出斯特兰城的所有人员名单，其中每一个中州人都红笔圈注，而每一个青羽都蓝笔圈注——这两种人是重点监控对象，其中中州人是常年固定重点，而青羽是因为这几个月来的局势有变，临时加注的重点。从严格意义上说，整个纹面羽内卫部门的防范重点，在三个月前已经从"严防中州间谍渗透"，逐渐转移到"严防青羽间谍渗透"，当然，这些外界是看不出蛛丝马迹的。关心政治的民众在热烈地议论着纹面王在即将召开的大支尔格会议上当选永恒之王的种种可能，却很少有人意识到，纹面羽与秋叶城青羽的关系已经到了百年来最紧张的时刻。

作为斯特兰城情报部门的副主管和内卫部门的实际主管，韦茨最近压力很大。除了工作繁重之外，他与顶头上司、艾格瑞特王家情报长官弗里·克朗·艾格瑞特的关系也有很多微妙的地方需要考虑。弗里长官无疑是个雄才大略且深谋远虑的人，其实他更适合的职位应该是纹面王或者至少是斯特兰城政务官，但上任纹面王退位之时，居然舍弃了他这位当时的第一顺位继承人，而推荐了当时的第四顺位继承人、白鸟团第一副团长哈斯·克鲁·艾格瑞特接替王位。除了个人的偏爱之外，这也是顺应民意的结果。哈斯副团长在代理政务官期间曾成功击败了越境骚扰的中州骑兵，保卫了城市的安全，赢得了全体纹面羽臣民的爱戴。如果采取全民公选的方式选举地区领导人的话，哈斯副团长必然高票当选。

按照最合理的推断，弗里大人必然对此心生怨恨，必然在斯特兰塔内部掀起一定的风浪。但恰恰相反，弗里大人继续任劳任怨地待在情报官的位置上，即使老政务官莱特安排韦茨做他的副手，并且实际上主管了内卫工作，他也心胸开阔地接受了韦茨的任命。这样的举动赢得了全体纹面羽臣民的爱戴，甚至有些善于歌功颂德的诗人写诗赞颂，说同一时代拥有两名合格的王者人选，是纹面羽必将复兴祖先荣耀的先兆。这样的赞颂并非空穴来风，秋叶城永恒之王的身体一直不佳，今年似乎终于要撑不住了。上个月初，秋叶城方向终于发来正式通告，十城选王的支尔格大会将于下月中旬正式召开，羽族要选出新的王者。秋叶城青羽把持永恒之王王位已经四代，年轻的青羽王继承人年纪尚幼，作为澜州第二大族纹面羽的首领，哈斯王上位的呼声很高。如果哈斯王入主秋叶的话，斯特兰城的摄政应该非弗里大人莫属。韦茨作为派到弗里身边的哈斯系重将，以后要伺候哪个王者很难说清，所以他行事也分外小心，在确保对哈斯王忠诚的同时，必须要搞好同弗里长官的关系。当然，最根本的还是工作不能出差错。

韦茨翻看着今日的简报，照例先找出中州人的活动记录看。

昨天新来斯特兰城的中州人有两个，一男一女，都很年轻，没有明确的贸易背景。根据通关文牒来看，是中州北部商族大家的后代,入境理由也是"贸易"。但这样的手段对韦茨而言再熟悉不过了。澜州与中州之间的贸易并不活跃,作为二州之间的贸易枢纽,斯特兰城内常住的中州商人不过二十四个,算上暂住的,最多也就是近六十个。说每一个都是间谍有些夸张,但韦茨敢肯定,其中至少有一半在离开中州以前,得到了贲朝谍报部门的特别召见——就是所谓的"到南门喝茶"。贲朝谍报部门分三条线:隶属于外朝,直接受相府辖制的内务司;隶属于禁军的踏白营;隶属于内廷的大明殿内卫廷。禁军踏白营主要搜集军事情报,大明殿内卫廷规模较小,主要负责皇宫的保卫和反渗透,而相府内务司是最大最主要的谍报机构,设在天启城南门附近。对于没有受过专门训练的商人而言,内务司交给他们的主要是一些简单任务,比如定期汇报斯特兰城的城防工事变动等,作为回报,贲朝官方会给予他们一定的商业经营特权。韦茨相信,斯特兰城内的大多数中州商人都担负了类似使命,但这类人无关紧要,真正要紧的是受过训练的专职情报人员。后者通常都有针对性很强的具体使命,并且在澜州建有半永久的情报中转站,这才是他的心腹大敌。就目前的动向看,这新来的一男一女还没有露出狐狸尾巴,有待进一步观察。

翻到这份报告的末尾,他忽然发现,花椒树旅舍的店主在报告中提及,酒宴结束时,莫塔曾问两个商人,斯特兰城附近哪里有水晶石卖。并且店主在后面注明,此句说完之后,那四个人就回房休息,莫塔也并没有进一步追问。

这倒是一句耐人寻味的问话。

据韦茨所知,斯特兰城附近并没有任何天然水晶的出产。澜州的水晶产地,远在南方夜沼以西的埃尔斯城一带。以一个老情报工作者的眼光来分析,这句话很可能是敌方情报人员的接头暗语——或许他多虑了,这也可能只是个对澜州毫无了解的年轻商人随口的问话。

思量几许,他在简报末尾批注道:继续监视,增强戒备。

韦茨猜得没错,那句话的确是一句接头暗语,可惜没有得到正确的回复。

莫塔回到房里,脑袋在酒精的作用下略微有些肿胀,他揉了揉太阳穴,心想:"看来这两个人都不是联络人。"

这其实是他第一次深入敌境,独立执行情报搜集任务。莫小闵只是他带来的掩护,对他的任务毫不知情。他的职业经历颇为坎坷,少年从军时就加入禁军踏白营,经过严格训练之后成为了一名情报分析人员。后来被调派泉明港水军码头,工作还是老内容,无非是换成了分析整理水路来的情报,不过换了水军制服,编制上并入水军统领府。三年前上头有命令,让他脱了军服,回到莫家做本分生意。当时这个命令颇让他不解——要知道培养一个专业情报人员代价还是很大的。后来他渐渐明白,上头对他另有安排。果不其然,一年前踏白营派了一个参谋秘密约见他,交代给他几项任务。从此后他就以商人的身份,重新开始了间谍生涯。最初的任务大多很简单,都是些情报转运之类的简单任务;后来渐渐复杂,这次出门前,上头给了他一大笔钱,让他来澜州执行任务,具体内容却不告诉他,只让他去花椒树旅舍与当地联络人接头。当他向莫家大当家莫五爷辞行的时候,五爷不但没过问他的去向,还额外拨给他一笔资金,并且让他带上个女伴做掩护。他正要推说职责所系,带上不相干的人怕有牵连,莫五爷却拍着他的肩膀大笑说:"都是为国效力,有什么关系!"他也不知五爷对于他的事知道多少,只能应允。事后向上头汇报,上头也没提出异议,只是催他速速动身。所以他就带着一大笔钱和嗅觉灵敏的莫小闳来到澜州,找到花椒树旅舍住了下来。

当他还在揉着太阳穴思量如何与联络人接头的时候,莫小闳已经冲了澡出来,一边擦着湿漉漉的头发一边赞美羽族城市的沐浴设施。看到莫塔没有搭理她的意思,便一个大步跳上来,掰着莫塔的脑袋,"哪里疼了,哪里疼了,我给你揉揉!"

莫塔看到眼前这个半大丫头,心里不禁又是一阵悲凉,"五爷啊五爷,我莫塔第一次执行这么重大的任务,提着脑袋来澜州,您老人家为什么偏偏给我挑这么个宝贝?"

莫小闳看他神色愁苦,更是同情,脸上闪过慈母般的光辉。她温柔地捏着莫塔的脑袋,轻声细气地责备他:"谁叫你喝那么多。"

莫塔哀伤地说:"早知道就再多喝些。"

莫小闳一个爆栗敲在他头上,"混蛋,喝死你算了!"

莫塔捂着脑袋咕哝,"也不知道谁喝得多些……"

莫小闳又是一个爆栗,这次却被莫塔躲开,她气势汹汹地叫道,"你的酒量,跟姑奶奶能比么?"话音未落,她喉间咯的一声,忍不住打了一个酒嗝。

她似乎也觉得不雅,连忙掩住嘴,自言自语道,"刚才明明吐过了,怎么又上来一下。"

莫塔无奈地叹口气,正要说什么,却被敲门声打断。

莫塔高声问道,"哪位?"

门外回答,"我是店里的杂役,客人还没有休息吧,我来送醒酒的生梨水。"

莫塔看了一眼莫小闳的神志状况,莫小闳一龇牙,露出"谁敢说我喝多了找就咬谁"的神态。莫塔马上高声回答,"不用了,这里没人喝醉,还是送给楼下的赵老板吧。"

门外的杂役却不肯走,"生梨水不是给醉酒的人预备,只要饮了酒有些难受,都可以解一解。"

莫塔心说这杂役怎的如此烦人,正要赶他走,心里突然一动,便说,"你进来吧。"

那杂役端着托盘进来,将盘子放在桌上,便退了出去。就在他回身掩门的时候,似乎无意间说道,"客人问的水晶,澜州出产不多,成色好的也被越州的河络买去,这生意怕是难做。"说罢,掩上门便去了。

莫塔拿起冰壶,倒出一杯冰凉的生梨水,向莫小闵说,"这玩意儿看上去就解酒"。

莫小闵不屑地嗤了一声,"你才需要解酒呢"。

莫塔笑笑,没有回答,把冰壶放回托盘,顺手把冰壶底下压的纸片揣进怀里。

莫小闵虽然有些头晕,可还是敏锐地发现了他的小动作,警惕地问,"什么东西?"

莫塔若无其事地说,"没什么,菜单吧,你要吃宵夜的话就按着它点菜"。

莫小闵狐疑地问,"那你揣起来干什么?"

莫塔不耐烦地说,"问那么多干什么,小孩子家不要什么都问……喂,你干什么!"

莫小闵几下扯开他的衣襟,他跳起来抵抗,怀里的纸片却不小心落在地上,没等他弯腰,早被莫小闵捡走了。

莫小闵得手之后一个大跳就蹦到房间那头,借着烛光仔细看那纸片,然后很快就失望了,"我说,真的是菜单啊。"

莫塔两手一摊,"我怎么说的来着。"

莫小闵正要把纸片扔掉,突然发现背面居然还有字,如获至宝地人喊:"原来在这里!"然后很得意地把最上一行印刷精美的花体字念了出来:"羽人佳丽,温柔妩媚,浪漫春宵,与君共度!"刚一念完,莫小闵雪白的脸庞马上涨得通红,马上把纸片扔在地上,仿佛上面有瘟疫一般。

莫塔无奈地叹口气,"我说了,有些东西小孩子不要知道为好"。

莫小闵大吼一声:"混蛋!都是混蛋!下流坯子!"然后,在狂怒的情绪中,她迅速冲进自己的房间,用尽全身力气"砰"的一声关上房门。

等到夜深时分,莫小闵房间的灯熄了许久,莫塔才又拿出纸片,摊在桌上,借着窗棂间透过的明亮的月光,用桌上的毛笔蘸着杯子里剩的生梨水,一遍遍刷过纸片的表面。渐渐地,纸片被浸透,一些白色的字迹显露出来。

最上面是两个标题大字:标书。

据龙渊阁的资料显示,九州任何一个种族的任何一种官僚体系都是死板、拖沓、缺乏创意的,斯特兰城的行政系统也不例外。但同样根据龙渊阁的资料,在任何一种官僚体系中,情报部门都是其中作风比较泼辣,行事比较大胆的部分。韦茨作为老资格的情报系统负责人,生性谨慎,极力避免与其他部门发生纠纷,但即便如此,他每年收到的投诉次数在所有斯特兰塔官员中仍然高举前五。按照纹面羽千年传承的制度,双马厅长老评议会有权对渎职官员进行问责甚至弹劾,纹面干也不例外。韦茨和政务官莱特·克朗·艾格瑞特一直努力经营维持斯特兰塔与双马厅之间的关系,而给他们出了最多难题的,正是当今的斯特兰城主人,纹面王哈斯·克鲁·艾格瑞特。

据说在哈斯王继位之前,是双马厅有史以来最大的对手,每一个长老都对他恨得牙痒痒。如果不是哈斯深得民众的爱戴,双马厅一定会在那次继承人问题上横插一杠,援引《斯普瑞克天命书》第四章第六款的规定,行使双马厅的超级代表权,将继承人问题提请公决。

可惜他是如此地深入民心,至今斯特兰城的臣民们都习惯称他为"我们的哈斯王",甚至还有些人仍然习惯叫他"哈斯副团长"。他是一位杰出的军事将领,一位有着传奇色彩的王,但至少韦茨知道,他并不是一个称职的行政管理人才。在统辖十七万纹面羽臣民的王位上,他其实并没有什么成系统的抱负或者思路,如果说有的话,也是以奇思妙想居多。

比如今天。

韦茨看到面前那份黄杨木纸套印的,带着哈斯王本人潦草签名的传阅件,情不自禁地摸了摸下巴,不知道说什么好。

这是一份招标声明。

斯特兰城的城防工程已经年久失修,尤其是护城河淤塞严重,急需清理。上个月老营建官终于不堪重负,告老请辞,斯特兰塔经过研究之后,也认识到小修小补无济于事,必须要动大工程,对整个城防系统做彻底改造。这些韦茨都是知道的,但完全出乎他意料的是:这次工程居然面向整个东陆招标。到今天下午为止,斯特兰城中的中州商人已经人手一份地得到了这项声明,河络的贸易代表也已经将信息发回越州。

其实这么做的理由非常充分,韦茨也理解。斯特兰城本来就不同于羽族建造在树上的传统都市,对于这种耸立在平原丘陵间、有着高大城墙和护城河的城市，华族工人和河络工匠显然更加拿手。唯一的问题在于，这是一项防务工程，把这样重要的工程交给不可信任的外族，是不是妥当？

韦茨想了再三，还是决定面见哈斯王。

哈斯王的办公地点在斯特兰塔的顶层，那里是斯特兰城的制高点，可以俯瞰全城景象。韦茨体能并不算好——这也是他没有成为一名军官的主要原因——爬到顶层的时候已经有些微微的气喘。他站在王者大厅门前的两尊明月使者塑像前平静了一下心绪，调匀了呼吸，推门而入。

哈斯正趴在巨大的办公桌上打盹，直到韦茨走到面前也没有发觉。

韦茨轻轻地咳嗽了两声，哈斯王终于睡眼惺忪地抬起头，耷拉着眼皮目光涣散地看着面前的下属，过了好半天才回过神来。哈斯王本来是个英武的军官，使得一手好刀法，坚毅而棱角分明的下巴被庶民们形容为锁河山脉不可逾越的峰脊，但继位以来烦琐单调无聊的日常行政工作耗费了他所有的时间，使他过早地发福了，无数少女魂牵梦萦的下巴早已湮没在脂肪和皱纹间，原本锐利的眼神也变得朦胧如春日里连绵不绝的烟雨。

哈斯王似乎也觉得下午理政时间关起门来打盹有些不妥，神色略有尴尬。为了缓解这样的气氛，韦茨赶忙提出了此行的目的。

"西澜州辽阔草原和山地的主人，十七万纹面羽千年荣耀的守护者，居住在云霄之间斯特兰塔顶端的神的儿子，我最敬爱的王……"听到这些套话的时候，哈斯不禁又打了个哈欠，这才听到正式内容，"关于这份声明，不知道双马厅有什么看法？"

哈斯叹了口气，"我已经跟他们讲过了，他们完全不同意"。

"那最后还是……"

"还是什么，你不是看到了么？招标的截止日期提前了一个月，到这个月底为止，工程款要商家预付。你自己说，这么短时间，哪有一家中州商人或者越州矮子能赶过来？就凭现在这几家的财力，哪个有实力接下工程？"哈斯一肚子没好气，这也是他下午决定罢工睡觉的一个重要原因。

"不知道秋叶那边会有什么说法。"韦茨提醒道。

哈斯眼睛一瞪，"能有什么说法？下个月就是支尔格大会，他们有胆量的话，当面跟我说好了。大不了决斗，虽然我老了，砍死几只土鸡还是不是问题"。

韦茨叹了口气，终于还是把哽在喉头的话讲了出来，"敬爱的王啊，我知道这话不该由我，您谦卑的仆人来讲。可是我还是要说，这次您有极大的机会在支尔格大会胜出，希望您能考虑到这件事情对您名誉的影响。这不只是为了您个人的荣耀或者艾格瑞特王家的荣耀，这是您十七万臣民生死攸关的大事啊。孰轻孰重，还请您多做思量"。

"喂，你的鼻子能嗅出金铢的味道么？"在斯特兰城一处僻静小巷的糖水店里，莫塔问他的同伴。

"庸俗。"莫小闵简单地回答，手里拨弄着一只直倭瓜蔓儿做的吸管。

"时间紧迫，我们的钱不够，得找个财主帮忙。"莫塔耐心地解释。

"难道需要我色诱某个老头？"莫小闵不无诱惑地说。

"那得看那位老年人有没有特殊爱好。"莫塔客观地说。

"什么意思?"莫小闵眼中寒光一闪。

"没什么,忽略吧。你觉得这几天我们拜访过的中州商人里面,哪个比较有钱?"

"这家。"

"哪家?"莫塔没有明白她的意思。

"就这个糖水店喽。"

莫塔环顾四周。这是一家装修风格非常普通的糖水店,乍看上去跟一般羽人经营的糖水店没有什么区别,只是门外的招牌上写着"天启风味,欢迎品尝",含蓄地说明了这家店子的主人来自中州。

"严肃一点好不好。一个卖糖水的,能有多少钱。"

莫小闵严肃地说:"他有多少钱我不知道,但我知道他绝对不是一个卖糖水的。"

"哦?"莫塔觉得听出点意思来了。

"每次路过他们家后墙,我都能闻到一股淡淡的草药味,我能分辨出来的至少有漆树子、海金沙和还阳花。如果不是他身患十二种疑难杂症,需要整个澜州的草药来治病,那么他一定是个药材走私贩子。"

莫塔心中一阵欣慰。任何一个情报工作者都知道,不法商人是谍报人员天然的盟友。

当天晚上的拜访也充分说明了这一点。

当莫塔向糖水店老板黄正龙说明来意之后,黄正龙大是犯难,莫塔当即亮出自己的公务人员身份,施以威逼利诱,很快达成协议,黄老板为莫塔的招标计划提供鼎力支持——当然,是暗中支持

作为回报,莫塔许诺为黄正龙的药材走私活动提供一定便利。

回到花椒树旅舍后，等消息的莫小闵还饶有兴致地问："真的不需要我色诱么？"

永恒之朝1346年8月29日云时，永恒之朝历史上第一次面向整个东陆的建筑工程招标会在斯特兰塔一层"光荣与正义"会堂举行。这是纹面羽艾格瑞特王家举行庆典和进行公开司法审判的地点，平时不对外开放。大约有一千二百余名关心市政建设的市民到场旁听，还有三百多人由于没有座位，只能聚集在大门外等待消息。

招标会由斯特兰城政务官莱特·克朗·艾格瑞特主持，他今年已经71岁，快到退休的年纪，是先王一手提拔并重用的老臣，在市民的眼中，他是一个勤勉但缺乏个人魅力的公务人员。

提出投标的主要有十一家机构，但由于这次竞标时间紧迫、条件苛刻，真正有实力的商家其实寥寥无几。其中，代表斯特兰塔公营事务的公办营建队也参与竞标，但每个观众都知道，如果它有实力承揽工程，也不会有这次招标了。除此之外，最引人注目的竞标方，一个是来自中州泉明莫家的代表，另一个是越州河络的代表。

莫家的代表自然就是莫塔和莫小闵，他们的优势在于财力雄厚，可以全额垫付工程款，并且提供了莫家建筑工程以往的规范案例图样，可以完全按照斯特兰塔的要求改造城防工程。以上种种，充分显示了莫家作为成熟的建筑承包方的风采。而他们的劣势在于，技术熟练的华族建筑工人需要十五——二十天之后才能到位，而且部分材料需要在中州采购。

而越州河络的代表是一位戴着晶石眼镜的中年河络，自称石匠奥兰。他的优势在于提供了全新的设计理念，可以在成本不变的基础上将斯特兰城的城防工程由全木结构改造成木石复合结构，而且由于设备先进，他只需要数量很少的河络技师负责技术指导和监督，剩下的较为简单的体力劳动可以在当地羽族青壮年中征募。但他的劣势在于启动资金不足，需要斯特兰塔在工程中期支付一定比例的款项。而且，这种全新的设计理念能否被公众接受，还是个未知数。

竞标的后来，已经完全变成莫塔和奥兰的竞争。莫塔提出可以将城防箭塔减少到22座，护城河宽度减少一尺，从而压缩百分之十的预算；而奥兰则提出可以在原价不变的基础上增加一套人工湿地污水处理系统，将城市污水注入护城河，循环利用。

最后全场观众的情绪已经被调动起来，每次莫塔和石匠奥兰提出新的条件，旁听席上的观众们都会爆发出热烈的掌声。

招标会一直开了两个对时，斯特兰塔仍然无法决定哪家中标，最后只能宣布莫家和奥兰方为最后的竞争者，三天后在同一场地集会，决定最后哪家胜出。

从招标会场出来，莫小闵还沉浸在激动的情绪中，紧紧地抓着莫塔的手腕，不住地说，"我们会赢的！我们一定会赢的！"

莫塔倒是体现了一个情报人员应有的冷静，他一边安抚着莫小闵的情绪，一边在心里盘算着，要如何做些台面下的工作，确保这次投标万无一失。

当天晚上莫塔就去找新合伙人黄正龙商量对策，黄正龙明白告诉他，如果这事是政务官主抓的话，那个老家伙古板谨慎，可以活动的余地不大。不过据可靠消息，短时间内哈斯王将赴秋叶城参加戈尔格大会，政务官一定会随行，到时候要看负责这个项目的到底是谁。莫塔还不太相信，这么大的事，应该要在城主和政务官出行前解决才对；黄正龙说不见得，哈斯王对市政建设的兴趣本来就不持久，政务官执掌斯特兰行政执行大权三十年不倒，最重要的秘诀是不为任何重大事件负责，能推给别人的责任，一定会推掉。

莫塔还是不敢掉以轻心，这毕竟是他第一次重要的外勤任务。

黄正龙就给他出主意说，不妨用点手段把水搅浑，使这件事情短时间内更加难以决断。

回了旅社，莫塔跟莫小闵商量，莫小闵很生猛地说，"难道要把那个河络杀了？"

莫塔吓了一跳，心说到底谁才是情报员。莫小闵见他吓到，赶忙安慰他说，随便说说而已，不要当真。

二人商量了半个晚上，决定利用这个城市中不可忽视的舆论的力量。

第二天一大早，莫塔就备好礼物，带着莫小闵去拜访石匠奥兰。出门的时候，他们故意雇了城里最昂贵的出租马车，在全城绕了半个上午，在无数市民注视的目光下，来到了石匠奥兰居住的梧桐树旅舍，隆重地登门拜会。

石匠奥兰和他的河络同伴住的房间并不大，所以只好在梧桐树旅舍一楼会客厅里与莫塔会谈，这正是莫塔的目的，他巴不得知道的人越多越好。

会谈一开始莫塔就直奔主题，提出收购奥兰的团队。奥兰当然不能答应，任凭莫塔开出多么优厚的条件，奥兰都坚持自己的独立性。后来莫塔又提出合作方案，希望能平等合作，例如由莫塔出资，奥兰担任技术总监，而方案基本按照奥兰的计划来做，工程的利润由两家按比例分成。应该说这样的条件已经相当优厚，既解决了奥兰资金上的困难，又满足了河络工匠技术完美至上的偏好。对于这样的条件，奥兰一时间不好拒绝，便答应考虑考虑。莫塔得到这样的答案已经完全达到目的，于是起身告辞。

当天下午，工程竞标双方准备携手合作的消息已经传遍了斯特兰城的大街小巷，等到第二天的时候，关心市政建设的市民们都已经知道，莫塔已经向奥兰提出收购，奥兰正在考虑。斯特兰塔专门向莫塔和奥兰询问，但只得到模糊而且互相矛盾的答案。早有不满的双马厅趁机发难，决定举行市民听证会，征集市民对此事的意见。不得已之下，斯特兰塔做出了延期处理的决定。

在这段时间内，韦茨的主要精力已经放在安排哈斯王秋叶之旅的安保工作上。作为情报次长，他这次必须随行护卫，并且对所有保卫工作负总责。

韦茨已经发出消息，通知秋叶城的纹面王舍提前进入二级戒备状态；同时派出四组训练有素的内卫打前站，彻查沿途路况，清扫障碍。这次秋叶之旅堪称几十年来艾格瑞特王家最大的事件，纹面王、政务官、白鸟团副团长、秘术公会大长老等头面人物倾巢出动，护卫工作具体任务只能由白鸟团执行。除了哈斯王的贴身卫队之外，还特别加强了"岩石"分队的两个精锐小队，护卫兵力达到四百余人。这些人在出发之后，就全部调拨韦茨指挥。

近期引起韦茨忧虑的事件主要有两件：一是根据秋叶方向的线报，青羽常备军赤岚团活动频繁，经常组织实战训练，并且大量征召预备兵员进行临时训练——这已经有备战的味道；二是这次公开招标活动无论哪方胜出，都会带来新的异族人员集中入境问题。即使是规模较小的奥兰方案，入境的河络工匠人数也会超过20名，而且会携带河络特制的先进工具器械，这会给城市内部保卫工作带来新的难题。而如果莫塔胜出，恐怕会有百人以上华族工人入境，这是更大的麻烦。而且，就目前的局势推断，莫塔这次来澜州必然是有备而来，而且目标很明显——就是这次招标会。但从时间上推算，莫塔至少在二十天以前就从中州出发，那么说，中州方向在二十天以前就知道这次招标会的存在。

现在找哈斯王已经没用了，他老人家这几天已经搬出斯特兰塔，住进白鸟团的军营训练他的卫队了——他本来就兼任白鸟团长。很显然，他对训练卫队的兴趣远大于管理这个城市。而政务官大人最近已经为了准备支尔格大会的事务忙得焦头烂额，完全没有精力顾及韦茨这边的事务，所以这些事情韦茨只好去找他的直接上司弗里情报官请示。

弗里大人最近并不太忙——至少没有跟大家忙同样的事。近五年来，他的主要精力都花在改组情报部门外勤力量上。在他孜孜不倦的努力下，他直接指挥的斯特兰塔情报机构外勤分队已经变成了一支人数超过五百的庞大的准军事组织，外勤工作的业绩也有相应的增长。最近是三年内，他在澜州其他九个中心城市中都建立了相当规模的情报站——连擎梁半岛风氏故城昔兰尼加都不例外；建立在天启的情报站也得到了有效的加强，据说已经开始打入皇宫内部——这条线属于最高机密，只对弗里一个人负责。他这样的做法在艾格瑞特王家内部并非没有不同意见，特别是财政部门，他们对供养这支庞大的情报机构大为不满，斯特兰塔财政官罗尔克·克塞·艾格瑞特坚持认为在和平年代根本没有必要花费如此高昂的成本搞情报工作，每年做预算的时候都要大吵大闹。对于弗里这种行为的动机，韦茨曾经跟政务官大人有过深入探讨，为人谨慎的政务官意味深长地说，无论如何白鸟团始终还在哈斯王的手里。

韦茨顺着斯特兰塔精美的旋转楼梯上到第九层，穿过狭长昏暗的走廊——赶往走廊尽头的情报分析室，弗里大人的办公地点就在情报分析室尽头的内室中。如果没有离开斯特兰城的话，韦茨每个月要分三次来到这里，向弗里大人汇报分管的业务情况。

弗里是个相貌普通的男人，但说话富有感染力。他本来跟哈斯王同岁，但看上去比实际年龄大一些，可能是因为眼窝深陷，头发有些稀疏的原因。就这一点而言，他比英俊——或者说曾经英俊——的哈斯王明显逊色了一筹，据说这也是他当年没能继承王位的重要原因。

今天不是例行汇报的日子，不过副手向主管汇报工作也是天经地义。韦茨先把他分管的安全工作向弗里做了分项汇报，然后又把最近的哈斯王出行安保工作简要陈述了一下，弗里照例对他的责任心和勤勉赞扬了几句，然后就问他，还有什么特别的事要汇报。

韦茨先把关于招标会的担心和对莫塔的怀疑讲了出来，弗里沉吟了一会儿问道，"如果这是中州人的阴谋，那么他们的利益点在哪里呢？"

韦茨诚实地说："属下想不明白，所以才来向长官请示。"

弗里说，"谁都知道我们永恒之朝的锁河山防线重点根本不在斯特兰城。如果天线峡壁垒被突破，白鸟团骑兵败阵，中州人的大军已经兵临斯特兰城下，是否破城而入只看敌人的喜好而已。以前我们发现敌人间谍活动的重点，不都是在天线峡壁垒和白鸟团么？"

韦茨继续点头，"所以属下想不明白"。

弗里往后一仰，靠在身后坚硬的椅背上，"也可能是商业利益吧"。

韦茨认识到这个问题不会得到多少有益的信息了，转而提出下一条情况，"根据我们的线报，青羽赤岚团方向似乎有些动作……"

刚说到这里,他突然发现弗里的眼中闪过一丝不易察觉的光芒,心里猛然警觉,剩下的话便打了折扣,"长官可曾注意到?"

这时再看弗里,韦茨甚至怀疑自己刚才是不是过于敏感了。弗里抬起头,关切地问:"这几天的简报我还没来得及细看,你已经看过了么?说说是怎么回事。"

韦茨心里明白外勤向来是弗里自己主抓,自己不方便太多过问。他简单地说:"简报上提到赤岚团加紧训练,甚至还征召了预备兵员。"

弗里皱起了眉头,"这倒是值得注意的大问题。你向王者汇报了没有?"

韦茨赶忙谦恭地回答:"还没有,这样的事情要先向您请示之后,才敢打扰王者。"

弗里挥挥手,"没关系的。事情如果重大就直接找哈斯王,到时候大家一并出席研究就是了"。

韦茨点头称是。

弗里继续说:"这件事我马上去查,秋叶方向我会加派人手。你们不是快出发了吗?临走前记得检查信息通道,这几天我会给你所有外勤情报站的联系方式,路上要随时和家里保持联系。秋叶方向如果有新的情况,我会第一时间通知你。记住,一定要保持信息畅通,你是哈斯王安危的第一道屏障,绝对不能有任何闪失。还有,你自己也不能有任何闪失,我们情报厅离不开你。"

会谈结束后,韦茨走出房门,穿过紧张忙碌的情报分析室,回到外面光线昏暗的走廊上。走廊很长,尽头的窗户被风吹得开合不定,他一个人的脚步声回荡在寂静的长廊中,显得分外明显。从他来情报厅的第一天起,他工作的前提就是弗里长官不可信任,但不得不说,长官刚才的话,很是令人温暖。

哈斯王出行的日子很快就到了。

确切地说，这次应该是纹面羽高层全体出行——除了弗里情报官和老营建官留守之外。

这一天斯特兰城万人空巷，全体市民都涌上街头争睹这几十年不遇的盛典，每一个稍懂政治的市民都毫不怀疑哈斯王下个月回来的时候已经成为统领澜州的神王，永恒之朝的君主。挤在人群中的莫塔和莫小闪甚至听到了这样弱智的对话："你说我们的哈斯王回来的时候，头上会不会有光环？""笨蛋，你以为是邪教吗？什么光环！永恒之王那是浑身发光的！比太阳还要明亮！""真的吗？难道晚上他的房间里不用掌灯？""不对，十年前现任永恒之王来过西澜州，我怎么没听说他会发光？""那个是老王，年纪大了不中用，怎么能跟我们的天命哈斯王比呢？"

莫塔和莫小闪听得面面相觑。到了后来，莫小闪真的开始怀疑自己的常识，开始问莫塔："羽人的神王真的会发光吗？"莫塔面无表情地回答："不知道。""但看你表情，应该是知道的样子……""是吗？我怎么不这么觉得。"

欢送仪式在哈斯王带领四百骑兵缓缓走出军营，出现在市民视野中的时候达到了最高潮。斯特兰城的天空中回荡着震耳欲聋的欢呼声，几个擅长飞翔的年轻人甚至控制不住自己的情绪，凝出翅膀飞上半空，但很快被维持秩序的巡城士兵逮了下来。市民们对这几个莽撞小伙子的行为也没有什么反感，只是爆发出了一阵阵哄笑。哈斯王披着猩红的斗篷，身上是金光闪闪的王袍，头顶是桂树枝、龙血树枝和年木树枝编织而成的王冠，气宇不凡地频频挥手。每次他的目光扫向某个方向的市民，那边市民就爆发出山呼海啸的欢呼声。四百骑兵披着毫无实战意义的银色战甲,每一条丝线每一片护甲片都在阳光下熠熠生辉,晃花了市民的眼睛。这样盛大的欢乐场景中唯一不和谐的音符来自于某几个中年羽族妇女,她们在欢呼的同时不忘了发出一点点小小的哀怨,"王袍虽然华丽,不过哈斯大人还是穿军服最帅"。说话间,眼神中情意流转,仿佛回到了豆蔻般年华。那时的她们总是三五成群地聚集在斯特兰塔之下,徘徊不去,翘首企盼,希望能看一眼偶尔溜达到窗口的梦中情人,英俊的哈斯副团长大人。

莫塔挤在人群里,一直拉着莫小闵的手,生怕这傻孩子走丢了。正挤得满头是汗头昏脑涨的时候,突然感到背上一阵寒意。他抬起头,蓦然看到斯特兰城情报次长韦茨·克朗·艾格瑞特阴鸷的眼神。韦茨骑在一匹枣红马的马背上,夹在队伍中间缓缓地移动着,但头却扭向这边,眼睛直勾勾地盯着莫塔不放。莫塔目光与他相接,只觉得寒意如潮水般漫过身边,淹过脚踝膝盖腰腹胸背,然后渐渐掩住了口鼻,没过头顶,他手脚冰冷呼吸艰难,周围的喧嚣已经不复存在,无边无际的冰天雪地里只有他和那个坐在马上如冰窟一般的羽族男人。

"喂——!"清脆有力的喊声传来,地狱般的冰雪世界劈开一道裂纹,然后一寸寸龟裂,坍塌,消失得无影无踪。高悬在头顶的夏末的太阳,拥挤喧闹的人群,缓缓而行的骑兵队伍,那个羽族男人早已消失不见,莫小闵握着他的手,在他耳边还在大声地喊:"喂——"

他躲开半步,挠挠耳朵,"听到了,听到了"。

莫小闵关切地问,"怎么了,你中暑了么?怎么手心里都是汗?"

他略有些疲惫回答,"没事,有些累。"

队伍出城后就加快了前进的脚步。

韦茨并不擅长骑马,所以白鸟团专门给他挑了一匹最温顺的红马,旁边还总有一个骑士,随时准备帮他解决问题。他在队伍里摇摇晃晃地跟随着,心里还在惦着刚才出城时候看到的那个中州商人。

他以前见过这人的资料和画像,所以在人群中一眼就认出来。这个中州人比想象中年轻,脸色黝黑,下巴上有青黑的胡子茬,看上去有些散漫。如果不是这次出行的话,他一定能揪出这个年轻人潜藏的狐狸尾巴。刚才眼神交锋,他已经用明月"征"给了那个年轻人一个警告,希望能有些效果。

刚才的施法在中午太阳高照明月无处可循的时节,颇是耗费力气。作为一个未能毕业的神木园学徒,韦茨感到精神力耗费有些过大,决定稍微打个盹。骑行得久了,马背上的摇摇晃晃其实也有催眠的效果。

他的红马果然温顺,一路随着队伍不紧不慢地走,路过沟坎的时候也没有多少颠簸,所以他这一觉一直睡到晚上。他们走的大路还是千年之前大晁一统九州的年代所修建的,永恒之朝建立之后外族隔绝,十城划地而治,对这样宽阔大路的需求降低了很多。所以这大路虽然还担负着各城之间交通重任,但已经比千年之前车马繁荣时荒芜不少,路边的蒿草已经长起半人高。不过只有中州人才喜欢光板一条的大路,羽人走在荒草里,或许比走在大路上来得更自然。

队伍过夜的地方是一个大村子。哈斯王的行程安排半月前就已经通知下去,这个村的长老带领全体村民从中午开始在村口列队欢迎,等到哈斯王带领十几个官员和四百骑兵赶到的时候,天色已经昏黄。漫长的等待带来的疲惫在见到哈斯王的那一刻烟消云散,村民们热情高涨地欢呼着,几个漂亮的姑娘抬出大捧的鲜花和新鲜的瓜果,哈斯王见怪不怪地挥着手,象征性地品尝了一下水果就进村去了,后面鱼贯而入的官员们倒是人人揣了几个——斯特兰塔的水果供应是要列入预算的,平时没这么多可以吃。

　　这个时候就看出白鸟团骑士们的素质,面对诱人的果香,骑士们眼皮都不抬一下,一丝不苟地护卫着王者和官员们进入村庄。

　　这村子整体建在一个桦树林里,还有一部分旧式的树屋,但主要的公共建筑已经建在地上。村子人口五百左右,只能接待王者、官员和少部分贴身卫士居住,剩下的骑士们在村子四周布了警戒线,分散开扎营。晚上村里本来安排了精彩的晚会,但被莱特行政官以妨碍休息的理由拒绝了。晚饭之后,官员们大多休息下来,倒是哈斯王神采奕奕地溜到战士们中间,跟大家一起嚼着硬邦邦的山毛榉子,说些粗俗的笑话。哈斯王不睡,韦茨是不能睡的,他就守在哈斯王跟战士们聊天的帐篷外头,跟一个身材矮小的灰发青年聊天。那小伙子是内卫部门在这一代的联络人,年龄还不大,说话做事倒干练。这里离斯特兰城还不远,自然是没什么敌情,所以两人就没啥内容地闲扯。韦茨问起他的履历,这小伙子说他在情报部门的资历还不到三年,直到上个月初还在外勤部门工作,就跑秋叶到斯特兰这条线,上个月中旬被弗里长官调回斯特兰城附近,来到内卫部门工作。韦茨似乎记得上个月是有几个类似的人事变动,但那阵子他太忙了,也记不得那么详细。小伙子倒是很健谈,兴冲冲地说,韦茨大人您一定是忘了,我的调令上还有您的亲笔签字呢。韦茨随口应着,那小伙子感慨地说:"弗里大人和您都是好长官啊。按说我才跑外勤不到三年,照资历是不该调回来的,但弗里大人说我这个年纪应该考虑考虑自己的婚姻问题了,常年在外怕耽误了终身,很快就给我调回城郊来了。您知道,我就是斯特兰人,家就在城南不远的清水台村,离这里不到三十里……这段时间局势那么紧,青羽的人不断往这边渗透,我很担心自己走了,同事们干活儿……"

"什么?"韦茨马上打断了他的长篇废话,"你刚才说什么?青羽渗透?"

"对,在我调回来之前,刚还传了一份加急件,青羽赤岚团工图分队还派了一支小队过来,似乎有什么勘测任务。怎么,长官您不知道吗?"

韦茨没有回答,继续不依不饶地追问:"据你所知,类似的事还有多少?"

年轻人神色有些紧张起来,"这半年以来青羽活动都很频繁,特别是赤岚团,在我调职前三个月,我们一共转送了四封加急件,十四封普通件,其中四封加急件中有三封涉及赤岚团。"

韦茨神色严肃地问:"你级别这么低,加急件的内容你怎么会知道?"

年轻人此时发觉事态有些严重,深呼吸一口气,镇静地回答:"我在秋叶四号站任职,我们站负责所有秋叶方向情报的分析汇总和转运,每封加急件的封面都有标签,关于赤岚团的情报都会打一个红色的赤岚团徽。我是转运员,负责从秋叶城到第六号站之间的情报转运。"

韦茨赞许地点点头,"你现在的职务是什么?"

"斯特兰城东郊内卫联络员。"

"你有几个同事?"

"三个,每人负责六个村子。"

"听好了,从现在开始,你的职务是斯特兰塔档案分析司王庭安全检查所的三级调查员。我马上会给你写一份书面调令,上面会有政务官大人和我的签字。然后你拿这份调令,去通知你的同事,让他们分摊你负责的六个村子。同时告诉他们,关于你的调职要绝对保密,对任何人都不能透露,也绝对不许向上级汇报。明天天亮之前你必须完成这件事,然后回来跟我们会合,一起上路。听明白没有?"

"听明白了。"年轻人简短地回答。

韦茨指指这小伙子的脚下,"在这里等,我马上回来。"说着他马上向政务官歇息的房间走去,没走几步就转回身来,"年轻人,你的名字。"

"菲特·格兰菲迪,长官。"

"通用语呢?"

"马云。"

哈斯王的队伍一出城,莫塔就准备开始下一步计划。

从中州带来的四匹骡子,除了驮金币,各种珍稀的玩意儿也带了不少。莫塔从驮箱里挑了两瓶瀚州产七蒸七酿的六角牦牛奶酒,一副火山河络打造的错金银铜骨复合弩,白水城绸缎三匹,野玫瑰油三瓶,掂量着分量,恐怕自己最多也就能扛这么多了。莫小闵对那野玫瑰油大是赞赏,想方设法地要莫塔剩一瓶给她。莫塔哄她说只有上了年纪的女人才需要那些东西装点门面,你这样青春年少是用不到的。莫小闵哀怨地说,恐怕我上了年纪也没有这么昂贵的东西用。说罢哀伤地回房间,用睡眠来抵御伤痛。

莫塔一个人雇了马车,来到斯特兰塔西边贵族的宅邸区,登门拜访代理政务官弗里·克朗·艾格瑞特。

代理政务官很忙,需要处理的事情很多,所以莫塔只在弗里家简朴的客厅里坐了很短的时间,就在一位眼睛细长的助理不住的暗示下,起身告辞。在中州人的眼里,一多半的羽人都眼睛细长。不过今天的好消息是弗里收下了礼物。

回到花椒树旅社的时候,莫小闵还没有醒转。莫塔一直等她醒来才一起吃晚餐,莫小闵还对那三瓶高级化妆品充满怨念,吃饭也没有什么胃口。直到莫塔最后许诺,这次任务用不完的珍稀玩意儿都留给她,她的情绪才有了些许好转。

在忐忑不安中等待了三天之后,斯特兰塔方向终于传来令人欣慰的消息。莫塔在这次招标会中胜出,赢得了这项工程。他马上托第二天回中州交货的游老板捎信,让游老板一过索桥关就联系莫家的分号,把招标胜出的消息告诉他们,马上就准备工人和前期物资,尽快办好通关文书,赶赴斯特兰城。上次跟他联络的踏白营参谋一直在那座分号里等待他的消息——照目前情况判断,一百多名装扮成泥瓦工和木工的精锐士兵早已整装待发。

消息公布的当天晚上,石匠奥兰就找到花椒树旅社,提出要跟莫塔合作。

莫塔即使是一个无比谦虚的小伙子,心里也忍不住想道,"你早干什么了?如果你早点答应合作,我还需要送那些贵重的礼物么?"所以他还是跟奥兰犹犹豫豫地说:"这个我还要跟上边请示一下……毕竟现在方案已经定了,我已经送了信,让工人们尽快出发。"

不知道这些矬子到底是真的心地纯朴,一点心眼儿也没有,还是个个精通于装傻充愣,奥兰马上就拍着胸脯回答:"方案肯定还是我的好,不过你的工人来干,一点问题都没有。我只需要三个技师,你只要雇佣我和三个技师,我保证做出来的工程比你们原来的方案更棒!"

莫塔搓着双手说:"这个嘛,工程上的事情太多也太琐碎,你的方案技术水平高得多,我的工人都是些苦力,恐怕掌握起来有点难度……万一误了工期,各方面都不好交代。"

奥兰信誓旦旦地说:"没问题的,很简单的,相信我。就是给我一百个傻子,我也能指挥他们胜利完工!"

莫塔无奈地回答:"可是你们的方案成本比我们的高。"

奥兰已经快哭出来了,"可是,可是它真的更好啊!"

莫塔无奈地说:"可我是个商人,我要赚钱。"

奥兰突然站起来,向莫塔深深地鞠了一躬,"我和我的技师可以不要工钱,只希望您能帮我们实现理想"。

莫塔叹了口气,对这种技术狂人,实在不知道说什么好。

奥兰还在他面前躬着身,脑袋几乎低到膝盖以下,莫塔心里想,如果奥兰加盟,倒是可以加强这项工程的商业色彩,对踏白营高层策划的阴谋行动是个有力的掩护。

最后莫塔说:"合作可以。但方案不能完全按照你们原有的来,需要我的技师来了以后重新协商,你们只负责白天现场施工部分的监督,所有物资采购、与斯特兰塔的沟通、工人的日常管理都由我们负责,在公休时间和晚间,工人的去向和安排你们完全不能过问。这样你们能接受吗?"

"能!"奥兰马上坚定地回答,"不过晚间怎么会有休息?难道不是三班轮替,昼夜施工么?"

"不是!"莫塔近乎声嘶力竭地喊道。

踏白营的假工人们来得很快,七天后他们就带着必需的工程物资来到斯特兰城下。莫塔和弗里长官那位细眼睛的助理一起出城迎接，办理入城的手续。带队的是个四十多岁的汉子，粗布衣服，满手的老茧，腰里别着曲尺和烟袋，一看就是个地地道道的老木工。见了莫塔，他恭恭敬敬地叫了声东家，就拿出人员和配货清单，让东家和面前这位样貌不善的羽人过目。莫塔在泉明时做过几次工程，对大体项目还是了解的，那个助理也装模作样地审视了一番，最后说道："怎么是一百七十五个人？不是说要来一百二十个么？"

莫塔心说这个人数在十天前办理通关手续的时候就定了，你小子是真没看过还是装傻。心里这么想，嘴里却只能说："我们雇了石匠奥兰，方案有改变，新技术我们怕掌握不好，就多加了人手。"

那助理眼睛一眯，显得越发细长了，"不会是要耍什么猫腻吧，别以为我不懂，你们不就是想多要点工钱么？"

莫塔赶忙赔着笑，"哪里，哪里，价格咱们都谈好了，我带多少人，工钱都是一样的"。

那助理又瞥了一眼那些粗壮而恭顺的工人，提高嗓门说："这样吧，既然人数不对，我也不能放你们进城，你们就住在城外柳树林好了。我看你们也带了马匹帐篷，外面住也好，省得打扰市民。"

就这样，一百七十五个假工人就在城边的柳树林里扎下营来。

城外扎营的安排其实对这些中州人有百利而无一害。一方面这里地势复杂，入了夜以后活动自如难以监视，莫塔和同僚们尽管在开阔地上谈话，也不用担心被窃听。

工人们营帐扎得非常舒适——据带队那个貌似木工的胡副将说，这一百七十四个士兵真正来自踏白营的只有六十个，剩下一百一十四个都是如假包换的土木营工匠，修城盖屋本来就是拿手的活计，搭几个遮风避雨的棚子简直如吃饭走路一般平常。

傍晚时，在工兵们埋锅造饭的空当，莫塔带着胡副将对斯特兰城的城墙和护城河进行了简单的考察。到现在为止，莫塔对承揽这项工程的目的还不甚明了。相府内卫司和禁军踏白营对斯特兰城的情报搜集工作运转得很顺利，如果还是为了情报的话，不需要花这样高的额外成本搞这项活动。胡副将也不能给他太多有用的信息，他接到的命令只是带人来澜州，在接到下一步命令之前安心扮演工头的角色，带领弟兄们实打实地修城墙。

光芒暗淡的夕阳渐渐落入丘陵的夹缝，斯特兰城并不算高大的木城墙在青草蔓生的坡地上投下长长的影子，护城河水凝滞不动，不知名的昆虫在周围嗡嗡地环绕，在他们身后的树林边，炊烟袅袅升起，胡副将对莫塔笑了笑，"莫参军，咱们再多想也没用，军人听吩咐就是了，晚饭差不多好了，咱们还是先用饭吧"。

莫塔摸摸下巴上的胡茬子，也笑了，"好久没吃咱们军营的饭，还真有些想了"。

◆

在哈斯王的队伍出发十一天之后，秋叶城终于在望了。

从第三天起他们就走出了斯特兰城的辖地，却依然享受着鲜花和美酒的款待。赛撒尼城的云氏一向与艾格瑞特王家交好，招待规格之高隐隐透露着对哈斯登上永恒之王宝座的期待。过了天河之后，青羽的招待虽然礼貌，却透着冷漠和防范，四百多人的骑队总被安置在旷野中临时搭建好的邸阁里。

第十一天的上午，经过昨晚充足休息和睡眠的艾格瑞特王家队伍，终于沿着近乎荒废的大路来到永恒之朝的青都——秋叶。这是一座完全按照羽族古老传统构建的城市，一座建在云端的不朽之城。源自擎梁山试练峰冰冷彻骨的星辰河左岸，十七万株在秘法之力下生长了三千年的龙鳞红杉构筑起世间最宏伟的城堡,每一栋高塔都在生长,每一个房间都在呼吸,每一片木板雨后都会生出细细的嫩芽,却都被伟大的筑城者灌注在棵棵红杉内部的秘法一一扫除。这是一座古老、高贵而又生机勃勃的城市,年轮之塔上萤石灯冰冷的火焰三千年长明不熄,从羽人先祖点燃它的那一天起,青白色的光芒就照耀着澜州的天空,它见证了第一王朝的兴起和衰亡,见证了风氏皇族和大晃的碰撞、交流和融合,目睹了无根民的繁盛和流放,在它寂静无声的照耀下,永恒之朝在大晃和风氏的废墟中诞生,历经曲折、奋斗、阴谋和凝聚,一步步走上繁荣的顶点,二十七位永恒之王在它面前加冕,其中十九位在它脚下死去,三千贵族和三万平民时时在它脚下繁衍生息,澜州羽人的悲欢离合如三千年前一般,继续在它的脚下上演着,丝毫没有中止的迹象。

哈斯王的队伍受到了隆重而冷漠的欢迎,永恒之王抱病在床未能出迎,只有青羽的王位继承人——十二岁的乔伊·但特·雷格斯——带领青羽贵族高层来到秋叶城的南门外,为哈斯王举行了一个简短的欢迎仪式。那个孩子身体单薄而瘦弱,睫毛细长,天蚕丝的王袍披在身上,看上去就像个精致的人偶,哈斯王与他交换王侯之礼的时候,生怕纹面羽赠送的黄金冕会压坏这孩子纤细的脖颈。

不和谐的音符从一开始就存在。欢迎仪式很快就结束,青羽的贵族们很不礼貌地先行告退,而斯特兰城来的客人们入城的时候,白鸟团的骑兵突然受到城卫的阻拦——他们的理由是:选王宅邸只能由贵族和他们的随从居住,哈斯王和纹面羽的贵族们只能带着贴身卫队进城,白鸟团岩石分队特意划出的两小队骑士只能住在城外临时搭建的营帐里。哈斯王是仁慈而宽和的王,他唯一不能容忍的事情就是别人漠视他的士兵。面对固执的青羽士兵,有一瞬间哈斯王的脖颈里浮现出浅浅的红色斑纹。

一触即发的局势被莱特政务官暂时平息，但发怒的哈斯王仍然拒绝入城，他不能与自己的士兵们分开。于是全体纹面羽的队伍，包括三十一个贵族便全体驻扎在帐篷里。

下午的时候，辛威里尔元老院的元老们在院长的带领下，来到城南的临时宾客营区，再次恭请哈斯王入城。这是一个好兆头，这样迅捷的反应速度说明了元老院对哈斯王的看重程度。即使在青羽的威压和胁迫下，永恒之朝法典的制定者和王者的监督者辛威里尔元老院仍然表达了对纹面羽的善意。交涉的结果是哈斯王带着贵族们和贴身卫队进城，白鸟团副团长达曼·克朗·艾格瑞特带领两队骑兵留驻城外。马云随着骑兵留下了——他也不是贵族。

入城之后哈斯王一个人住进了辛威里尔元老院，剩下的人都安顿在城东的邸阁，抬头就可以看见七木神殿，当然了，也可以看见拱卫着七木神殿的十一座卫士塔。

辛威里尔元老院分为三个级别，最高级的王者之院平时是关闭的，因为它只有十一个席位，分属于十城的王者和神木园的轮值大长老，只有大支尔格会议召开、十城选王的时候才会用到；第二个级别是贵族院，由各个大小城邦选出的贵族代表组成，斯特兰城也有六名代表名列其中，他们负责普通法典的拟定，并对永恒之朝的行政系统实施监督评议，这也是元老院的常设机构；第三个级别是庶民院，由每个城邦的市民代表组成，人数最多权力却最小，没有投票权，只有提议权。

王者之院此时已经住进了六位王者，加上七木神殿中抱病的当今神王，大支尔格会议的召开只差三位王者和神木园的大长老了。各位王者入住王者之院后，安全就由卫士塔的鹤雪士保卫，这几乎是一种万无一失的措施，除非遇到大规模自然灾害等人力不可抗因素，没有人能从鹤雪士手下伤人。鹤雪团是永恒之朝的卫戍，是整个羽族的骄傲，他们不隶属于任何一个城邦，绝对中立，按照自己的原则代代传承，只忠于现任的永恒之王。在永恒之朝历史上官方有载的十四次叛乱中，鹤雪士都完美地履行了自己的职责——不卷入、不仲裁，只保卫永恒之王个人的生命安全。入住王者之院的十城王者，理论上属于未来的永恒之王候选人，鹤雪士当然会负起保卫职能。

韦茨进城的第二天，就与设在青都的情报站取得联系，马上发现了一个非常严重的问题。情报站向他报告说，最近十天向斯特兰城发回的每一条信息都没有回音。韦茨马上命令他们检查每一条通信渠道，结果那几个情报员神色沉重地告诉他，所有信鸦都一去不回，短距离作用的风语呼唤情报转运机构，都没有任何回音。韦茨追问："有没有派情报员去查过？"

情报站负责人无奈地回答："没有人手了。上一个情报转运员被调回总部之后，我们这里严重缺编，干什么都不够。而且调回去的都是年轻力壮的执行分队转运员，我们这里只剩下几个分析员。现在青羽对出入城盘查得非常严格，我们这些人如果出城的话，风险太大。"

韦茨眉头紧缩。这和他本人遇到的情况一模一样。

自从到了青羽地界之后，他与斯特兰塔情报厅的通信联系已经中断，随身携带的四只信鸦全部有去无回，上一个情报转运站也没有联系上。这样与世隔绝一般的孤独，对于一个谍报人员而言是致命的。他能在青都情报站所有同僚的脸上看到惶惑不安的神情。

他安慰大家说："没关系的，一定是青羽加大了干扰。我怀疑他们使用了迷航干扰，使我们的信鸦都不能飞抵目的地。既然我来了，你们就不必紧张，我们纹面羽的高层不是都么。"

负责人忧心忡忡地说："赤岚团前段时间活动极其频繁，这三天以来又完全寂静，我们都很担心有什么状况。"

韦茨心里一惊，不过脸却维持了轻松的笑意，"他们可能是害怕吧，哈斯王文治武功，谁不害怕呢？"

众人皆笑。大家都知道哈斯王武功威名远扬，文治倒是没什么过人之处。

回到邸阁之后，韦茨一个人钻进自己房间，从行李箱中摸出一支七孔短笛，稍微试了试音，便呜呜地吹奏了起来。他吹的音符不成曲调，可谓难听之极，不过仔细品味却又有一种怪异的味道。吹了一阵之后，他便停下来，把笛子放在桌上，又拿出一套纸笔，静静等待。

不一会儿，笛子突然自己响了起来，同样是不成曲调的音符，却与他刚才吹奏的不尽相同。他飞速地在纸上记录着笛声的音符。不过这段音符比他刚才吹奏的短暂得多，记了不到两行就结束了。他盯着那两行字看了一阵，拧着眉头思索了一阵，在底下拼出了几个通用语的字符：收到。立即执行。明日此时再次通联。

秋叶城外，马云已经收起笛子，把写满音符和字符的纸片撕了几道，揉进嘴里用力地嚼着。他已经接到命令，务必在明天中午之前联系上城外的情报转运站，尽量查清情报通路中断的原因，并及时汇报。

城外的临时宾客安置区也受到了青羽的严格监视，作为同行，马云轻易认出了那些衣着普通、可以保持低调的青羽内卫部门成员。不过他的优势在于他是编外人员，安置区登记簿上只有白鸟团副团长和他麾下二百七十名骑兵的记录，他这个人的痕迹被刻意地忽略了。而且他有在秋叶生活的经历，很容易就蒙混过那些效率低下的内卫，溜到大路上来。最近的情报转运站就在十五里之外，一个半对时应该可以赶到。他先混在一些从秋叶城里出来的村民当中，跟那些人有一搭没一搭地聊着，躲避青羽内卫部的耳目。

这些村民来自秋叶附近的村庄，都是上午给城里送瓜果蔬菜回来的。这些心思单纯的村民也没有怀疑他的来历，只以为他也是某个村子的小伙子。赶路的时候，他无意间听到有人谈到军队的事，不自觉地支棱起耳朵。

那是个上了年纪的果农，他儿子就在军队里服役。老爷子一个劲地骂儿子混蛋，说儿子许诺这个月休假回来成亲，结果现在又推说什么全团战备，不能回来。日子都定好了，老徐家的姑娘还在苦苦地等着他，真不是个东西。旁边有人一边鞭打着牛背，一边丧气地说："申老头你还抱怨什么，我家儿子没当兵，这几个月不知是怎么了，也总被抽去操练。我还安慰他，去了军队总能学点东西回来。可他却总抱怨，说每次去只是站队，穿了衣甲在太阳底下站队，一站就是一天，你说冤枉不冤枉——不过我看他的背，这几个月倒是比以前直了。"

马云跟着这些农民走了许久，把这些话都暗暗记在心里。

情报转运站就设在一个村口的凉亭里。每次他赶到附近，都在这里歇脚，然后把情报纸塞在凉亭柱子背后一个凹槽里，自然会有人来取。不过这次他必须要见到情报员。所以他把自己的斗笠挂在凉亭的角上，上面别了一支狗尾巴草，然后躺在凉亭里的活木长椅上假寐。亭子里有些潮，并不算太舒服，他一直闭着眼忍受潮气，几乎睡着，直到被一个姑娘唤醒。他睁开双眼，看到一个表情哀伤的少女站在凉亭外，心里嘀咕，不会就是这个丫头吧，这怎么靠得住。

不过他的希望落空了，那姑娘准确地说出了接头的暗语："请问落水村怎么走?"

他只好准确地回答:"翻过那个山梁,往左拐,不出三里就是。"

姑娘严肃地问他:"你总算出现了,上级到底是怎么了?"

他严肃地反问:"怎么了?"

姑娘表情沉重地说:"连续十天了,只有单向的传递,下游一点消息都没有,这太不正常了,上头把我们遗忘么?"

马云试探地问:"十天不算太长,至少没有坏消息不是?"

"怎么可能,秋叶区域四个站汇集过来的消息,都是非常紧急的情报,我全部转运下去,结果一点回音都没有,这怎么可能?"

马云皱着眉头,"以前出过这样的事么?"

姑娘哀伤地说:"没有,从来没有,这次一定是完了。"

马云赶忙安慰她说:"没事的,相信我,一定没事的,我这不是来了么?"

姑娘根本不看他,只顾沉浸在自己的哀伤里,"完蛋了,我感觉到了,你不用骗我"。

马云赶紧说:"不用担心,我就是代表组织来找你的。你送的情报有备份么?我给上头送一份。"

姑娘哀伤地看着他说:"我怎么能相信你呢?"

马云忍不住叫了一声:"天哪,都这个时候了。你不相信我还能相信谁呢?"

姑娘低头拨弄自己的衣角,"那好吧。我相信你,但没有备份"。

马云悲悯地看着她,"那我就没什么事了,你一定要坚持住"。

脆弱的女情报员眼睛噙满泪水,"我的父母住在水湾村,如果我死了,你一定要回去告诉他们,我没给他们丢脸"。

交谈已经无法继续,马云也没法子再安慰这个可怜的同事,只好狠心地告别,匆匆地逃走了。

根据前人提供的地图和这几天的探索，莫塔和他的工程队已经完全摸清了斯特兰城附近的地势。方圆几百里都是低缓的丘陵，城市就建在一个长长的斜坡上，四周是平缓的草地，一条溪流穿城而过，担负了平时城市的水源补给职责，同时城里还有完善的地下水供应系统。巨木垒砌的城墙高大雄伟，上面修有同样原木垒建的箭楼和角楼，不过没有瓮城。斯特兰城的四个主城门都宽阔高大，门洞里能并排行走八匹高头大马。由于建造年代久远，巨木城墙风化腐蚀比较严重，虽然内部结构完好无损，但表面那一层用手一拍就会噼里啪啦地剥落。莫塔和他的工人们这些天主要的活计就是剥下城墙的表皮，重新垒砌一层原木。

奥兰和他的技师们看过城墙的内部结构之后，也发现没有推倒重修的必要，不禁有些遗憾。不过事已至此，只好认清形势做些力所能及的事情。奥兰拿出了三种全新设计的箭楼图纸，和莫塔商量去哪儿采购必需的石料。莫小闵这几天无所事事，动不动就消失不见，不知道是躲在糖水店，还是在城里哪个角落挖宝；能看见的时候，她多半是跟奥兰的技师们混在一起，看人家那些奇异的工具。

莫塔最近也无心管她，只好由她乱跑。

奥兰一直在建议采用三班轮替昼夜施工的办法，莫塔一直不答应，他不急着完工。在接到下一步指示前，他要让士兵们尽可能地留在这里。

在土木营的工兵们兢兢业业修理城墙的时候，踏白营的士兵们总是借着轮休的机会溜达到斯特兰城的周边。他们两人一组，被派到附近的村子周边进行没有具体目标的侦察行动，莫塔给他们每一组身上都带了些钱，万一被人怀疑，就说是采购原料。随着时间的推移，他们发现了一些很有趣的现象，比如，斯特兰塔内卫部门最近工作近乎瘫痪——这可能是因为他们的领导人不在；白鸟团在城邦交界地带的一些哨所被情报厅替换；斯特兰城内的安保工作很疏忽，但边境地区却如临大敌；城里多了一些年轻的公务人员，很可能是情报厅的外勤人员——但外勤人员大量召回的原因不详。

莫塔对目前的局势发展有些摸不着头脑，对此他采取了两种应对措施：一、在斯特兰城邦辖区边界地带加强侦察，尽量摸清代理政务官的意图——敌人越是严加防范，就越要加强刺探；二、经常坐在花椒树旅舍的大厅里喝茶，希望那个杂役能及早传来下一步指示。

可是那个杂役掩饰得太好了，再或者他这条线根本就是一次性使用，以后再无用途。莫塔等了好几天也没有动静，倒是游老板最近比较闲，经常跟他坐一坐，喝一杯茶。

某天正在喝茶的时候，突然听到街边一阵喧嚣，莫塔和游老板都探头往外看去，只见街道上尘土飞扬，一溜马队飞奔而来，停在旅社门口。七八个身穿斯特兰塔公务人员制服的年轻羽族男子跳下马来，却不拴缰绳，直奔旅舍大厅而来。

三个守着门口，四个进入大门，在大厅内扫视一圈，其中两个分别堵住楼梯和走廊的入口，另外两个直奔莫塔和游老板而来。游老板腾地站起身来，手止不住地哆嗦，不小心碰翻了茶杯，溅了一地茶水。为首那个羽人不以为意，从袖子里掏出一张盖着火红漆印的公文，展示在莫塔面前，"莫塔先生，斯特兰塔怀疑你从事阴谋颠覆活动，现在我们以间谍罪的名义逮捕你。请跟我们走一趟"。

莫塔看了看四周，知道自己没有别的选择，便从容地站起身，伸出胳膊，让那羽人给他戴上镣铐。临走时，他还不忘安慰一句游老板："没事的，跟你没关系。"

看着这队人马渐渐走远,游老板擦擦袖子上的茶水,自言自语地说:"可真是要变天了。"

随着十城王者渐渐到齐,秋叶城里的空气一天天紧张起来。韦茨和外界唯一的联系渠道只剩下马云。随着马云这几天在城外的摸查,青羽即将有大动作的预兆越来越强。但是究竟这个大动作是什么,还没有明显的征召,但大部分线索都指向青羽的常备军赤岚团。赤岚团是当之无愧的澜州第一强军,总数五千人的规模超过白鸟骑兵将近一倍。

鉴于事态严重,韦茨与莱特政务官召来达曼副团长,一起研究对策。三个人分析的结果是,这次支尔格大会青羽败势已露,必然要垂死反扑。如果要下手的话,对象无非两个:哈斯王本人或者纹面羽全体。哈斯王本人已经置身于鹤雪团保护之下,难以刺杀不说,一旦败露,就是与全体羽族为敌;而斯特兰城距离遥远,大规模兵力长距离机动很难保密,白鸟团一旦有所戒备,胜负就难以预料。这两个目标都很难打击,敌人的战术动向殊为难测。

但不管怎样,实施行动的必然是赤岚团,所以三个人最后一致决定,先探探赤岚团的虚实再说。达曼出城前,韦茨又叫住他,很不放心地专门叮嘱,不管情况如何,先派两骑快马火速赶回斯特兰城,让白鸟团加强戒备,然后再通知弗里长官。

第二天,莱特政务官就向秋叶雷格斯塔提出相互检阅军队的申请。军事交流是建立互信、表示友好的重要手段,青羽方面顺利地答应了请求。第三天一早,年幼的青羽继承人就在大堆雷格斯王家贵族的陪同下来到城外的白鸟骑兵营地。两个小队骑兵早已紫明甲亮地列队完毕,旌旗招展英姿勃发,清一色的白色骏马,白盔白甲白色长矛,仿佛秋叶城外灰褐色原野上徐徐飘动的一片白云。雷格斯王家的贵族们都徒步走过骑兵队前,必须仰视高大马匹上的骑兵,心里大是不爽;王子所乘四匹剑齿猛虎所拉的鸾车缓缓驶过骑兵队前,一些战马受惊,亏得骑士控制才不至于逃窜,但也忍不住长声嘶鸣。这样,青羽的贵族们才觉得找回了些面子。

轮到纹面羽检阅的时候,哈斯王兴致勃勃地从王者之院出来,带着艾格瑞特王家代表团几乎全体成员造访赤岚团驻地——这有个麻烦的问题:赤岚团驻在城内,兵营同样建筑在树屋之上,营区内地势高低不平错落有致,骑马进去颇是不便,所以大家只好徒步。赤岚团的士兵五千人整整齐齐全员在位,长弓手、弯刀手、弩机手、工兵队分别站在四个操场接受检阅,艾格瑞特王家的贵族们爬高上低地转了一个多对时,才把这支队伍检阅完,许多耐力较差的文职官员早已累得气喘吁吁。检阅完毕之后,出了赤岚营门,韦茨和达曼对视一眼,都摇了摇头——这样的检阅,除了看出对方军容漂亮以外,什么收获都没有。那边哈斯王已经在大笑,说什么赤岚团原来都是中看不中用的摆设。韦茨问怎么回事,哈斯王回答他说:"那些士兵看着仪容漂亮,武器也光鲜,可是一个个腿都细长笔直,哪里是精兵的样子。"

韦茨不解,问道,"为何腿直就不是精兵了?"

哈斯大笑说:"赤岚是步军,翻山越岭全靠两条腿,如果是训练艰苦的话,腿上早已都是结实的肌肉,加上腰部常年负重的压迫,哪里还能站出这样漂亮的军姿。"

韦茨听了默然,一句话都没有说。

等回了邸阁之后,他便和莱特政务官商议,这样的检阅有用信息还是太少,还要再想个办法才好。莱特政务官正有同感,两人一番密谋,就决定在后天举行的大支尔格开幕庆典上搞一搞,韦茨当即叫来卫队队长,如此这般地安排下去。

八月十七日,大支尔格会议开幕。

王者之院大门徐徐打开,在鹤雪卫士和一百二十名贵族元老的簇拥下,十城王者缓缓走下高塔前的一百二十级阶梯,走向秋叶城最大的广场,年轮之塔脚下的阿尔弗斯广场——它以永恒之朝第一位神王的名字命名,搭建在四十株龙鳞红杉之上,分三层,可以容纳两千人,广场之下还有大片空地,赤岚团一半兵力早已摆出比昨日更威武的阅兵仪态,端端正正地站在下面。神木园轮值长老亘白圣师怀尔纳·苏希斯在最高层的祭坛上等候,六名鹤雪卫士在他身后高塔的一层六个窗台上肃然站立,两手空空,不知道那追魂索命的弓箭藏在何处。

十城王者分列在祭坛左右之后,广场第二层前排的韦茨踮着脚往前看,发现秋叶城青羽的代表是雷格斯王家那个孱弱的继承人乔伊·但特·雷格斯,看来现任神王已经病入膏肓,这样的场合都站不起来了。经过了冗长而烦琐的仪式,第二层的大贵族们和第三层小贵族、卫队和荣誉平民们很大一部分都站得腿脚酸麻,包括韦茨和莱特在内。

哈斯王今天的表现倒是相当不错。他的相貌虽然比不上年轻时候,但在这十个老弱病残里头堪称鹤立鸡群,在这种他最讨厌的繁文缛节面前,还保持了很好的理智和风度——这只能解释为他比较喜欢出风头,站在整个澜州的中心舞台上,他那容易犯困的脑袋保持了前所未有的清醒。

仪式从早上一直持续到中午,大家稍事休息,各自吃饭,等待下午再战。按照惯例,今天的典礼一直要持续到日落,明月初上的时节典礼才会进行到高潮,这是一场疲劳战。

不过韦茨为这些困乏的观众准备了一场小小的演出,到时候会给大家提提神。

在许多比较肥胖的贵族观众已经不堪重负摇摇欲倒的时候，典礼终于进行到第四个阶段，十城王者会在苏希斯长老的带领下走下祭坛，来到第二、三层的贵族和士兵中间，给大家祝福。这下观众的精神好了一些，这些澜州的主人所过之处，人群像潮水般分开，潮水般聚拢，中间夹杂着热烈的掌声和欢呼，如果不是有鹤雪士围成一圈把王者们护在中间，热情的群众会涌上来把他们踩死也说不定。

这项议程到了最后，王者们会来到广场第三层边缘，向下面列队的赤岚团士兵致敬——永恒之朝也是从战火中走来，一贯保持了对军人的尊重。就在这个时候，在三层最角落列队的纹面骑兵队伍中，有两匹战马不知怎么受了惊，长嘶一声就从三层平台上跳了下去。这平台大约两人来高，训练有素的战马跳下去不在话下，受惊的就更不怕了。两个盛装骑士惊慌失措地挥舞着马鞭，拉拽着缰绳，希望能把战马停下来，可是那战马仿佛豁出命自杀一般，对着赤岚团衣甲鲜明的队伍就冲了过去。这一下骤变，广场边上的贵族和卫士们都发现了，纷纷转过身去观看，广场内部的观众不知道发生了什么事，吵吵嚷嚷看着过来，视线却被阻挡。看得最清楚的应当是大长老和十城王者，他们眼睁睁地看着两匹失去控制的战马载着两个无奈的骑兵踏入赤岚团的队伍——鹤雪士倒是随时可以阻止，但这样的事情在他们职责之外，所以那二十六个鹤雪士都若无其事地袖手站着，面无表情眼神空洞，仿佛什么都没看见。

骑兵的速度是很快的，赤岚团队伍的第一列在毫无反应的情况下被冲开，几个高大威武的士兵被撞飞出去，如断线的风筝一般；第二、三排的士兵的情况毫无二致，除了被撞飞，只能被踩到；再往后的士兵稍微缓过神来，惊恐地向两边躲去，就这样，威武的赤岚团队伍自动地为这两匹受惊的战马闪开一条通道，没有一个士兵想起来用手里的兵器阻挡一下战马的去路。两匹战马不一会儿就踏过整个队伍，一骑绝尘地消失在城市的高塔和树木间，广场上的观众这才醒悟过来，大家交头接耳议论纷纷，一时间嘈杂声不绝于耳。

苏希斯大长老清了清嗓子，发出一声悠扬而高亢的长啸，一下子把所有嘈杂声都压下去，然后他威严地质问道："斯特兰家的人呢？这是怎么回事？"

哈斯王这时才从看热闹的情绪中回复过来，马上左手扶胸，单膝跪倒，"尊敬的大长老，哈斯对下属管教无方，都是哈斯的错，恳请您的责罚"。说着悄悄把手伸到背后向纹面羽的队列那边做了个手势。韦茨和莱特马上小跑着过来，跪倒在哈斯身边，异口同声地说："是我们管教不严，请大长老责罚！"身后远处，纹面羽的队伍黑压压跪倒一片。

这时候哈斯用蚊子般的声音说道："这帮孬种绝对他妈的不是赤岚团。要出事，你们赶快把事给我搞清楚！"

韦茨和莱特低头跪好，早已是一身的冷汗。

澜州第一强军绝对不会被两匹受惊的战马踏破营盘，这些衣着华丽的士兵绝对都是假的。可真正的赤岚团在哪里呢？

天哪，这可真出了大事。

◆

莫塔第一次登上斯特兰塔，对这座纹面羽的核心建筑还是充满了敬畏。七个羽人在他身前身后寸步不离，押送他踏上装饰精美的旋转楼梯，直到九层的尽头一个封闭的房间内。临时执掌这座城市的男人弗里情报官和蔼地接见了他，态度并不像是审问犯人。在经过了简短的询问之后，弗里长官甚至把所有手下都遣退，跟莫塔独自会谈。

　　这是一个很有亲和力的人,他的相貌在某种程度上更像瘦削的中州人而不是羽人,脸上也没有羽人常见的拒人千里的冷漠表情。莫塔脑海里浮现出几种不同的方案,主旨都是如何一击致命擒住弗里,然后以他为人质脱身。在一对一的情况下,莫塔有把握制服任何一个瘦弱的羽人。

　　不过很快他就发现没有这个必要了。

　　弗里长官拿给他一张公文——一张红字头样式标准的贲朝禁军公文,上面扣着踏白营鲜明的蓝色马蹄形印章。这样的变故给了莫塔极大的冲击,他完全没有料到最终联系人会是敌人情报机关的首脑,这个城市的第四号人物。

　　弗里长官笑容可掬地说:"莫参军,你先看看吧。"

　　莫塔仔细阅读下来,发现上级给他的命令很简单:完全配合弗里的行动,听从弗里的安排。下面还有踏白营统领唐守松的亲笔签名。似乎没有必要怀疑了,他抬起头。

　　弗里饶有兴致地看着他,不无戏谑地说:"还要我对暗语么?第一段是水晶的,第二段是软木塞子的,是不是?"

　　莫塔老实回答:"不用了。长官有什么吩咐?"

　　弗里说道:"我想,在我下达命令之前,需要先解决你心头的疑问。"

　　莫塔没有答话,只是坐姿端正地望着面前这个捉摸不透的羽人。

　　弗里随和地说:"不要这么拘谨,随便坐。首先我得告诉你——可以说是一个有抱负的政治家,也可以说是阴谋家,随便怎么说吧——你们这次任务完全是应我的请求而来。我在得知了哈斯王有公开招标重修城墙的意图之后,通知了你们踏白营,这才有你这次任务。我们之所以能合作,是因为我们有共同的敌人——哈斯和白鸟团。我希望除掉哈斯以及忠于他的白鸟团——别紧张，这就是政治——你们对二十年前那次失败同样耿耿于怀。所以我向你们禁军发出邀请，一起来除掉哈斯，你们很爽快就同意了。"

莫塔提问道："我们加起来实力就够么？你有多少人，我只有一百多。再说，我们公开联手的话，澜州你也留不下去了。"

弗里答道："说得好。所以我们还需要另一个盟友，而这个盟友主动找上门来。我想你应该能猜到吧，没错，就是青羽。他们需要继续把持永恒之朝王位，急于除掉哈斯。现在的情况是，主战兵力由他们提供——赤岚团会在四天之内入境，偷袭白鸟团；而我则负责收拾残局，在哈斯和白鸟团全灭后出来主持局面。要知道，十七万纹面羽的怒火，也不是好控制的。"

莫塔问道："那我的职责是什么呢？"

弗里回答："伏击。哈斯那帮人不是笨蛋，我猜到现在为止，他们应该已经发现问题的严重，回来与白鸟团联系的骑兵应该已经上路——伏击他们，这就是你的职责。我也是纹面羽，怎么能派出手下人伏击自己的同胞？"

莫塔思索了一下，抬头说："如果那个人也是你们情报厅官员，那么你的手下就更难以下手了是吧。"

弗里拍手："聪明，非常聪明，我欣赏你。"

莫塔严谨地说："那我现在就动身。"

弗里摇摇头，"天黑之前你不能出去——我刚抓了一个间谍，怎么能这样放走？一会儿记得走侧门，带上这份文书。"

莫塔严肃地点点头，"是。"

　　　　　　　　◆

韦茨感到肚子很痛。或许是太久没有长距离步行过了，也可能是胸腹内怨气郁结。他在支尔格大会之后抢先逃出秋叶城，跟马云会合之后，就舍弃了马匹，沿着马云熟知的一条送信专用猎道一路逃向斯特兰城。走了天黑的时候，韦茨终于撑不住了，停下来靠着一棵山毛榉小歇片刻。马云观察周围地势，发现已经又到了大路附近，而且上次与下一站情报员联络的凉亭就在附近。他冒险走到凉亭边，把斗笠挂在亭上，又退回树林中留心观察。

不一会儿，那个表情愁苦的姑娘又出现了。她向四周望了几圈，看不到有什么人影，就坐到凉亭的栏杆上开始等待。过了一会儿，旁边树林里传来一阵鸟叫，那是标准的黄尾蜡嘴雀所有的唧唧喳喳的刺耳叫声，姑娘恼怒不堪地捡起一颗石子，朝树林里丢去。满以为这次会惊起一群鸟儿，没想到一个鸟儿的影子都没有，叫声反而更聒噪了。姑娘愣愣地看了一会儿，才明白怎么回事，四处张望了一下，钻到树林里，看到捏着嗓子口干舌燥的马云。

韦茨起初并不太相信这个姑娘，但当他看到这个姑娘脸上笼罩的悲观情绪，马上认定此人不可能有诈——一个双面间谍不会有这么逼真而自然的情绪流露。

马云只是原第一站情报转运员，熟悉的路程到此为止，再往下就要看这个姑娘的手段。姑娘知道前面这位捂着肚子表情痛苦的男人原来是顶头上司情报次长，对事业和前途的绝望感又加重了几分。但一个情报员的责任心还是驱使着她，带领这两个男人找到一处隐藏的马厩，里面有四匹骏马，就是情报转运站为了十万火急的时刻储备的，一种一次性的应急措施。姑娘带着他们跨上马匹，沿着林中一条不为人所知的小路穿行向前。路不太好走，马匹只能颠着小碎步慢跑。韦茨坐在马背上感觉五脏六腑都被颠碎了。他主动请缨回城报信，也是万不得已。哈斯王不敢轻动，王者退出支尔格大会本来就足够问罪；莱特政务官年老，明显无法长途奔袭；达曼副团长还要指挥带到秋叶的骑兵,以防万一。所以能动用的核心高层,只有他一个,而且他还是情报次长,万一遇到被弗里蛊惑的不明真相的情报厅人员,他的身份还有些助益。唯一的意外就是,他的肚子开始疼了。

岩石分队的骑兵已经派回去三组,沿着大路一路狂奔,不出意外的话都会在途中被截杀,他们只是诱饵,纯粹为了吸引敌人的注意力而牺牲。真正的希望都寄托在他们三人身上——一个生病的情报次长,一个年轻的前情报转运员,一个悲观的姑娘。

一路上的风景很沉闷,没完没了的密林,若隐若现的小路,唧唧喳喳叫个不停的鸟雀,新鲜的动物粪便味道。他们没有路过一个村子,只靠那个马厩里储存的一点干粮和沿途的溪水补充体力,每天只休息一个对时,剩下的时间就在马上昏昏欲睡。马云一直在安慰那个叫做田萝的姑娘——他是一个有耐心的好小伙子。田萝姑娘坚持认为他们会受到伏击,马云则安慰她说,敌人的主力肯定都在大路边设伏,澜州这么辽阔的森林,他们怎么守得住。田萝姑娘也不听,总是一味地哀叹,时不时安排一下后事。

事情的发展证明了田萝的担忧不无道理。第四天夜里他们在蹚过一条溪水的时候遭到伏击。那时候打头的马云纵马涉到溪水中央,而最后的韦茨才刚刚下水。敌人从至少四十步外发起攻击,不止一个弓手,马云的坐骑第一个被射到,成功地阻断了后面两人三马的步伐。三个人同时落水,在齐腰深的溪水里挣扎,等待敌人的第二轮攻势。看起来敌人也是游动封锁哨,只是在行进间发起攻击,并非早有预谋的设伏。姑娘装备了谍报人员自卫用的连弩,还没等同伴发话,已经对着敌人箭矢来袭的方向一股脑地还击了过去,不出意料,肯定一个人没击中;马云倒是很警惕地伏在水中,举着防身用的短弩,警惕地观察;只有韦茨已经几乎潜入水中,一动不动。

敌人很沉得住气，第一轮射过之后就没了声息，不知是在潜伏观察，消磨猎物的斗志，还是已经悄无声息地逼近过来。过了没多久，马云就听见旁边姑娘低低的啜泣，感到心烦意乱，这样生死一线的对峙，他也未曾经历过。这时候，韦茨哗的从水中站起来，高举着双手，大喊道："我投降！我投降！"此举大出马云的意料，还没等他做出决断，旁边的姑娘已经迫不及待地扔掉连弩，站起身来。上司已经放弃，马云也没有了坚持的理由，只好不情愿地扔掉连弩，缓缓站起身来。他心里也清楚，这么抵抗下去，只有光荣牺牲一途。

溪水对岸的树丛里悄无声息地出现了三个身披落叶的男人，脸上有褐色的斑纹，乍一看像是纹面羽的血印，但仔细看去，只是寻常的伪装色。中州人。三个踏白营弓手警惕地用箭头对准他们，一步步逼近过来，三个纹面羽逃亡者完全没有抵抗的意思，高高举着双手。等弓手走到溪水边上，韦茨就高举双手向他们挪了过去，一边走一边被水流冲得东倒西歪。为首那个弓手马上大喊："别过来，举手别动！"

韦茨停下脚步。弓手继续喊道："你们是什么人？是不是回去报信的？"

韦茨高声回答："我是斯特兰塔的情报次长，韦茨·克鲁·艾格瑞特，你可以拿着我的名牌，向你们的上司领赏。"

三个弓手交换了一下眼神，"水里的男人，你有什么证据可以证明你的身份？"

韦茨摘下脖颈里的挂坠，高高举在手上，"这是银色的乌鸦挂坠，背面有我姓名和职位，这够不够？"

为首的弓手喊道："你扔过来！"

韦茨作势欲扔,弓手急忙阻止,"太远了,会被水冲走。你走过来,递给我"。

韦茨听话地向水边挪去,挂坠依旧高高举在手中。

这时候天上的明月从云层的遮蔽和暗月的牵绊下露出一丝光芒来,照在韦茨身上,那个挂坠在月光下反射出晶莹的光芒,一看就是高级货。

等到韦茨逼近岸边,那个为首的弓手向旁边两个伙伴使个眼色,那两人就拉开弓,丝毫不敢大意。为首那个则把弓挂在腰上,从阴影处探出身子,去接那个挂坠。这时候月光更明亮了,那个坠子在月光下显得光芒璀璨,分外醒目,水光反射下,连韦茨高举挂坠的手臂也显得光影变换,煞是好看。那个弓手接过坠子,身子似乎颤了一颤,旋即收回坠子,回到同伴身边。两个拉满了弓的同伴一边监视着水里的三人,一边用余光偷瞧那坠子,个个脸上露出羡慕崇拜的神色。这时候韦茨长长地叹息了一声,继而喊道:"止戈休兵,武器都放下吧。"

这时候,月光越来越明亮,溪水中间的马云突然发现三个中州人的神态很奇怪,脸色煞白,额头青筋暴跳,手脚动作却沉重迟缓。

韦茨继续发出蛊惑敌军人心的信号,"放下弩箭吧,明月之神的仆人们,在她皎洁的光芒下,武器显得太粗鄙"。

三个弓手中,有一个已经忍不住松了弓弦,把弓箭都扔在地上,剩下两个显然在做剧烈的思想斗争,都大敌来临似的,紧紧握着弓背不肯松开,却又说什么也射不出来。

韦茨捂着肚子从水里爬上岸,从第一个弓手腰里抽出一把短刀,割断了主人喉咙,然后是第二个,第三个。等这三个冤死的踏白营士兵倒下之后,韦茨有气无力地回过头对水里两个目瞪口呆的伙伴说:"等什么,快走啊。"

莫塔守在斯特兰城邦的边境上已经五天，报信的骑兵已经杀了三队，可是悬着的心始终放不下来。不出意料的话，那个韦茨情报次长一定会回来报信，他始终忘不了那阴鸷的眼神，忘不了那如坠冰窟的感觉。

莫小闵还在城里，他托了游老板照顾——他是比较靠谱的男人，令人放心。

这时候，他的帐篷被人掀开一角，胡副将一头闯了进来，"不好了"。

莫塔站起来，"怎么回事？"

胡副将简短地说："那个韦茨果然回来了，而且可能在两天前就冲破了第一道防线。"

莫塔脸色一寒，"现在他在什么地方？"

"刚跟第二道防线遭遇，他们有援兵？一时间拿不下来。"

莫塔心里一惊，"援兵？难道白鸟团已经发觉？"说实话，如果白鸟团警觉过来，他们这几个人连同弗里的几百人，根本还不够一盘菜的。再说了，如果弗里野心暴露，那几百人站哪边还不见得。

不过胡副将及时打消了他的疑虑，"不是，但还没有人看到，据说有可能是未知的巨大生物。"

这也不是什么好消息。

莫塔赶到战场的时候，战局还在僵持。踏白营和土木营的士兵们已经把敌人成功地堵在一处山谷里，但没有攻坚的设备，一时间攻不进去。

莫塔有些恼怒地问:"土木营不是在么?攻城都靠你们,怎么几个羽人都拿不下来?"

土木营一个老兵在旁边回答:"参军,我们手头没家伙,造不出什么器械,而且敌人有秘术师,还有几个看不清楚的恐怖家伙,上一次进攻已经伤了七个兄弟。"

胡副将追问道:"还没看清楚?"

那老兵摇摇头,"只知道比寻常的猛兽还大些,力气大得吓人,前几个兄弟都是被它揪住,直接丢出来的。"

这时候,山谷里面有人高声说话了:"请问是莫参军到了吗?"

莫塔一愣,但还是回答:"是我,你们逃脱无望,是要投降了吗?"

那人哈哈哈地笑了几声:"莫参军,我们要是投降了,恐怕你也保不住我们性命吧。"

莫塔马上回答:"只要你们不回去通风报信,我保证不伤害你们。"

里面那人又笑了几声答道:"你不伤害我们,就不怕别人伤害你们吗?"

莫塔心里一动,这也是他心里一直徘徊不去的问题——一旦事成,他们这支队伍会有如何下场呢?恐怕最可能的结局,是弗里为了掩人耳目,将这支小队全部杀了灭口。他莫塔现在赌的只是白鸟团全灭,弗里出来收拾残局的时候,本来就捉襟见肘的人手无暇对付这支小队。

这时候一个高大的黑影从山谷里缓缓走出来,同时发出低沉的吼声:"别放箭,我来谈判。"胡副将伸手,阻止了下属放箭的企图。

那个黑影走得近了,莫塔借着火把的光亮看清楚了那家伙的长相——高如巨猿,手脚颀长,脖子却滴溜溜乱转。莫塔突然明白过来,大喊——奥兰,你是奥兰!

对面那怪物谦逊地笑了,它的胸廓向两边分开,露出石匠奥兰的小脑瓜来。

隐在旁边林中的弓箭手悄悄举起了弓,莫塔抬手制止了他们的偷袭举动。

他问自己的河络监工:"你们为什么要插手?"

奥兰的声音从将风的胸腔里传来:"正义,是铸造之神赋予我们的正义的胸怀。"

莫塔冷笑了一声:"河络除了工匠都是商人,你是哪种?"

奥兰嘿嘿笑了两声,"忘了重新介绍,石匠奥兰是我少年时的名字,现在我的名字是蹈火者奥兰"。

莫塔拼命回忆在踏白营时记下来的河络资料,模糊地想起越州火山河络中依稀有一支被称为蹈火者的,但具体的内容记不清楚了。

对面的巨猿抬起头仰望天空,夜色如铅,无边无际的黑暗正在吞没星辰,他自言自语道:"快了,快了,再迟就来不及了。"

莫塔不明白他的意思,正待追问,胡副将匆匆赶到他身侧,耳语几句,莫塔脸色大变。

他大步从阵中跨出来,走到奥兰身侧,大喊:"你还知道些什么?"

巨猿低头,"怎么样?弗里是不是开始动手了?"他又抬头,粗糙的嗓音如洪钟般回响,"不管我知道些什么。一个对时之内,如果我们不能赶到斯特兰城下,恐怕什么都迟了。"说罢,它高高举起双臂,发出一声凄厉的呼啸。

莫塔和所有华族士兵都掩住耳朵,可那声线却如同一簇钢针,扎破双手和耳膜,直冲进脑子里去了。这时候山谷里跃出三个黑影,庞大如巨熊,却敏捷如猿猴,四足着地,朝莫塔他们的防线冲来。士兵们强忍着耳膜快要爆裂的声浪，挣扎着放箭，第一排的士兵吃力地举起长矛，第二排的士兵抽出佩刀。可那几个黑影丝毫不顾扑面而来的箭雨，只是伸出前臂抵挡住要害，几个纵跃就跳出包围。

形势在片刻间逆转，现在三个河络将风已经带着三个羽人冲出包围，只有蹈火者奥兰一个还留在中州人的手中。

而且，庞大的巨猿身躯还懒洋洋地坐了下来。

奥兰坦白地说：“我跑不了了。如果你们要杀了我，就杀吧。如果不杀的话，我倒是愿意跟你聊聊。”

莫塔和胡副将对视一眼，知道此时形势危急，追也无益，不如跟奥兰合作，还能得到一些有用的信息。

巨猿又抬起头看看天色，长长地叹了口气，无奈地说道：“其实现在多半已经赶不及了。尽人事而听天命吧。”

莫塔也抬起头。暗月笼罩夜空，吞噬了明月和星辰的光辉，羽人的飞翔和感知能力降到最低，那些生性敏感的羽人甚至都陷入沉沉的睡眠，难以唤醒。

月黑风高，正是杀人夜。

三个河络将风的背上，三个羽人都陷入了不同程度的昏沉。韦茨是最严重的。前几天的奔逃和前天入夜时的第一次遭遇战耗费了极多精力，而作为明月术士，在这样暗月笼罩的日子里，沉睡几乎是唯一的选择。

这时候他们已经没有别的选择，只有沿着一条最简单的直线奔向斯特兰城。一路上他们遇到几场战斗，开始是中州人攻击他们，战斗将风的外甲硬抗了这几次攻击，坚决地奔逃；后来就有纹面羽捕杀中州人的战斗，他们在战团外与那些人擦身而过，黑暗中双方都顾不上理会他们。等他们冲到离斯特兰城外围不足五里的时候，三具将风停下了脚步。

韦茨睁开双眼，面前还是无边无际的黑暗。

他听见马云和那姑娘的声音，他们像他一样，都坐在将风的肩头。

他视野中唯一的亮点是远处斯特兰塔的长明灯，这使他明白了他们现在身在城东的山丘山。他问身下的河络，为什么不走了。

将风里的矮个子简短地回答，"前面是'安'。"

那是一种使人沉睡的秘术，至少可以使人昏昏欲睡，手脚沉重。传说中古代河络军队常用战阵秘术之一，几十个秘术师的集合布阵，可以使一支军队陷入沉睡。"安"的布阵是渐进式的，中心区域力量最强，周围依次减弱。刚才他们其实已经闯进"安"的领域，虽然威力较弱，但足以让三个疲惫的羽人神志昏沉。此时他们翻上山丘顶端，"安"的力量有所削弱，但前路肯定是不通了。

韦茨吃力地从怀里摸出笛子，按住三个孔，放到唇边吹了一声——确切地说是吹了一下，没有任何声音。身下的河络提醒他说："'安'的领域内，任何联络呼唤性的秘术都没有功效，除非集合更强的秘术力量。"

韦茨收起笛子，问那个河络："敌人在哪里？"

河络默默地递给他一个晶石镜片。

他闭上左眼，将镜片放在右眼之前。

在他们的脚下，斯特兰城城外漆黑一片的旷野上，几千名羽族战士列成整齐的弧形阵势，半包围了整个城市。

奥兰从将风里托出身子，扑通一声跳在地上，恢复了矮小的身材。

他活动活动腿脚，伸了个懒腰，对莫塔说："里面空间太小了。"

"你不是坐惯了？"

奥兰吃惊地叫了一声："啊，你们踏白营是怎么搞的，鬼才喜欢坐这个，要不你上去试试？"

莫塔不想跟他废话，直奔主题地问他："刚才我已经有四个小队失去联系，不出意料的话，弗里对我们动手了。你有什么解释么？"

奥兰叹了口气，"你对他还抱什么希望？整个纹面羽他都可以出卖，他会留下你？你可知道青羽和弗里给哈斯王安的罪名是什么？勾结中州人啊！你们就是活生生的罪证。难道弗里会留你们活口，等你们向十七万纹面羽揭发他的罪状吗？"

莫塔冷静地回答："两百精兵不是好啃的骨头，他吃得下？"

奥兰说："吃不下也要吃啊。如果他今夜不把家底丢出来吃你们，难道还留在城里被青羽杀？——为什么斯特兰城防空虚，因为弗里大人派出所有力量追杀中州奸细了。"

莫塔追问："那我们该怎么办？"

奥兰耸耸肩，"跑得越远越好喽。趁他们打得一团乱，赶快跑回中州吧——当然了，如果你要去越州，我可以带路"。

莫塔转头看胡副将。照明的萤石光线阴冷，胡副将脸色黝黑，看不清楚面目，只是简单回报说："现在四个小队失踪，三个还在巡逻线上往回赶，现在我们身边有六十一个人，半个对时之内还能集合起三十个。"

奥兰在那边已经结束了舒展腿脚，又转身爬上将风，嘴里还嘟嘟囔囔地说："不早喽，得准备赶路喽。"

莫塔问他："你如何知道这么多的?"

他头也不回，"我可是个河络"。

秋叶城。

纹面羽下榻的邸阁。

青羽的代表，神木园的代表和元老院的代表恭敬地站在邸阁的院子中间。萤石灯冰冷的光芒映着他们毫无表情的脸孔。

哈斯王站在高高的台阶上，摘掉了王者之院的徽章，扔给元老院的代表，然后拔出了剑。他的眼睛寒冷如冰，脖颈里隐隐浮现出血红的斑纹。他的身后是纹面羽所有的高层贵族，他们都脱去了华美的长袍，换上了战斗的装束，包括白发的莱特政务官。

哈斯高声对台阶下的人说："如果要谈的话，叫雷曼诺思来见我。"

那是当今永恒之王的名字，直呼的话，是死罪。

斯特兰城外的山丘上，韦茨对身下的河络说："放我下来。"

河络的声音毫无表情，"来不及了，不要去送死。"

韦茨坚持说："放我下来。"

河络摇摇头，是那个将风庞大的头，"不行，我受命保护你的安危"。

韦茨疲倦地说："放我下来。"

河络说："没用的，不要再用摄心术了，今晚你的力量太弱了。"

韦茨举起刀，对准将风的脖子，"我会砍掉你的头"。

河络无奈地回答:"那是将风的头,再说了,你的刀不一定砍得断。"

韦茨叹了口气,把刀对准自己的脖子,"那我只好砍了自己的头。"

河络彻底无奈了。

韦茨从河络身上跳下来,脚下一软,一个趔趄几乎摔倒。"安"的力量太强了,他感到脚下仿佛灌了铅,但还是一步步朝山下的青羽军团走去。

旁边的田萝姑娘问马云:"他要去干什么?跟白鸟团一起死么?"

"青羽的胃口,绝对不只是白鸟团。"奥兰信誓旦旦地说。

这时候他已经跟着莫塔的队伍,走在撤离澜州的道路上。莫塔和胡副将决定一边收拢队伍一边撤退,并在沿途留下记号,来不及集合的士兵看到记号也会马上分散撤退。

他们远远地绕开斯特兰城,避开那些不知情的忠心执行阴谋家弗里计划的情报厅外勤人员,以及可能出现的青羽外围部队。

听到这样的话,莫塔不禁心急起来——如果战火扩大,还在城里的莫小闵的安危怎么办?奥兰读出了他脸上的担忧,毫不留情地说:"莫老板,与其担心那个小妞,不如先担心自己吧,自己有没有命活着出去还难说。"

莫塔摇摇头,"我把她带到澜州,即使自己没有命在,也要把她送回去"。

奥兰赶忙阻止他,"别这么说,咱们现在是一条绳上的蚂蚱,别说这不吉利的"。

莫塔告诉他:"等会儿见到你的接应人,队伍继续出发,我自己回斯特兰找她。"

奥兰不置可否地说:"还是到了地方再说吧,路上还凶险着呢。"

事实证明,奥兰的话更不吉利。

他们果然遇到了赤岚团的阻击分队。

两个组的弓箭手把他们压制在一处低洼地带,两个组的刀手逼近过来。敢于与中州人挥刀对砍的羽族军人,恐怕只有赤岚团的勇士。但无论如何,近战莫塔他们是不怕的。

正在莫塔他们准备迎敌的时候,却突然感到有些困,眼皮沉重得抬不起来。

奥兰大叫一声,"混蛋,是'安'!"话音未落就率先冲了出去——等敌人秘术功效完全发挥之后,什么都迟了。借着萤石灯的微光,莫塔第一次看到蹈火者奥兰战斗将风的威力。那只身形硕大的人造巨猿旋风一般冲入敌人阵中,双臂横扫,几个羽人就如断线风筝一般飞了出去。胡副将一挥手,华族士兵们也加入战团。那些羽人士兵本来就身手敏捷,动作快如闪电,华族士兵在困顿间动作迟缓,手脚笨拙,马上就落了下风。而且外围还有两队羽人弓手虎视眈眈,随时准备追杀突围的华族。奥兰的将风是最强的战力,可是耐力并不持久,可能是和莫塔队伍对战时受了一定的损耗。

莫塔也在人群中挥刀混战,他并不是很好的士兵,对面的羽族士兵已经在他身边走了三个来回,在他身上划了三个口子,虽然并不深,但已是血花四溅,最遗憾的是,他连对方的衣角都没碰到。在敌人第四次逼过来的时候,他用尽全力终于躲过了对准他咽喉的一刺,可是手腕却被人划到,手里的短刀拿捏不住,当啷一声掉在地上。他心里一凉,觉得要完蛋了。敌人第五次扑来,他握紧拳头,准备临死也要打断敌人的鼻梁。可这时,敌人突然盲了一般,在中途停下脚步,惶恐地四处张望,伸出五个细细的手指在眼前划来划去。莫塔仿佛看到那敌人身边笼罩着一层黑雾——也不知道他怎么在如何昏暗的暗夜中看到黑幕的。他小心地捡起刀,慢慢逼近敌人身边。那个羽族战士丝毫不知道周围发生了什么事,只是握紧剑,茫然四顾。莫塔举刀一步步接近,心里一直有个声音说,"慢点,再慢点,敌人听不到你"。

就在刀尖刚刚接触到敌人衣服的时候,莫塔突然加力,刺穿了敌人的胸膛。羽人应声而倒,不明不白地冤死在莫塔手下。这时候莫塔向四周看去,发现战斗已经快要结束,地上分别躺了四五具自己人的尸体,杀死的羽人倒有三十多个。不知道哪个秘术师突然施以援手,才挽救了这个危局。

等战斗完全结束之后,不远处传来一个清脆的声音:"完了么?我可不敢看尸体。"

莫塔笑了,他高声叫道:"别鬼扯了,暗月术士怎么会怕尸体。"

莫小闵从一棵树后转了出来,身边是笑容可掬的游老板。

她大惊小怪地喊道:"你怎么知道我是暗月术士?"

莫塔指指她手上尚未熄灭的黑色火焰,"你藏得可真好,高人"。

莫小闵赶紧用嘴去吹,呼呼几下却怎么也吹不灭。

游老板拉拉她的袖子,"等两天它自己就灭了"。

莫小闵大喊:"这样我怎么见人!"

这时候,奥兰从将风里探出头,"你们认识吧,我重新介绍一下,这就是我的联系人。这位就是大贲朝相府内卫司秘术营的莫小闵莫术士,旁边的是她的上司,内卫司斯特兰分线负责人游咏游总管。"

游总管客气地拱拱手,"对不起,瞒了你那么久,莫参军"。

莫塔面无表情地回答:"客气,客气。"

莫小闵脸上突然露出一丝狠戾的神色,"奥兰,禁军要杀那韦茨，你的人为什么护着？"说着，她手上的火焰似乎更旺盛了一些。

奥兰吓得赶忙缩回将风，"喂，我们只是配合行动，又没有必要听你们的"。

游总管阴恻恻地笑了，"好吧，这事我们会禀报给大夫环大人的"。

奥兰声音颤抖地说："我是越州地火谷的蹈火者，宛州的大夫环怎么能管到我。"

游总管坦诚地说："就是管不到你，才好办。"

奥兰绝望地喊了一声，几乎缩到将风脚下的泥土里去了。

秋叶城。

七木神殿外的台阶下面。哈斯身披甲胄，骑在乌黑的战马上，他的额头上，代表纹面王者的三道血痕鲜明无比地浮现出来。他的身后是四百骑兵，他们脸上斑纹血红，长矛的枪锋在星辰塔长明灯的微光下闪烁着黝黑的光芒。

对面的台阶上，青羽年幼的继承人带领不足百人的卫队挤在台阶上，每个人脸上都露出视死如归的神情。再往纹面羽骑兵队的身后看，至少三千的青羽士兵把年木神殿团团围住，却没有一个人敢上前。真正的勇士们正在斯特兰城的外面，这些只能用来检阅的士兵，怎么敢面对纹面骑兵的枪锋。

神殿外十一座卫士塔顶端，各有一个鹤雪士站在望台上。他们已经持弓在手。

哈斯冷冷地说："孩子，让开，我要见你的父亲，那个懦夫，雷曼诺思。"

乔伊王子握紧了手中的短剑，用纤细的声音回答："从我的尸体上踏过去吧。"

哈斯大笑，他胯下的战马一声长嘶，就向台阶上冲了上去。一百多名青羽卫士紧张地举起兵刃，组成一片金属的丛林，等待对面的将军撞上来。这时候四百骑兵在达曼副团长的带领下跳下战马，除了第一排士兵外，其他士兵整齐一致地放下长矛，拔出腰间的马刀。

哈斯的战马在敌人防线前突然停下，他在马背上高高地跃起，像一只大鸟一般在敌人防线上空掠过，直奔年木神殿大门而去。这时候，在敌人惊愕的空当，达曼副团长冷静举起了刀，"冲锋"。

四百下马的骑兵潮水般淹没了那可怜的青羽卫队，没有人投降，一百多个人头落地，只有乔伊小王子被达曼夹在胳膊底下奔向神殿。可怜的孩子连为父亲而死的自由都被剥夺。

哈斯在第一个照面间就砍翻了大门边的卫兵，一脚踹开大门，挥舞着马刀冲进了羽人最神圣的圣殿，永恒之王的宅邸。

韦茨拖着沉重的腿一步步走近了斯特兰城的城墙。一路上没人阻拦。在赤岚团的命令里应该有不让一个敌人逃出包围的指令，却没有阻止某个敌人冲进包围圈找死。

迎接他的人只有一个，他的老上司，斯特兰城的情报官弗里·克朗·艾格瑞特。

他已经来迟了。赤岚的士兵正如瘟疫一般涌进斯特兰城敞开的大门，全城的人都在沉睡。韦茨咬破了自己的嘴唇和舌头，还是难以抑制沉沉的睡意，直到在吊桥上发现了弗里大人的影子。

弗里大人对他张开热情的双臂，"欢迎你回来，我的次长。我想你应该不是来弃暗投明的吧"。

韦茨也笑了，"不，我是来约你一同上路的"。

弗里大笑，"你要杀我吗？以你现在的身体？或者是靠你的秘术？"

韦茨陪他笑了一阵，有气无力地说："都不是。"

弗里好奇地问："那是什么？"

韦茨微笑着说："你看我的。"

说罢，他拼尽全身力气大喊："有没有管事的？赤岚团，有没有管事的？"

这时候一个小队长模样的赤岚军士走到他们身边，呵斥道："喊什么喊！"

韦茨微笑着说："报告长官，我是斯特兰城艾格瑞特王家的情报次长韦茨·克朗·艾格瑞特，这位是我的上司，弗里情报官。"

弗里补充道："他是你们的敌人，而我是青羽的朋友。这个，可以去问你的将军。"

那个小队长很好奇地看看他，说："是吗？"然后一挥手，招呼了几个士兵走过来，把弯刀架在两个纹面官员的脖子上。

弗里毫不慌张地说："叫你的上司来。我们有协议的。"

小队长冷笑一声："我可不知道什么协议。我接到的命令只是，行动开始后，斯特兰全城都杀个干净，一个都不留。"

弗里一愣，"全城？不是白鸟团？我要见你们将军"。

小队长遗憾地说："真可惜，你见不到了。"说罢手起刀落，弗里的人头扑通一声掉在护城河的死水里。

七木神殿里灯光通明，长长的甬道上一个人都没有，没有卫兵，也没有一个神职人员。

哈斯一个人拖着刀走在神殿的活木地板上，脚步声在这座千年神殿中回响。他的目光定格在神殿的尽头，那里有十二级台阶和一张软榻，重病将死的澜州之王就躺在那里。

哈斯走到病榻前，仰视高高在上的神王。

永恒之王雷曼诺思发出一阵剧烈的咳嗽，仿佛把胸腔都震碎。他挣扎着坐起来，混浊的眼神凝固在对面持刀的将军身上。

"我等了你二十年，怎么今天才来夺我的王位？"

哈斯冷笑一声："谁要你的王位，我要我的臣民。"

雷曼诺思无奈地苦笑一声："我能给你的只有我的王位，你的臣民今夜注定要经历浩劫。"

哈斯举起刀，"你一定有办法，你一定能阻止"。

雷曼诺思悲伤地说："你这样的粗蛮，如何能统治这个国家呢？"

哈斯回答："我不要国家，我只要我的子民不受杀戮。"

雷曼诺思怜悯地看着他，"你杀了我吧。不过现在要救你的臣民，还是太迟了"。

哈斯脸上的血痕愈发地鲜红，他握着刀，缓步走上永恒之王的神坛。

这时候，两个鹤雪士悄无声息地出现在神坛两侧，空空的手里摆出一副张弓搭箭的手势，这是鹤雪术的至高境界，精神力凝结而成的无形弓箭。

哈斯毫不理会，他走到病榻前，面对那个被病痛和权力欲望折磨得不成人形的王者，怜悯地举起刀。永恒之王软软地躺倒在病榻上，安详地闭上双眼。

哈斯可以感到后背上刺骨的寒冷，精神之箭已经瞄准了他的心脏。

可是他毫不理会，把手里铭刻着白鸟团徽的马刀高高举过头顶,双手握住刀柄,刀尖朝下,狠狠地贯穿了永恒之王的胸膛。

鹤雪的箭没有来。弑王者哈斯没有死。

神殿的尽头传来一阵爽朗的大笑,"祝贺你,整个澜州的新的神王,哈斯·克鲁·艾格瑞特。从今以后,除了我之外谁也不能呼唤你的姓名"。

哈斯回过身来,星轮谷的主人,神木园的轮值大长老亘白圣师怀尔纳·苏希斯正从门外缓缓走来。透过敞开的大门,可以看到不可一世的纹面骑兵已经全体趴倒在神殿前的台阶上。

哈斯拔出刀,刚死的永恒之王体内并没有多少鲜血喷溅,所以哈斯的身上还是一尘不染。

"你才是主谋?"哈斯用刀尖对准了澜州至高无上的精神领导者。

"主谋?我怎么能做主谋。我的神王你醒醒吧。如果有主谋的话,那么整个羽族三千年传承的历史是主谋,澜州一百二十万羽人是主谋,这土地是主谋,这山川河流森林甚至天空才是主谋。"

"胡说,难道我纹面羽招惹了整个羽族?"哈斯的刀尖微微颤抖着。

怀尔纳·苏希斯大长老仿佛没有看见他的威胁,只是用平静的语调说道:"羽人从天空来到地面,就背负了深重的罪孽。所以我们只有在整个生命中穷尽自己的力量无限接近天空才能偿还自己的罪孽。但没有人可以永远飞翔,鹤雪士也不能,即使他们已经是整个大地上最洁净的人。你知道这片大陆上最肮脏的人是谁?"

"是谁?"

"是神王。他要背负整个羽族的罪恶,一切的苦难都要他先来承担。从继位之前起,他就需要用鲜血来不断清洗他的罪孽,你知道吗?罪孽越重,需要的鲜血越多。雷曼诺思继位之前杀掉了他的父亲、母亲和四个哥哥,这依然远远不足以清除他的罪恶。而你呢?

纹面羽是羽族中最堕落、最远离天空的部落,这样的罪孽你一个人已经承担不起,需要你的族人替你背负。只有他们的血液汇成海洋,你的罪孽才可以消除,才可以救赎他人。"

"胡说!别给我讲这么多,我只要我的士兵和我的臣民。"

"不,你要的是澜州,一百二十万羽族都是你的臣民,从今夜起,你的罪孽已经洗清。"

哈斯不再回答,他用刀尖对准大长老的鼻梁,一字一字说,"我不要澜州,我只要杀了你。"然后,他大踏步地走下台阶,刀光森严,凛然正气。

圣师的眼中流露出悲伤的光芒,"你不是一个很好的王者,但我希望你是"。

哈斯举起刀,"一介武夫,大长老见笑了"。说罢,挥刀向前,他的背后,响起精神之箭那柔和而宁静的风声。

斯特兰城外,山丘上。

马云坐在将风的肩头,对旁边看不见的姑娘说:"走吧,再等也没有用了。"

姑娘经过了整夜的抽泣,已经哭不出声来,"我们该怎么办?"

马云低声但坚定地说:"我发誓,纹面羽的血债要整个澜州来偿还。"

姑娘低声说:"我不知道,我只要跟着你。"

天线峡口。

华族士兵的小队已经踏上回家的路。

莫小闵还在吹手上的黑色火焰,游老板已经在唏嘘纹面羽的悲惨命运。

奥兰怪里怪气地说:"纹面羽一灭,澜州大门洞开,你们贲朝人恐怕笑都笑歪了。"

莫塔认真地回答:"但无论如何,几万人就这样在一夜之间死去,想一想就浑身发冷。"

奥兰咯咯地笑了,"想不到你还这么有同情心"。

游老板叹口气说:"回头看看吧,下次来澜州,这里就不知道是什么模样了。"

几个人一起回头。

这时候,东方已经破晓,太阳即将升起,不知道它将以怎样的光芒,温暖那个几十里外的屠场。

九州·天河水

1. 马羡鱼

这是一个寒冷的早晨，马羡鱼偷偷摸摸地踱到河边，去看他的网子。

一路上他感到很悲愤，这是一种生不逢时与自怨自艾混合在一起的感情，如二蛇交颈，水乳难分。十九叔早年里曾经说过，从前羽人是可以捕鱼的，而且捕得堂堂正正，吃得光明磊落。现如今，拉张网子都得鬼鬼祟祟，仿佛是什么见不得人的勾当。而且，最令人悲哀的是，马羡鱼是落草村最心灵手巧的男人，他做的弓箭柔软轻巧，却蕴含无穷的力道，任何一个柔弱的女子都可以拉开他的角弓，射下天空中翱翔的雄鹰——这又是一件大逆不道的事。他很喜欢吃鱼，所以就用佘线草编织出七眼相扣的网子，暴鳞的牙都撕不断最纤细的网线，奸诈无比的兀影豚都逃不出他的牢笼；据说整个西澜州只有他的网子才能逮住那奸诈而味美绝伦的兀影豚，当然，据说而已。

来到河边的时候，水面上已经看不到枯叶伪装的浮子，他心里一喜，七个浮子都沉在水里，网子里一定有大家伙，莫不是真的抓到无影豚了吧？在满怀憧憬的颤抖中，他一步步走到水边，深深地吸了一口冰凉的空气，四肢百骸间传过令人欣慰的平静，他已经想好了，鱼头给十九叔，最嫩美的鳍底留给妹妹，鱼骨鱼牙也留给她作装饰品（虽然不敢戴出去），大块的鱼肉就给弟弟，他自己只要喝上自己亲手烹调的清鱼汤，就美上天了，真的，做鹤雪也不换。

这时候太阳出来了，天河的水面上泛起红色的粼光，一闪一闪地，晃着他的眼睛。他身披霞光，脚踩圣水，抓起网线头，一寸寸拽将上来。

网里的不是鱼，是人。

确切地说，是一个羽人，一个羽族的成年男子。马羡鱼感到很失望，确切地说，是非常失望；如果捞上来一个女的，或许能部分弥补感情的创伤，可那家伙偏偏是个男的，而且还没有死。在这一刻，在电光石火间，在一弹指或者一刹那间，马羡鱼的心中经历了反复而艰难的思想斗争——怎么办？最简单的选择，就是直接把这家伙扔回河里，让星辰诸神，让神圣的天河水来决定他的命运，这是多么虔诚而庄重的选择啊！而且他注意到，这个男人相貌堪称英武，要是带回家去，搞不好就是后患，从此落草村第八美男子的排位就要尴尬地向后小挪一步，碰上九这个数字——这是他最讨厌的数字。再说了，要是救了这个家伙，至少最近要养在家里，可是冰清玉洁的妹妹怎么办，万一她看上了这个淹死鬼，岂不是大不妙？看来于情于理，他都必须把这男人推下河。永恒之王曰：万事万物都是神的旨意。看来这个男人遇到他，只能自认倒霉了。

马羡鱼揪起那人湿漉漉的领子，又往河里拽去。这个家伙穿着人族的袍子，沾了水分外地沉，真是的，临死了还不学好，马羡鱼心中更坚定了为民除害的决心，毅然踩进水里，宁可让自己娇嫩的肌肤忍受冰冷刺骨的河水，也要把这东西推远点儿，免得再害人。正在拖拽间，他手劲稍大了点儿，那人的领扣嘎嘣一声被拽开，脖子里一条坠子翻出水面——那是一个紫色的链坠，几乎被耀目的红光染成紫黑，形状是一只飞翔的白鸟——白鸟？为什么是白鸟？马羡鱼不知道，但是这个词瞬间就击穿了他的意识障壁，毫无缘由。不过有一点他可以肯定，这个坠子非常值钱。马羡鱼是见过大世面的人，他不但经常去雾水城，连神木园他都远远地瞧过，虽然无知的村民们都不信。他知道这个坠子是宛州的紫水晶，那可不是随随便便能弄到的。水晶都是贵族的佩饰，好像各个城邦不同的家族还不一样，这些道道他不熟，村里只有十九叔懂这些绕来绕去的规矩，怪不得他脸上皱纹那么多。

太阳好像升得更高了，马羡鱼决定对刚才的决定进行再判断。

这是一个有钱人，很可能是个贵族，在落草村这绝对是个了不起的发现。当然，他的眼光绝不仅限于在村里抖抖威风，他要抓住这个机会，改变自己的命运。

说做就做，马羡鱼把坠链从那人脖子上撸下来，又揪着他的领子，呼哧呼哧地往回走。水声哗哗，他想，"要是妹妹能嫁给他，那才叫好呢"。

落草村的早晨来得分外迟，这是一个惶惑的村庄。二十多年前走马山大战正酣，莽莽的林子被那些中州人烧了几百里，火势最大时，都蔓延到天河的那岸。落草村正在河东不远，一时间人心惶惶，几乎要连夜搬迁。幸了那火来得快，去得也快；同时村里人争执不下，一两天也搬不走，所以等大火退去，人族息兵，村子又重新平静下来,只是当初投军的七八个年轻人,一个都没有回来,不知道是死了,还是在哪里驻扎。又过了几年,人族在南边强渡天河,又是一场恶战,据说整整打了三天三夜,中州人的尸体堵塞了天河,河水裹着血水漫过林子,居然冲到他们村里。那水腥味重,却极肥,第二年天河两侧的土地上,花开得分外灿烂,十九叔说,那是死去战士的魂灵,寄在花朵上开放。没有人敢去采。

这些年中,人族与羽人以天河为界,打打停停,村子一直在搬迁和留守间摇摆不定,村子外常有一茬一茬的军队路过,年老的妇人总会拉住战士的衣袖询问儿子的下落,却从来没能得到令人欣慰的答案。马羡鱼不管那么多,他有自己的手艺,到哪儿都吃得开,战争越激烈,他的弓就越值钱。可惜弟弟妹妹不争气,一个发痴,一个发疯,做大哥的天天要提心吊胆。

历尽千辛万苦,马羡鱼终于把那个湿漉漉的畜生背到家门口,一路上他时不时地摩挲手中的坠子,给自己一个继续前进的理由。他的家就在村西的一株大树上,此时弟弟马六正坐在高高的屋顶上,严肃地看着他,一言不发。

马六,今年十二岁,发育基本正常。他生下来就从不啼哭,安静得像个水杯。四岁那年在妈妈的葬礼上,他说了有生以来的第一句话:无人永生。然后又是四年,爸爸失踪的那天晚上,他说了第二句话:过往者永不再见。从此后他开始说话,每天一句,内容绝不重复,有时浅显,有时玄妙。村里人把他当疯子,也偶尔有人以为他是通灵,外村曾有些人找他算命,可他要么不开口,要么说句不着边际的话,长此以往,算命的人也绝迹了。

马羡鱼使出吃奶的劲来,把那摊烂泥般的躯体往树上拖。

眼看就要胜利了，头顶上传来一句，"神的礼物，都会以神的名义收回"。

马羡鱼鼻子一酸，差点流下泪来。要知道，他已经一个多月没有听到弟弟说话了——没有人知道马六会选择一天中的哪个时刻开口，所以听到马六说话，是一件可遇而不可求的事情。他决定以后有了钱，就专门雇个人守着弟弟，把他的每句话都记下来，整理成册，床头放一本，茅厕放一本，经常阅读。

十九叔果然是个渊博的人，可惜太脆弱。他看到那个坠子以后，一眼就瞧穿了它的来历，然后脸色煞白，舌头打结，几乎就过去了。马羡鱼也吓得不轻，赶忙拧开鼻烟壶，倒出满把鼻烟，对着十九叔的老脸吹了过去。老爷子连打七八个喷嚏，终于缓过劲来；他老泪纵横，泣不成声，"神哪，这一天终于来了"。马羡鱼一头雾水，但也知道自己救的那人来头不小，心里一阵激动。他抓起十九叔的胳膊，"您老倒是说啊，他到底是什么人？"

十九叔不肯回答，只是哆哆嗦嗦站起来，径直往门那边奔去，"快，快来，我要去见他"。

老爷子心中有大事，脚步如飞，若不是年龄大了精力不济，恐怕早就凝出双翼，箭射而去。马羡鱼忙不迭地跟着，心里又是担心又是兴奋。

十九叔一看到地板上那人，便扑上前去，口中念念有词，大意是请求宽恕什么的。马羡鱼看着老爷子用颤抖的手拨开那人的领口，搜寻着什么。他伸长了脖子，目光越过十九叔的肩头，落在那人的左颈上。

一个血红的纹徽。骏马肋生双翅，踩在飞扬的云上，马羡鱼不知道为什么，觉得心在怦怦地跳，几乎要挣破胸腔，迸出体外。

这时候十九叔又跌跌撞撞地爬起来，跑到门边鬼鬼祟祟地张望一通，随即把门关上，上了门闩。马羡鱼从来没见过老爷子这么紧张，心中琢磨，那人可能是大财主，或者是大贵族，总之是了不起的人物。他有点后悔，刚才应该在那人身上仔细搜搜，可能还会有很不错的发现，现在十九叔接了手，机会就不大了。

十九叔仔细检查了那人的呼吸和脉搏，脸色沉重。他把马羡鱼拉到身边，吩咐道，"去我家，把壁柜第三个抽屉里的药箱拿来，快去快回"。

马羡鱼看了一眼地上那人，转身出门，到了门口，十九叔还不忘嘱咐一句，"今天这事，千万不要泄漏出去"。

马苇坐在高高的树杈上，看着哥哥马羡鱼从脚下经过，神色慌张，动作猥琐。她有些悲哀，不知道一母同胞怎么会生出这样不同的孩子来。比如，无论何时何处她永远都会高昂美丽的脖颈，而哥哥则像个屡教不改的贼，从来都是探头探脑，东张西望。虽然大家都知道，落草村里没有贼，至少一百年之内没有，可是贼这个字眼，这个形容词，经过了六十多年的沉寂和遗忘，在哥哥身上苏醒了。他就是那副模样。

她站起来，站在纤细的树梢，清晨的阳光明晃晃地照在脸上，有点刺眼。她闭起眼睛，伸开双臂，深深地呼吸了一口清新无比的空气，一头跳了下去。这一瞬间，她听到风的清响，闻到树叶的香味，感到四肢百骸的舒畅，砰的一声，结结实实摔在地上，满嘴泥。

马羡鱼听到耳边一声呼啸，心里一哆嗦，几乎跪倒。回头看见妹妹脸朝下趴在地上，愤怒与怜惜同时涌上心头，不禁暗暗地骂了一声,"曰,又来了。"他走过去蹲在妹妹身旁,捅捅她的脑袋,散乱的黑发间混杂着草棍和落叶,"嘿,没事吧。"

地上的女孩没有抬头,伸出右手做了个简短有力的手势,意思是没事,你忙你的。马羡鱼摇摇头,站起身来,自顾自地走了。听到他的脚步走远,马苇从容不迫地抬起头,草莛子簌簌落下,仿佛隆冬时节的雪。她看着哥哥走远的方向,幽幽地叹了口气,感怀身世,怎么世上会有这么无情的哥哥,抛下凄楚可怜的妹妹,话都不多说一句,简直混蛋之极。

那边马羡鱼走在路上,没由来地打了个寒颤,知道有人骂他,多半就是小苇。他仰望树梢间青白的天空,长叹一声。这个月,自己都撞见五六回了,就算再体贴的哥哥,也麻木了。

马苇饿了,决定回家找吃的。

树屋楼梯嘎吱吱的响,马苇脚步轻盈地走在上面,她的房间在西边的树杈上,不过食物只有客厅才有。马六还坐在屋顶上,眼神空洞地俯视大地,不知道脑海的影像中,有没有姐姐的存在。马苇快乐地跟他打了个招呼,没有指望回答——上次听到他回答,好像是去年春天的事,不,是夏天,已经穿裙子了。

站在客厅门前,马苇有些诧异。哥哥已经出门了,马六还在房顶上,可门反锁着,难道里面有人?偷订渔网的人前天才走,难道又有人来打首饰,但锁门干啥?马苇敲敲门,再敲,居然没反应!她生气了,嘿,这可是她家。要是别家的泼妇,或许已经破口大骂了。但马苇不会,落草村里最聪明美丽的马苇姑娘怎么会那么没有风度呢?她抓住门口悠来荡去的藤条,轻轻一跳,身体在空中轻盈地翻转——她学会飞,只是时间问题——下一瞬间,她已经挂在房间的侧窗上。

什么人哪,连窗帘都拉得严严实实,窗户自然是锁上了。马苇发誓进了门要把那人的脑袋按在脚下踩。她从红色的小靴子里拔出一把弯弯的小刀,这是她十四岁时哥哥送的礼物。哥哥为了换来这把火山河络的晶石叠淬小弯刀,足足编了一个月的金线草,做了七件细甲。要知道,哥哥细甲一年也只做十件,卖一件就够他们吃一个月。马苇把刀刃伸进窗户的左边第四个格子里,轻轻一挑,窗上的闩子就跳到了一边——家贼难防,这是颠扑不破的真理。在无数个凄冷的漫漫长夜里,她都会无声无息地溜出房间,擦去客厅窗棂上的霜花,跳进去,偷喝哥哥的菊花酿(或者白露霜),然后抱着酒瓶子睡倒,睡到日头偏西。哥哥总是叹息,却不制止。三年前一个冬天的夜晚,她翻遍了柜橱都没找到一瓶酒,正在苦恼的时候,发现角落里弟弟马六乌亮的眼睛。九岁的弟弟一动不动地望着她,说,"姐姐,睡啦。"那个晚上,她把弟弟搂在怀里,蜷在客厅的桌子底下睡着了。

马苇挑开窗闩,翻身跳进屋里,便看到十九叔惊慌失措的脸。

此时的十九叔,已经不是平日里见多识广、博学多闻、广受村民敬仰的十九叔了。马苇有些诧异,老爷子来自己家里干吗?难道是偷东西?她不禁打量打量老头的衣服,看有没有夹带什么值钱的东西。十九叔看到是她,松了口气,赶忙过去把窗户锁严,窗帘拉上,嘴里还埋怨,"你这丫头,进来也不走大门,跳什么窗嘛……哎,别!"

马苇正在拨拉地席上那人的头发,想看看这家伙长什么模样,被十九叔一叫,停下手里的动作,正待发作,不料地下那人突然一动,居然抓住她的右手腕。马苇吓了一大跳,拼命挣扎,想甩开那人的手,可是那人手劲奇大,双手如铁钳一般,险些把马苇的手腕夹断。马苇眼睛一瞪,左手又抽出刀来,对着那人的手腕就切了下去。此时耳边一声大叫,"使不得!"十九叔几个大步窜过来,居然伸手就抓住马苇的刀刃。马苇的小刀切金断玉,十九叔的手掌几乎立刻断为两半,血顺着刀刃流下来,一滴滴落在那人的脸上。此时那人睁开眼睛,眼神中有近乎疯子般的执着,"叶子,是你吗?"

透过几缕湿漉漉的黑发,马苇看到那人狂乱的眼神,不但不觉得害怕,反而有几分亲切,干脆地答应,"对,是我,你放开先。"

十九叔苦笑着说,"丫头,还是你先放手吧"。

马苇松开持刀的手,心里不以为然,十九叔号称死人都能医活,削破点皮算什么。不过她的注意力大部分已经转到那人身上,不再答理抓着刀刃颓然坐倒的十九叔,饶有兴趣地问:"叶子是谁?"

那人的心智显然不能适应如此迅捷的思维跳跃,他表情痛苦地皱了皱眉,若有所思,"你……你不是叶子。"然后他松开手,双手抱头,"这……这是……"话没说完,他便爆发出一阵撕心裂肺的号叫,双手胡乱挥舞,挂住马苇的裙角,几乎把马苇扯倒。马苇受不了如此凄厉的叫声,不禁伸手掩着耳朵,紧靠在墙上。那人已经陷入极度疯狂的境地,挣扎着跳起来,仿佛要把自己撕碎。马苇仿佛置身于梦魇之中,闭着眼睛,浑身动弹不得,只在心中不停念咒,"快醒来,快醒来。"

突然间,尖啸声中传来一声闷响,叫声戛然而止,有人扑通一声摔倒在地。马苇睁开眼,看到顶门的棍子当啷一声扔在地上,马羡鱼汗涔涔的脸上闪烁着坚毅的光芒。

对面的窗帘被风吹动,飘飘荡荡,马六坐在窗台上,严肃地注视着这一切。

夜幕降临了。

落草村的夜色平静而安详,只有村东头时不时传来一两声嘶哑的号叫，那是疯子。疯子没有名字，大概六七十岁，从马羡鱼记事起，疯子就住在村东头的棚屋里——他是落草村唯一住在地上的人。疯子不会飞，却会像猴子一样爬树；那绝对不是一个高傲的羽人应该具备的爬树方式，或者说，羽人上树，绝对不能使用"爬"这个字眼。那些身体轻盈而优雅的，轻轻一跳就可以抓住离地不高的枝丫，随意飘荡一下就可以翻到任何一棵树的树冠上，即使是还没学会飞的马苇，每天也会在树尖之间蹦来跳去，只有马六死活不动窝，每天睡了吃吃了睡，也不长胖。至于马羡鱼，他其实在某种程度上很感激疯子，因为有了疯子作参照物，他的上树姿势以及树间行走姿势，就不显得那么丑陋了。为此，在青春期，也就是14—28岁那段，他颇是苦恼了一段时间，甚至对人生产生了无可奈何的绝望感，最后还是吕飘飘的情书，让他走出了那段人生的低谷，重新鼓起了生活的勇气。所以他很感激吕飘飘，他至死都记得她，虽然此时吕飘飘姑娘已经是本村马卡的情人，但每次路遇，他总会报以热情而诚恳的目光，为此马卡很有些想法，却也不好发作，只能每天睡着了不住地磨牙。

夜深了，大家聚在屋子里，守着那个半死不活的男人，饭吃得也不香。马羡鱼在无意中透露了对那个家伙的期望，以及妹妹的婚事问题，马苇差点跟他翻脸。饭后碗也不洗，只是蹲在那家伙的旁边，捏着那人头上的大包，动作毫不温柔。十九叔非常惶恐，不顾伤手的疼痛，跑到旁边去央求。马苇眼睛一瞪，"你也想让我嫁他？"说着手上一使劲，似乎要把那大包捏破。十九叔赶忙伸手扶住，"可别，丫头啊，你可知道这是谁？"

马苇松了手，眯着眼睛问道，"谁啊？敢情你认识？"

十九叔站起身，幽幽地叹了口气，"唉，算了，生死未卜，说出来有什么意义呢？还是等他活过来再提吧。"

马苇一甩袖子,"哼,无聊,不说就算了。"说罢转身离去,回自己房间睡觉去了。明天还要早起,还要练飞,才没工夫跟他们闲扯呢。

十九叔送走了这位瘟神,心中一块石头落地,没等休息,心中又想起一件事来,赶忙四处张望,把马羡鱼喊来。

马羡鱼神色疲惫地坐在他身边,不耐烦地问,"怎么了?垫子不舒服?要不我给您老换一床——只有我的了,家里也没待客的准备,十几年没人留宿了。"

十九叔摇摇头,"不妨事,睡地板都没关系。我是要问你,那个坠子还在你手里吗?"

马羡鱼警觉地问:"什么意思?那可是我的,谁也不给。"

十九叔赶忙回答,"没别的意思,我只是要告诉你,那是我们族的宝贝,你可千万要保管好了——记住,千万不敢卖了换酒"。

马羡鱼松了口气,拍拍老爷子的肩膀,"哈哈,没关系,我知道了。这么好的宝贝,我哪舍得换酒。没事我睡了啊,您老也歇着吧。"说罢也颠颠地走了。

月落星稀,天色渐晓。

早睡早起的信奉者,美丽端庄的马苇姑娘,睡眼蒙眬地爬到客厅里,在柜台上摸索梳子。自己房间的梳妆镜,上个月就摔碎了,只有凑合着客厅的大镜子,胡乱梳理一把。没走了几步,她脚下一绊,险些扑倒在地。姑娘激灵一下子便醒转过来,心里明镜似的,揪起十九叔的裤脚来,吱呀呀扯出两尺远去。十九叔也醒了过来,手忙脚乱地站起身,看到面前一脸晦气的马苇,几乎破喉而出的叫喊,硬生生地压了回去。没想姑娘还不依不饶,直接把下巴顶了上来,乌幽幽的发丝从脑后飘来,几乎洒到十九叔的老脸上。

"干什么?不服?"

"嗨呦，丫头，行行好吧，老叔我错了还不行？"十九叔懦弱地后退几步，诚恳地道歉。

此时的马荠，早就飘离他的身边，蹲在地上那个半死不活的家伙身边，仔细打量他的睡姿。不过有了昨天的教训，便不敢轻易伸手去捅。十九叔惴惴地看着她的行动，右手又在隐隐地痛。正在踌躇惶惑之间，他感到右肩一紧，心里又一个哆嗦，转过头去，看到马羡鱼虚伪的笑脸。

"老爷子，你看他能醒么？"

十九叔一哆嗦，"能，一定能的"。

马羡鱼贼兮兮地瞅着那人，"要实在不行，不如……"

老爷子几乎跳起来，"绝对不行！"

"那么，到底他是什么身份呢？"

老爷子神色晦暗，幽幽地叹了口气，却不作答，转身踱到窗前，推开水杉木的窗页。薄薄的雾气漫过林梢，弥散空中，一幢幢树屋在枝丫间若隐若现。

又是一个新的早晨。

"装吧你就。"马羡鱼心里暗骂，觉得该吓唬吓唬这老头，要不然还真不好套话。于是他咳嗽了一声，走到十九叔身后，以探讨的口吻诚恳地说，"叔啊，我觉得家里留这么个半死不活的人，也不是长久之计。您看这样可好，咱们再留他一天，要是还没有什么好苗头，咱就不管他了，再扔回河里算了。要是嫌麻烦，埋在村头也行。"

十九叔揪住他的胳膊，斩钉截铁地呵斥道，"胡说!这是我们主子！要是敢弃主上于不顾，我们有何面目去见天上的祖宗？"

"主子？什么主子？他为什么会是我们的主子？'我们'又是什么意思？"马羡鱼追问不停。

"唉。其实这些事,你何必要知道?"十九叔的声音里,有说不出的倦怠,"只要他醒过来,我会把所有的一切,都向你原原本本交代清楚;要是他醒不来,一切都没有意义……"

正说话间,那边传来马苇一声尖叫,"呀~~~~他睁开眼啦!"

两人赶忙打住话头,围拢过去,屏息静气,充满期待地凑到那人脸前,可惜,还是一张双眼紧闭的死人脸。

"骗你们的。"马苇平静地说。

马羡鱼几乎崩溃了,他怒目圆睁,龇牙咧嘴地对着马苇咆哮一声,就要揪她的耳朵。马苇哪里肯被他抓到,一个灵巧的转身,便从他身边划过。马羡鱼也知道,凭借自己的身手,是决计不可能抓到妹妹的,所以也只是做了一个象征性的姿态,表达自己的怒气。马苇自鸣得意地凑过身来,"抓我啊!"马羡鱼伸手又是一捞,当然还是捞空。马苇更得意了,哼着小曲,提着裙子,在屋里胡乱地窜,躲闪并不存在的追捕。正热闹间,窗口有人声音冷漠地说,"醒了。"马苇回头,看到马六如雕像般坐在窗台上,一动不动。

真的醒了。

那人睁开血丝密布的双眼,茫然地盯着天花板,半响,纹丝不动。马苇歪着脑袋瞅了半天,终于不耐烦了,顺手扯出桌上花瓶里的细柳枝,俯身过去,远远地捅那人的脸。十九叔和马羡鱼各有打算,也没有阻止。眼看着脸被捅得七扭八歪,几乎都扎破了,那人还是一点反应也没有。马羡鱼不由得心里打鼓,"难道是瘫了?被水淹,也可以瘫的吗?"

捅脸方案看来是行不通了,马苇觉得脸上无光,便扔了树枝,从靴筒里抽出小刀,左手掂着,右手去揪那人的耳朵。没等她揪到,那人突然转过脸,双眼血红,却空洞洞的,看不出一点喜怒哀乐的表情。旁边的十九叔脊背一阵发冷,忽然对自己有些疑惑,救活这个人,真的没错吗?此时的马羡鱼却产生了某种奇怪的感觉,觉得眼前的场景似曾相识,仿佛在梦中曾经见过这个早晨,见过那双血红而空洞的眼睛,见过妹妹脚边柳枝上淌下的水渍,见过马六坐在湿漉漉的窗台上,雾气从他身体四周的缝隙间渗入房间,有点潮气,有点冷。

二人神游天外,马苇却只看到那人苍白的脸色,却也不害怕,反而有些可怜。她凑过去,和风细雨地问道,"你想要什么?"

那人张开干裂的嘴唇,喃喃地说了句什么。马苇听不清楚,只好把耳朵贴到他嘴边,又问,"什么什么?"马羡鱼那边却有些担心,万一宝贝妹妹被这家伙咬上一口,岂不是麻烦。他抢上几步,拉住马苇的胳膊,便要拉起她来。马苇不耐烦地甩脱他胳膊,还想努力听清那人的话。

血红的眼睛似乎稍微褪去了一点颜色,那人又张开嘴,费力地说了点什么。

马苇满意地站起身,拍拍手,"这不结了,多正常的人儿啊"。

马羡鱼狐疑地看着她,忍不住问道:"他说啥?"

"就俩字,'我饿'。"

⬤

看来他是真的饿了,半斤一串的薯干,没一会儿他就吃下了四条。不过,更让人惊奇的是他的恢复能力。半个对时之前,他看上去气息奄奄,好像随时都会咽气;可一旦醒转过来,他却像个饿了半月的囚犯,恨不能把肚子撑破。眼睛里的血丝在迅速消退,苍白的脸上也渐渐有了血色,大家仿佛可以看到,刚刚被他塞进肚里的薯干正在急速分解燃烧,幻化成生命的能量,流过他的四肢百骸。在马羡鱼极端仇视的目光下,灌下整整一大瓶菊花酿之后,他似乎完全恢复了活力。打了一声响亮的饱嗝,他居然还颇为愧疚地向大家道歉。马羡鱼可无心听他那番不知所云的说辞,心里只是念叨,那酒可不能白给他糟蹋了,以后要不能连本带利翻倍收回,就把这家伙千刀万剐。马苇倒是不心疼酒,一直饶有兴致地看着那人大快朵颐,还不时地递杯清水。

等那家伙收拾完自己的肚子,马羡鱼和十九叔,便好整以暇地坐在他对面,准备开始谈点正事,马苇也坐在一边的地板上,瞅着他们几个,浑然忘了今天学飞的例行功课。马六又不知道去哪儿了,窗户还大开着,早晨的雾气已经散得七七八八,阳光穿过林间的缝隙照在地板上,看上去有点微微的暖意。

十九叔清了清嗓子,努力憋出沉稳的声音,"尊敬的主人,首先请您原谅我们的冒犯和失礼。这并不是说我们在七十年的沉沦中已经忘记了自己的身份,但您应该知道,在整个澜州的土地上,纹面羽已经成了历史名词,没有多少人还会提起这个名字"。

马羡鱼在一旁装腔作势地点点头,"嗯,的确如此"。

那人却一脸茫然,"什么?"

十九叔一愣,"啊?"

那人挠了挠头,"不知道。你说的,我反正是听不懂。脑子里有点乱,得捋捋"。

马羡鱼皱起眉,心说难道这是个白痴?他耐心地问道:"请问这位仁兄,您现在有什么可以跟我们说的吗?什么都行。"

那人表情呆滞地指指自己的脑袋,"这里头,现在是空的。你明白吗?我什么都想不起来了,你们是谁?这是哪儿?我来这儿干什么?我又是谁?我叫什么?"

马羡鱼与十九叔面面相觑,说不出话来。

唯有马苇,表情从容地站起来,扶住那人的肩膀,悲天悯人地说:"可怜的人啊。让我来告诉你,我们是你的朋友;这里是澜州,是你的家乡;你来到这里是为了寻找叫做叶子的女孩;你的名字叫傻子。"

2. 傻子

落草村已经有好些年没有培养出傻子了。为此,全村上下都有些惭愧,甚至有些惶恐。因为在任何种族的人口比例中,傻子的数目都是相对固定的,也就是说,在一定基数的人群(比如落草村的214口羽人)之中,必然要有傻子的存在。如果村里有看得见摸得着的傻子,大家当然会很同情,但心里也会比较踏实;如果傻子暂时缺货,那么说不准哪天半夜,自家里就会生出个傻子来,填补空白,一晦气就是百十年。为了摆脱这一心理困境,缓解大家的焦虑情绪,有人曾提出,马六就是个傻子。但这种说法从未得到村民大众的广泛认同。因为评判一个羽人是傻子与否,并不是空口白牙随便说说就行的,那可有一套约定俗成的惯例。严格地说,此评判标准共有三大要素:自我意识是否缺失;生活目标是否明确;日常行为是否怪异。纵观马六其人,只有第三条还算切合。首先,他具备完善的自我意识——虽然从来不曾用语言表达。比如,他从来都是站着撒尿,说明他很认同自己的男性身份;还有,他每天晚上都在自己房间睡觉,说明他认同自己的家庭归属;村里人叫他的名字,虽然他从来不回答,但总会扭转脸看,说明他对自己的名字很有认同。诸如此类,等等等等。其次,他的生活目标是什么,无人知晓。虽然大家都看不出来,或者说,看起来他生活的最大目标就是每天说一句很牙碜的话,但谁也不敢说,他那双漆黑的眼睛后面,只有一颗空白的心。最后,他的行为倒是的确异于常人,堪称怪异。

综上所述,此时的马六充其量只能算个半傻。

而此时马家新近推出的这位傻子,就是一名定义严谨的标准傻子。首先,他没有明确的自我意识。他不知道自己的姓名,而"傻子"这一称谓,是马苇给他起的。他不明白自己的种族、年龄、家庭等一切背景资料,如同新生的婴儿。其次,他没有明确的生活目标。他不知道自己从何而来,更不知道去往何处。他现在住在马家,却不知道自己还要住多久。马苇告诉他,他回来澜州的目的,是为了寻找那个叫"叶子"的姑娘,他却不大相信,把马苇气得够呛。最后,他的日常行为相当怪异。他对大家司空见惯的一些日常事物表现出了惊人的好奇心,而且勇于尝试。他常常不加分辨地往嘴里塞任何一种植物的叶片、块根和块茎,大嚼一通。似乎在他的观念体系中,世间一切物体只分为两种,咬得动的和咬不动的。马羡鱼为此大伤脑筋,恨不能给他嘴上套个笼头,就是中州人族骑兵给马装的那种。要不然,说不定哪天一不小心没看住,这位沉睡的贵族会吃多了酸栗子,腹泻而死。

开始的时候,十九叔并不同意让傻子抛头露面,絮絮叨叨地跟马羡鱼讲了很久,不过最后还是没办法,还是妥协了。马羡鱼知道,这么个傻子在家里是藏不住的,等他意识觉醒完全是没指望的事,十年?二十年?弄不好这家伙一辈子不醒。难道马家要养他一辈子?所以马羡鱼早早就把他打发出去,让马苇带着,四处跑跑,一来让他活动活动,兴许就想起什么;二来也给自己这宝贝妹妹找点事干,不能老是没边没沿,疯子似的四处乱窜,姑娘家,成何体统。马苇兴高采烈地接下这桩差事,在她看来,遛傻子可比遛自己好玩多了。从此,姑娘出出入入间,身后总是伴着这个一脸痴呆的傻子,叫走就走,叫停就停,叫坐就坐,叫上树就上树,可神气了。

村里人刚见到傻子的时候,还小小地诧异了一下,毕竟这村里也好些年没出过傻子了。后来大家都坦然地接受了傻子的存在,本来村西马羡鱼一家就不是什么正经人家,爹娘都去得早,仨孩子一个赛一个的疯癫,现在捡个傻子,那简直合情合理,天经地义。再说了,傻子的出现,毕竟也让大家松了一口气,自己家里生傻子的概率,眼瞅着是低了。

不过,并非所有人都喜欢傻子。龙二吹就很讨厌他。龙二吹是个豪爽而执拗的小伙子,住在村子东偏南的一棵大槐树上,家里只有两间房,他和他爹一人一间。他爹姓艾,是一个很老实的人,一辈子没离过村子。他去年成年的时候,觉得鄙视父亲这种碌碌无为的生活方式,于是本着与旧生活决裂的态度,给自己改了姓,由蔫呼呼的艾姓,改成威猛无比的龙姓。本来他还给自己改了一个威猛无比的名字,可惜大家总是记不住。平时里他胸怀远大,总说些不着边际的话,所以从小人们就叫他二吹,于是龙二吹就成了他的大号,被大家叫来叫去。(注:大吹是马羡鱼。)

龙二吹是马苇的追求者。他非常喜欢马苇,喜欢得不得了,甚至忘记了自己是从哪天开始萌发了这段感情,常常以为这份感情是胎里带的,自打自己出了娘胎,就爱上了那个叫马苇的姑娘,全然忘了,马苇要小他三岁。他出生的时候,马苇还不存在呢。他看到跟在马苇身后的傻子,就很生气,气得咬牙切齿。后来他忍不住了,就直接找到马家,想把这事整明白。可惜他去的不是时候,马苇和傻子都不在家。马羡鱼当时正在补网子,虽然说不上非法,总不是光明正大的事。所以他见到龙二吹的时候,很没好气。他拉开门,探出头去,"马苇不在。"龙二吹在树下,仰着脖子往上看,心里知道自己不受欢迎,却还是厚着脸皮问道,"那请问她去哪儿了?"马苇鱼面无表情地回答,"不知道。"龙二吹感到很尴尬,不知道说啥好,也不敢得罪头顶上这位大哥,只是讪讪地笑了几下,便告别而去。经历此次打击,他胸中怒火更盛,寻思着见了那个傻子,一定要暴打一顿,就算马苇大发脾气也不管。

一整天,他都在四处游荡,寻找马苇的踪迹,脑海中不停地幻想如何把傻子踩在脚下,肆意践踏蹂躏,想到解恨处,忍不住笑出声来,口水滴滴答答淌在胸脯上,暗道一声,"我还真残忍啊"。

等到夕阳西下百鸟归林的时刻,他终于在天河边上发现了两人的踪迹。当时河面上闪烁着金色的光芒,耳边传来鸟儿清脆的鸣叫,微风轻拂,水波不兴,如果不是胸中那炙热的怒火,这堪称一个迷人的傍晚。龙二吹站在天河边一棵高高的红桦树上,柔嫩的枝丫在他脚下轻轻摇晃,再往下就是静静流淌的天河水。他背对阳光,长发飞扬,衣袂飘飘,他认为这样的形象为他即将展开的控诉与倾诉都增添了几分威势和说服力。

马苇看到他的时候感到很诧异,她搞不懂,这个家伙为什么爬那么高。她向他招招手,便扔下手中的蒲草往那边走去,傻子就跟在她左手边,亦步亦趋。龙二吹看着他们走来,心里忽然有些乱,他看到姑娘纤细的身躯沐在金色的阳光里,脚步轻盈而欢快,直向他走来,身旁是如金子般潺潺流动的天河圣水。

"圣女啊圣女,马苇,你就是我心中的神,我会用我的一生来仰慕你,崇拜你,保护你。"龙二吹是一个感性的人,面对马苇身上那种独一无二的令人崩溃的美丽,感动得五体投地。

马苇走到他的树下,手搭凉棚往上看,"嗨,二吹,你干吗呢?"龙二吹发现这是个深奥的问题,"我干吗呢?"他不禁喃喃自语。马苇的言语仿佛有一种致命的魔力,勾起了他对人生的思考。二十二年光阴白驹过隙,弹指间悲欢离合匆匆而过,他闭上眼睛,不敢直视那摧枯拉朽的美丽,只在心中轻轻念道,"为什么,为什么,为什么你的每一句话都直刺我的心底?"

马苇觉得很无奈,为什么每次见到龙二吹,每次跟他说话,他都是这副抽疯似的表情?简直比傻子还傻。她回过头,语重心长地对傻子说,"瞧,咱们可不学他"。

傻子点点头,严肃地回答,"不学他"。

傻子的声音把龙二吹从无边无际的悲慨中拉了回来,他恼怒地盯着傻子的面容,下定决心,就在今天做一个了结吧。他伸出右手,指着傻子,庄严地说:"你,听着。"

马苇茫然地看看他,又看看傻子,问道:"什么啊?"

傻子面无表情地重复:"什么啊?"

龙二吹仰起头,看远方,苍绿的森林无边无际,一直延伸到看不见的地方。为了龙家(艾家?)能传承最优秀的血脉,为了自己最幸福最灿烂的明天,他要赌上的,是自己的生命啊。

他笑了。

"我,东土永恒之国雾水城落草村龙家的龙裂风,向面前这位自称傻子的男人,发出最庄严的邀请——请与我决斗。"

马苇先是一愣,继而不屑地一挥手,"切,有病。傻子,不理他,咱们走"。

傻子却不动,目光直直地往上看。

马苇拉他的胳膊,"走啊,干吗呢?"

傻子没有看她,只是说,"可是……"

"可是什么可是,给我走!"马苇在他胳膊上狠狠地拧了一下。

傻子疼得吸了口凉气,头还是仰着,"可是他……"

龙二吹心里赞叹一句,"虽然傻,不过还算是个男人"。马苇还在拉,他有些不耐烦,喊道,"男人说话,女人走开!"

马苇心里火起，扭过脸大叫一声，"反了！都反了是吧！"龙二吹看她恼火，便不敢言语，可傻子却还是自顾自地说，"可是他……他……"

马苇不由分说地拽住他的领子，扯上他就要走。

傻子被拽了一个趔趄，随她跌跌撞撞地走，嘴里还不住地念叨，"可是他……他……"

"他什么他？给我走！"

"他……他要掉下来。"

这时候，身后传来咔嚓一声，似乎什么折断了，然后是扑通一声，有什么东西掉进水里。

马羡鱼听说了决斗的消息以后，很是苦恼。他不像马苇，以为不搭理龙二吹，这事就完了。他深知一个成年羽族男子正式提出的决斗邀请，是不可以拒绝的。事已至此，他唯一能做的就是找到村里的四位长老，请他们出面，把这次决斗限制在不危及生命的范围之内。十九叔也是长老之一，自然会同意，不过说服剩下三位，即使搭上十九叔和他的面子，也颇费了一番周折。在付出了一张七寸软弓，一副金线草手套和一瓶十五年陈酿的白露霜之后，他终于达到了目的。其中那个馋酒的苏长老，还拍着他的肩膀，眉开眼笑地说："都是一家人嘛，以后有了事，尽管来找我。"他也笑逐颜开地敷衍了一通，肚子里却暗暗问候了这个老东西的祖宗八代。

在落草村里，最讨厌这场决斗的并不是马羡鱼，而是高博飞。高博飞是村里公派的决斗裁判，同时他还是村里的治安官、邮差、税役和哨兵，还要给十九叔这个草匠当助手。村里几乎所有的杂役差事都是他的职责，原因只有一个——他是村里最擅飞的男人。本来他的名字叫做高博,但自从飞行天赋得到发掘和认可以后,他的名字后面就被人们擅自加了一个"飞"字,读做高博·飞,简称高博飞。

在所有这些令人生厌的工作差役中,最混蛋的差事莫过于决斗裁判,而不允许死人的决斗,尤其龌龊。要是生死相搏,裁判可以一直远远跟着,看个大概,最后看谁趴下了,就过去扒拉扒拉,看看死了没有。如果死了,或者半死,那就可以宣布此人认输,对手获胜;如果两人都这德行,那就选择一个比较顺眼的当胜者,另外一个就听天由命。可是如果不允许闹出人命的话,裁判就得紧紧守着,杜绝双方的犯规行为,确保双方的生命安全。狗日的,裁判的生命安全谁来保证呢?

决斗的日子选定在本月的二十六,那时候明月被暗月蚕食大半,落草村里的所有成年羽人都飞不起来,除了高博飞。

决斗的前夜,马苇非常懊恼,觉得自己连累了傻子。在自己的房间和客厅里焦虑地踱了五十几个来回之后,马苇拽开了傻子的房门——那是从前她父母的房间。傻子躺在床上,睁着一双大眼盯着天花板,不知道在想啥。马苇穿过房间,走到床前,拉起他的手,决绝地说:"我们出走吧。"

傻子茫然地看着她,机械地重复,"我们出走吧?"

这时候,窗台上出现了马六天真尢邪的脸庞,"你们要私奔?"

这是马六有生以来说过的最有人情味的话,由此可见,他一点都不傻。

不过马苇没有工夫搭理他,回手砰地一声关上窗子,不知有没有把弟弟砸落树下。不过私奔的事,就这么黄了。

龙二吹站在村南头的空地上,周围一个人都没有。他来早了,天刚亮。虽然这并不是生死决斗,但他实在紧张得不行,昨晚上一夜都没睡着。他不住地对自己说,对手只是个傻子,三拳两脚就可以打倒,根本不用紧张,可是双腿还是不听使唤,总在一个劲地抖。要是过一会儿被人看见了,那可丢死人了。

第二个来的是高博飞。他睡眼惺忪,哈欠连天,对自己的敬业精神非常佩服。等他看到强作镇定的龙二吹,不禁好笑。他走到二吹身后,拍拍此君的肩膀。龙二吹一哆嗦,猛然回头嘶喊一声:"谁?是谁?"高博飞后退两步,以免这家伙一激动拔刀就砍,可嘴里却不闲着,"就这点出息?欺负个傻子,都吓成这样,不嫌丢人啊。"龙二吹脸腾地红了,梗着脖子吼道,"谁怕了!老子是公平决斗,谁欺负谁了!"嘴里这么说,头却偏着,不敢看高博飞的眼睛。高博飞本来想再嘲讽几句,但转念一想,别把这家伙逗急了,所以嘿嘿一笑,便不再言语。

等人来齐,太阳已经爬过林梢,高高地悬在头顶。傻子来得晚一点,也是马羡鱼的策略。他认为漫长的等待可以消磨一个人的耐心,使人变得焦虑而急躁,这正是决斗的大忌。不过对于傻子的真正实力,他始终不抱什么希望,算了,尽人事而听天命吧。

高博飞蹲在空地中央,左手边是傻子,傻子身后十步之外站着马羡鱼、马苇和十九叔;右手边是龙二吹,身后一个人都没有,连他爹都没来。"无聊。"高博飞心想。看来这场决斗根本没引起广大村民的兴趣。他往两头瞅了瞅,一口把嘴里衔的草梗叶在地上,挥了挥手,"开始吧。"然后转身,扑踏扑踏地走向一旁。

没等他走出几步,身后就传来一声嘶哑的吼叫,然后扑通一声有人倒地。

龙二吹端着自己的拳头，又是激动又是疑惑。傻子原来这么不经打，一拳就放翻了。发现自己瘦弱的身躯里蕴藏着这么威猛的力量，龙二吹有些喜出望外。与此同时，他又对倒下的傻子产生了一丝怜悯。自己是不是太残忍了？不过这怜悯并没有持续多长时间，因为傻子很快就站了起来。龙二吹摇摇头，悲悯地想，"这又何必呢？"然后跨步挥拳，结结实实地打在傻子的脸上。

傻子第十五次从地上站起来，满不在乎地拿袖子蹭蹭鼻血，对着龙二吹龇牙一乐，把他吓得够呛。龙二吹的右手已经肿了，有点连呼哧带喘的；傻子的左脸也肿了，鼻血溅了一身，可是表情若无其事，看来是真的傻。二吹估摸自己的体力，估计最多再打个七八回，就打不动了。看来得动真格的了。龙二吹狞笑一声，一脸褶子都打了结。他变拳为爪，一个箭步过去就锁住傻子的右臂。这是雾水城白鸟团的近身搏击术，他四舅就是白鸟团的团员，去年来家里看他的时候，颇教了几招，他总在夜里偷偷地练，生怕别人知道。傻子似乎也知道厉害，后撤一步，努力想挣脱出来。

龙二吹借傻子后退之力，顺势向前，两步就溜到傻子身后，右手把他右臂反拧在背后，左臂已经锁住他脖颈。二吹心里得意，只要自己胳膊稍微加力，不消片刻，傻子就会窒息昏过去。他感到傻子挣扎了几下，力气还颇大，可惜在他精妙而有力的掌控之下，这都是徒劳的。他甚至开始琢磨，把傻子整趴下以后，怎么跟马苇解释。似乎有人说过，女人往往更同情弱势的一方，如果他赢得了这场决斗，却输掉了这份感情，那可如何是好？等等，马苇不会真的喜欢这个傻子吧，也太离谱了。

正在他胡思乱想间，怀里的傻子突然震颤了一下，身体骤然绷紧，如石头一般。还没等二吹回过味来，就感到傻子身子往右一斜，然后左肋骨就挨了重重一击。傻子提气收肘，一个肘锤撞得龙二吹七荤八素，差点背过气去。二吹吃了疼，手上不免放松，傻子矮身撤步，瞬间就从二吹右臂弯里钻了过去。二吹知道不妙，纵身要往前扑，可没等力气从心里传到腿上，下巴就被人家扼住，疼得钻心，然后脖颈里一片冰凉。

高博飞的弯刀此时就架在他的后颈上。

这几下交手电光石火，马羡鱼一众人都没看明白，只知道似乎是傻子突然占了上风，制住龙二吹；而高博飞不知道为什么突然拔刀，而且居然架在二吹的后脖颈上。

这时候，场内传来高博飞冰冷的声音，"放手"。

傻子面无表情地放开手，后退两步。龙二吹脱出掌握，向前跌出几步，剧烈地咳嗽了几声，回过头来，眼神里有怒火，也有恐惧。高博飞撤步收刀，大家这才发现，刚才他的刀虽然架在二吹脖子上，但刀刃却对着傻子的面门。

"那不是羽族的格斗术。只有中州人才有这样狠毒的手段，一伸手就要扭断敌人的脖子。"马羡鱼身后传来一个苍老的声音，不知道什么时候，四长老中年纪最大的一个，也就是收受七寸软弓当贿赂的那个吴长老，悄然出现在众人身后。

十九叔严肃地点点头，"看来，此人大有来历啊"。

"马十九你不要装傻，他的来历恐怕你最清楚。"吴长老盯着十九叔的眼睛，目光犀利如刀。

马羡鱼轻轻咳嗽了一声，"吴长老，那弓用着可好？"

吴长老神色一缓，回头露出一点笑容，"还好，还好"。

这时场内的情况又起了变化。

龙二吹挥舞着一把雪亮的短刀，正追着傻子左劈右砍，傻子拎着把带鞘的短剑在刀光中躲来闪去，形势虽然被动，身形却轻盈优雅，丝毫没有一点狼狈的意思。高博飞弯刀出鞘，紧紧跟在他们五步之外，随时准备干预。

吴长老脸色越发沉重，却又有一点诧异，"这几下躲闪，绝对是我们澜州羽族正宗的门路，马十九，你藏起来的这个家伙，到底是什么来头？"

十九叔却不回答，把脸转向马羡鱼，"刺剑，你从哪里给他找的刺剑？"

"就在我父母的房间，门后面一直挂着两把剑，大约是父母的吧，虽然我没见他们用过。昨晚上……"说着，他头上突然挨了一记爆栗。马苇瞪着眼睛喊了一声，"吵什么吵，认真看！"说着便回过头，不再搭理他。

场内的情况似乎有些不妙，傻子已经退到空地的边缘，身后就是一棵棵大树，没多少腾挪的空间。他手里还掂着带鞘的刺剑，似乎只是个累赘，甚至不用它格挡一下。龙二吹活动开来，体力显得相当不错，而且正砍到兴头上，红光满面，神采奕奕，可惜刚才下巴被捏了一下，嘴有点歪。说话间，傻子的后背已经靠在一棵两三人合抱的大杨树上，无路可退。龙二吹看到机不可失，随即大喝一声，挥刀当头就砍。傻子举起了刺剑，高博飞握紧了弯刀。

"砰！"龙二吹狠狠的一刀劈在树上，震得手腕酸麻。他心中暗道不好，下一瞬间恐怕就是敌人致命的反击，但他毕竟是龙二吹，凭着多年来对武学对格斗的揣摩和想象，他马上做出了最及时最敏锐的判断和反应。他收刀、撤步、伏身，向左边地上一倒，骨碌碌打了七八个滚，足足滚出十几步远，枯枝败叶卷了一身，胳膊肘子都磨得出血。这下一来，多么毒辣的反击恐怕都没用了吧。他有些得意，一个鲤鱼打挺就站起身来，舞了两个刀花护住身子，这下才四处张望，寻找对手的踪迹。

马羡鱼拍拍他的肩膀，"兄弟让一让，不要挡着"。

龙二吹回头看，发现自己已经滚到观众席脚下，不禁有些尴尬。他讪讪地收起刀，对马苇说，"马姑娘，我……"

马苇可没耐心等他说完，一把就把他扒拉到一旁，伸着脖子往空地中看。

二吹随着她的视线看过去，吓了一大跳。

决斗乙方傻子与决斗裁判高博飞相对而立，贴得好近，几乎鼻尖顶着鼻尖。二人兵刃相交，高博飞的刀刃正架在傻子的剑锷上，而傻子的剑尖，已经深深地刺入高博飞的左肩胛骨。看起来，要不是高博飞弯刀那一架，被刺穿的恐怕就是他的心脏。

观众们终于反应过来，呼啦啦跑上前去，把两人拉开。十九叔把刺剑从高博飞的肩窝里一寸寸拔出来，这小子疼得脸色煞白，末了只说一句，"傻子攻击裁判，判负"。

傻子坐在那边地上，无辜地看着大家，刺剑也被马羡鱼夺了。

马苇把龙二吹拉到他跟前，指着鼻子说，"瞅瞅，你的对手是他！你傻啦，扎裁判干什么？"

马羡鱼小声咕哝一声，"可不就是傻子嘛"。

马苇白了他一眼，"没问你"。

傻子皱着眉头想了一阵，认真地回答，"我觉得，那边那个拿刀的好像比较厉害，要打的话，也该先打他"。

马羡鱼说，"屁话。跟你决斗的是二吹，是那个拿刀追着你砍的矬子,跟别人没关系。要不然,我最厉害了,难道你还扎我?"

傻子看看他,严肃地说,"你不厉害"。

最郁闷的还是龙二吹,跟人家热火朝天地打了半天,原来对手根本没把自己当回事。他悲伤地收起刀,别在腰里,拍拍身上的土,略微拨拉了一下头上的碎叶烂草,决绝地走了。等走了五六十步,眼看着就要消失在林子里了,吴长老突然发现了他的离去,环顾四周,喊了一声,"二吹呢?"

马苇这才发现自己的崇拜者不见了,她站起来,张望了一圈,终于发现了二吹的背影,便远远地喊道,"二吹——你去哪儿?"

二吹慢慢回过头,眼神宁静而忧郁,仿佛千百年无人问津的冰湖,或者百花凋落万木枯萎的山谷。他轻轻地说,"我心已死"。

当然,太远了,没人听到他说了什么。

3. 米洛

比起那些贪婪而狂妄的中州人,羽人的生活总显得平静而舒缓,而时间便总在这种平静舒缓的节奏中悄悄流逝,一切顺理成章,却又恍然未觉。

高博飞站在村西的大柳树下,头顶上就是马羡鱼家的房子。他发现柳树的叶子已经落得干干净净,不知不觉间,已是澜州的冬天。他摇了摇左臂,肩头的伤势还在隐隐作痛,看来还没有好利索,听说那些中州人,受了伤也比羽人好得快。为什么呢?他们的血,似乎流得就快,寿命也短得多,真不知道那些虫豸一般的人,在那么短暂的生命中,能体会到什么……算了,想这么多做甚。他收拢纷乱的思绪,轻盈地跃上大柳树,敲了敲门。

马羡鱼开了门,很客气地把他迎进客厅。马苇和傻子都不在,那个神叨叨的马六也不知道哪儿去了。自从那次决斗之后,四长老间似乎爆发了激烈的争执，内容不得而知，但一定跟傻子的身份有关。争执的最后并没有得出什么有意义的决议，只是给他高博飞添了一项不知所谓的职责——每隔一天就要检视一下傻子的活动。偶尔，马苇会领着傻子去他那里露一下头，不过更多的时候，他还是要自己跑到马羡鱼家，检查傻子近两日的动向，照例问一些无聊的问题。不过，马大小姐苇姑娘似乎从来没把这条规定放在眼里，几乎回回见不到人，只能由马羡鱼出面，对傻子的动向做一番说明——关于主动点卯，那只能说明她心情好。当然了，高博飞自己对这项任务也不甚以为然，所以只要跟马羡鱼随便唠唠，也就能支应差事了。

马羡鱼不咸不淡地讲了些傻子的事，无非就是昨天跟马苇去怎么学飞，今天跟马苇去哪儿钓鱼之类的。高博飞心不在焉地听了，末了起身告辞的时候，走到门口了，突然回头问了一句，"米先生似乎好久没来了吧"。

马羡鱼微微一笑，"是有阵子没见了。不过算着日子，这个月也该来了"。

高博飞点点头，"到时候，可以一起坐坐"。

"一定。"

什么事情都经不起念叨，没过三四天，米先生就来到了落草村。

其实马羡鱼对米先生的身份背景，了解得并不多，只知道他的名字叫米洛，家安在雾水城，不过常年奔波在外，一多半的日子都在路上度过。这些年来，米洛每年都要往落草村跑个四五趟，跟马羡鱼谈几笔买卖。马羡鱼手中打造编织的那些物件，最好的货色多半被他拿去，当然了，价格也比别家诱人得多。高博飞算是村里的治安官,这些事总是瞒不了他,不过他并不是死板的人,很容易就跟米洛交上了朋友,不但不对这种私货交易的行为加以干涉,而且还颇行了不少方便。

米洛是个非常有原则的人,比如他从来不在白天进村,也不在白天出村,虽然马羡鱼相信,即使他大摇大摆地把货物顶在头上走,凭他的神通,村里也没人敢把他怎样。他从来不赊账,次次都是金铢结算;对马羡鱼的一些要求,他也尽量满足。比如马苇的小刀,就是他想办法从北邙山那边弄来的货,当然,运费的每一分一毫都要加在售价里,七件细甲,那可是马羡鱼一次性完成的最大订单。

米洛这次来,是要取最近的一批货。订单再有两天就到期了,一共是五件细甲,四张角弓和十二支银箭。最后结算,一共是132个金铢。米洛说,这次单子比较大,他带不了那么多金铢,如果一定要现金结算,就要三天,他让人从雾水城把钱送来。他还提出,其实马羡鱼不妨看看他随身带的小物件,多半都是宛州手工艺人的作品,少数几个是河络的杰作。他说,那些小玩意,送给意中人最合适不过,既精美又新奇,即使没有情人,送给你那个宝贝妹妹也好啊。马羡鱼翻开他的箱子,一件件挑着,似乎也没觉得有什么特别的珍品。

正翻倒着,马苇突然回来了。一看见米洛,她就满眼放光,大叫一声冲过来,劈手夺过箱子,哗啦啦全倒在地上,着了迷似的扒拉。米洛叹口气,这种情况一而再再而三地发生,他都习惯了。马羡鱼拉住他,"喝茶,我们喝茶"。

米洛不放心地嘱咐马苇,"要小心点,有些东西是易碎的,要是摔坏一两件,就只能扣你哥的货款了"。

马苇头也不抬,向他随便挥挥手,表示知道了。

马羡鱼把米洛拉到窗边,远离他心疼的那些物件,随便问他些时事。

米洛也就随口一件件道来……羽人的村落几乎与世隔绝,只有高博飞时常到雾水城里,办些公务,收送信件,也帮大家代买一些东西。不过高博飞了解的信息,肯定无法与走南闯北的米洛相比。米洛说到,秋叶城里最近颇不平静,永恒之王固然安之若素,但下面两大势力却有些纠缠不清,争斗似乎越来越激烈了。马羡鱼问道,米先生上回来,不是说过首相势力渐渐稳固,摄政亲王年纪越来越大,已经开始力不从心了么?米洛说,正是因为如此,摄政王才不甘心,才要争,他等不起啊。马羡鱼叹口气,不知道那些人还争什么,已经位高权重,还有什么不满意的。米洛笑道,那些人坐到那样的位置,就是想息事宁人淡泊一生,也做不到了,身不由己啊。马羡鱼摇摇头,说不知道中州的人族那边,会不会像我们羽人,永远都有纠缠不清的内斗。米洛肯定地说,只怕要更多。至少澜州羽族千年以来,从来没有发生过大规模的内战;而中州人却分分合合,打得不可开交。几十年前大皇帝一统全境,歇息了没几年,转眼就杀过锁河山,把战火烧到了澜州。那才是残酷而可怕的种族啊。不过,他们做起生意来,倒是诚实可信的伙伴。

马羡鱼愣了一下,"你还跟河那边的中州人做生意?"

米洛看着他,"怎么,我以前没跟你说过吗?这次的五件细甲,除了最小的那件是给首相家小女的生日贺礼,其他四件,都是要卖给中州人。要知道,你的细甲,在中州人的军队里极受赞誉,他们把它叫做金丝软甲,只有高级军官才买得起。还有角弓和银箭,都是他们将军的配饰,说不定会转送到中州。"

马羡鱼觉得脑子有些乱。他顿了顿,又问,"现在不是在打仗吗?可以跟敌人做生意么?"

米洛诧异地反问，"不可以吗？"

马羡鱼想了想，似乎也没有什么不可以的理由。不过他还是说，"但这是战争啊，难道你会卖给敌人武器，让他们杀我们的同胞？"

米洛摇摇头，"不，不是这么回事。就算我不卖给他们武器，他们一样会从别的地方找到武器，杀我们的同胞。战争是战争，生意是生意，两码事"。

马羡鱼问，"那中州人也会卖给你武器？"

米洛笑了，"无所谓啊。无论武器、木材、粮食还是奴隶，在我的眼里都是货物，都没有差别。单论武器的话，上个月走马山的王将军就给我发来一批……"

"走马山？"门口有人问了一声。

米洛抬头看去，只见傻子倚在门边，正向这边看来，眼神中有迷惘，也有一点若有若无的亮光。他温和地回答，"是走马山，有什么不对吗？"

马羡鱼截下话头，"傻子，没你事啊，一边凉快去啊"。

傻子却没有像平日般呆乎乎地走开，反而走到他们跟前，"给我说说走马山，我好像去过那儿"。马羡鱼心中一动，难道傻子想起了什么？

米洛看看马羡鱼，"这位是……"

马羡鱼拍拍傻子肩膀，"捡来的傻子，或许是失忆了。走马山的事，你不妨多说一点，我也有些兴趣。"

米洛饶有兴趣地打量了一下面前的傻子，便说道，"走马山嘛，最近看来，似乎也没什么大事，对了，前阵子押货的景副将跟我聊过，说锐风骑的马倌在放马的时候，发现了一座我们羽族的废城。那城至少废了五十年，应该在中州人东征澜州以前，就废弃了。这么说来，倒是很像纹面羽的故城，斯克兰，传说中的千骑之城。不过，没亲眼见到，谁也说不清……"

傻子瞪大了眼睛，看得出来脑子里正有什么东西飞速运转，他的眼神越来越迷乱，额头上渗出细密的汗珠。马羡鱼并没有留意傻子的表情，他自己对这个话题也产生了浓厚的兴趣，又是纹面羽，似乎落草村跟纹面羽有莫大的关联，可是从来没人会当众提起这个词。在落草村里这个词本身，就是一种忌讳。不过十九叔显然知道些东西，比如傻子的来历，但他从来不肯说。马羡鱼忍不住问道："纹面羽到底是怎么回事？米先生能不能再讲讲。"

米洛抱歉地笑了笑，"我知道也不多。似乎在整个澜州，纹面羽的事都是个禁忌，从来没人当众谈论。大约跟五六十年前羽族王权纷争有关吧。纹面羽应该是羽族的一个大部，在那次争斗中遭受重创，一蹶不振。你们村从西澜州迁到此地，也就五六十年工夫，有人说你们就是从前纹面羽的后代。其实我并不太清楚，我只是个商人，这些东西，我不懂"。

马羡鱼睁大眼睛听着，肚子有万千疑问，还没等问出口就听到屋里响起一声凄厉的尖啸。

傻子又发疯了。

他抱着头，眼睛血红，声嘶力竭地吼叫，马苇起来拉住他的胳膊，却被他一把甩开，撞在墙上。米洛奋不顾身地扑上去，护住自己的箱子和货物，懊恼地喊，"怎么了，这是怎么了？"

马羡鱼叹了口气，低头寻摸，看看有没有什么称手的兵器，好把傻子揍趴下。还没等他找到，房门突然被撞开，高博飞闯了进来。人家都忘了，今天又是例行检查的日子。

高博飞站在这个局势失控的房间内，迅速扫视一周，马上就发现了症结所在。他麻利地从腰间解下带鞘的弯刀，对着傻子的脑袋敲了过去。可傻子摇头晃脑的，并不好敲，高博飞第一击只敲在傻子肩头。傻子吃了痛，不但没醒过来，反而更狂躁了，他伸手拽住高博飞的刀鞘，死命地夺。高博飞只觉得一股大力从刀身上传来，一时间几乎把持不住。他知道要是弯刀落在傻子手里，说不定自己就被剁了，所以拼了命两手拽住刀柄刀身，决计不敢松。二人就站在屋子中央，拔河似的拽了一阵，高博飞渐渐把持不住，心里暗暗叫苦。正在他手腕酸麻，几乎要放弃之时，忽然听到耳边风声掠过，一杆大棍从他耳边呼啸而过，结结实实砸在傻子头上。

刀鞘那头力道骤消，高博飞跌跌撞撞退了几步，站稳身形，低头看衣襟不乱，肚里松了口气。马羡鱼扛着顶门的棍子，蹲在傻子旁边，伸手试试傻子的鼻息，回过头来，肯定地说："没死，还有气。"

米洛跪在地板上，把自己的货物一件件装进箱子，嘴里念叨，"这是咋回事嘛。"马羡鱼把傻子拖到屋角，给他解释道："三个月前我在天河里捡到这么个傻子，当时只有半条命，现在身子骨是没事了，可就是脑袋被淹坏了，自己的身世来历忘得一干二净。十九叔说他有来历，而且来历还不小，可再往下，却一句不肯说。"

米洛颇感兴趣地听着，若有所思地念叨，"这么回事啊。"说着，他埋头在刚刚收拾好的箱子里翻捣了几下，拿出一只乌黑的耳环，递在马羡鱼手上，"试试这个，或许会有用"。

马羡鱼狐疑地看着他，接过耳环，比画了一下，忽然想到自己是个男人，没有扎耳孔，伸手就把马苇拽过来，"过来，你先试试。"马苇头一扭，"不好看，不要。"

"嘿，我说过要给你吗？"马羡鱼说，"是给傻子的，不过先让你试试。"

马苇没好气地戴上耳环，身体突然一颤，眼睛里似乎有黑云一闪，脸色也变得阴霾起来。马羡鱼吓了一跳，赶快把耳环摘下来，马苇的脸色马上便恢复常态。

米洛说："这是回魂石打造的耳环，专门替人收敛四散的魂魄。多半是用来治疗那些惊吓过度的孩子，有人也用它给受创的魅疗伤。不过，要是普通人用了，心智受到扰乱，反而不好。"

马羡鱼看了刚才马苇的反应，不敢不信。他低头看了看昏迷不醒的傻子，又有些犯难，"他也是男人，没有耳孔的吧。"旁边马苇笑了，"现在是没有，不过很快就会有了。"

傻子醒来的时候已经是晚上，马羡鱼的存酒已经被米洛高博飞等人喝了一半，十九叔也在。看到他醒来，大家都围拢上去瞅，酒气喷到他脸上，却不觉得往日那般呛人，似乎还有点熟悉的香味弥漫在身边。他下意识地说："白露霜。"

十九叔听闻此言，大喜，"你喝过这酒？你还记得什么？"

傻子摇摇头，指指旁边的马苇，"她告诉我的，酒柜里都是"。

马羡鱼很失望，但不甘心，有气无力地问道，"别的，就一点都想不起来吗？"

马苇戳戳他的肋骨，"你能不能先把顶门棍放下？很吓人的。"

傻子皱着眉头说："走马山……我去过那儿，我把东西留那儿了。"

"东西？"马羡鱼心中一动，"莫非是财宝？"

"是财宝吗？"米洛替他说出了心中的话，表情真挚而诚恳。

傻子摇摇头，"忘了"。

傻子始终没想起更多的东西，米洛第二天也告辞了。马羡鱼的货还没备齐，他便暂时先回雾水城，处理一些事务，说定了五天之后再来。临走前他拉着马羡鱼的手，依依不舍地说："那个耳环，本来是35个金铢的，给你的话，就折30个吧。"

　　马羡鱼对那个耳环寄予了很大的希望，他让傻子时刻都戴着，洗澡睡觉都不许摘。从此傻子每天睡觉的时候，只能往右侧身，不然就会硌着耳环，非常不得劲。马苇对此很不以为意，她根本不关心傻子记起什么，她只希望傻子永远做她的跟班。不过看到大家对此事的态度很严肃，所以也就没反驳。

　　自从傻子戴上耳环以后，整个人发生了一些微妙的改变。首先，从形象上看，他从一个表情痴呆的傻子，变成了一个表情痴呆，但带有一丝神秘气息的傻子；其次从言语上讲，他从以前的沉默不语，进化到时常喃喃自语；最后，从行动上来说，他会呆呆地坐在马家的树顶，默默眺望西方，直到马苇把他拉走，带他四处闲逛为止。

　　他呆坐树顶的行为，引起了两个人的格外关注。一个是马六，多年来他习惯于盘踞屋顶俯瞰众生，但现在有人站得比他还高，他自然会有所反应；另一个是龙二吹。其实龙二吹最近一段时间总是徘徊在马家附近，寻找跟傻子决一死战或者跟马苇单独倾诉衷肠的机会。树顶上的傻子其实是他绝好的靶子，哪怕他箭术再差也有把握射穿傻子的喉咙。可是他下不了手，又一次把长弓短弓十字弩和弹弓都带来了，还是下不了手。龙二吹在内心深处还是一个骄傲的人啊。不过马六的反应就简单直接多了,他把每天一句的交谈配额都用在傻子身上,第一天说的时候,大家都听到了,他说:"思念是万物生长的动力和源泉。"傻子似乎没听懂。当然了,所有人都听不懂。

后来说的是啥,就没人知道了。

不过他也没说几天,因为傻子在第四天头上消失了。

开始的时候谁也没发现他的消失,直到晚饭的时候,马羡鱼准备好了饭,却等不到马苇和傻子回来。这俩人虽然每天闲逛,但到了饭点一定会准时出现。马羡鱼等了一阵,开始有些焦虑,他在屋里走来走去,心里涌上无数纷乱的念头。难道是私奔了?不像啊,小苇不会真的看上这个白痴吧。难道掉河里了?有可能,不过天河流过落草村旁边,水流平缓,就是掉进去也没关系吧。难道被龙二吹谋杀了?想到此,他不禁打个寒噤。二吹性格偏激,很有做变态杀人狂的潜质……他坐不住了,穿上外套就往外走。身后马六没头没脑地说了句,"时间是向前的箭矢"。

马羡鱼没走多远,先看见了高博飞。治安官一头银发梳得一丝不乱,正在村边溜达,似乎在巡视。马羡鱼赶忙问他,见那俩宝贝没有。高博飞说没有啊,一天都没见。马羡鱼更着急了,便问,见龙二吹了没有。高博飞说似乎在河边吧,至少中午的时候在那附近。马羡鱼赶忙往河边奔去,高博飞一手按着头发,忙不迭地跟着。

二吹果然在河边。

这又是一个夕阳西下的场景。这样的场景足以勾起龙二吹悲伤的回忆。他清楚地记得就是在这样一个美丽的傍晚,他向傻子发出决斗的宣言,然后就极其叫悲地胜利了。他站在河边,凝视天河的那岸,如同一棵生长了千年的老树,一动不动。

马羡鱼赶到他身边的时候,有些惶恐,不知道这是不是变态杀人狂惯有的表情。但愤怒马上压倒了惶恐,他冲上去,恶狠狠地揪住二吹的衣襟,"说,你看到我家马苇了吗?"

二吹点点头,任凭愤怒的马羡鱼摇晃他的身体,眼神却始终凝固在对岸,没有丝毫的摇动。高博飞赶了过来,拉开马羡鱼,理了理头发,问二吹,"你到底看见马苇了吗?"

二吹还是点点头。

"什么时候?"

"中午。"

"在哪儿?"

"村西。"

"后来她去哪儿了?"

"不知道。"

"她说要干什么了吗?"

"说去追傻子。"

马羡鱼忍不住又冲上来,"傻子,傻子又去哪儿了?"

二吹摇摇头,目光如天边的星辰般寂寥,年轻而精瘦的脸颊上浮起忧伤的皱纹。

"那你在这儿干什么?"

二吹抬起头,目光指向头顶的一棵大柳树。

那两人顺着他的目光看去,一截被砍断的细草绳,晃晃悠悠地垂了下来,半截还浸在水里。那是溜索。整个落草村,只有马羡鱼能编出这样纤细的溜索,载着轻盈的羽人滑向天河的那岸。

事情已经明朗。

傻子过了天河,而马苇追他去了。

十九叔背着手在屋里走了一百四十六个来回，终于停了下来。因为马羡鱼已经收拾好包袱，准备出门了。高博飞拦在门口不让他走。龙二吹蹲在房间的角落里，仍然沉默不语。

马羡鱼半低着头，几缕凌乱的头发散过前额，几乎遮住眼睛。他肩上斜挎着一个水獭皮的软包，衣带扎得严严实实，背后挂着角弓箭壶，腰里别着傻子决斗时用过的刺剑。他面无表情地看着面前的高博飞，"我再说一遍，不要拦我"。

高博飞一步不退，坚定地说："我不许你去。要去的话，也要等到明天早上。"

"那是我妹妹，不是你的。"

"无论如何，今晚不许你走。"

马羡鱼的手按住黄杨木的剑柄，剑身在微微地抖。房间里的空气似乎凝滞了，每个人的手脚都沉重如铅，每一声轻微的呼吸都如春夜的闷雷，滚过大家的心头。十九叔掏出鼻烟壶，舀出一点乌黑的粉末，长长地吸了一口，无比响亮地打了一声喷嚏。随即，他晃晃脑袋，走到两人跟前，按住两人的手腕，"都坐下，都坐下，我给你们讲个故事"。

马羡鱼皱皱眉，还要出言讥讽，却没来由地感到这个干瘦随和的老人忽然变得高大而威严，言语中分明又有某些沉重而且不容置辩的力量。他松了手腕，后退几步，靠着酒柜坐了下来。高博飞也在门边坐了下来。活木的地板有些微微的潮气，天气果然是凉了。

"你们都知道，早在千万年前，我们羽人就生长在脚下的这片土地上。那时候，还没有三陆九州的区别，只有一整块广阔的大陆，四周是浩瀚无边的海洋。我们羽人从密林中孕育生长出来，是森林的儿女。森林给了我们轻盈的身体、明亮的眼睛和飞翔的翅膀,我们是属于天空和树木的种族,是这块土地上最高贵的生灵。后来人族的第一个大皇帝统一了天下,把整个九州大地收拢到他的手中。但他从来不到森林里来,我们羽人的生活,他也从来不干预,只要我们奉他为名义上的王,就够了。后来冰盖融化三海倒灌,三陆分野九州阻隔,我们羽人中的大半,都留在了这东陆的澜州,还有少半,生活在北边寒冷无比的宁州森林里。他们是我们的表亲,是羽人的旁支。"说到这里,他轻轻地咳嗽了一声,喘了口气。

马羡鱼皱着眉,喉咙有些沙哑地说,"你到底想说什么?"

高博飞却很平静,"别着急,慢慢听吧"。

那边龙二吹也抬起头,默默地听着十九叔的话。

"后来又不知道过了多少年,我们羽人在这澜州大地上繁衍生息,一直过着与世隔绝的生活。你们都知道,澜州西有锁河山天堑,把那些贪婪而好斗的中州人隔在外头;南边是夜沼,把那些孤僻而自大的河络也隔绝开。澜州的万顷森林就是我们羽人世代繁衍的家园。渐渐地,随着时间的推移、岁月的变迁,我们澜州羽人分化出十个大的城邦和部族,以天河为界,西澜州六部,东澜州四部。青羽的秋叶城是东澜州最大的城邦,也是整个澜州最大的城邦,最近的十六代永恒之王,有七位出自那里;而西澜州最大的城邦,就是我们纹面羽的斯特兰城,也就是所谓失落的千骑之城。"

"我们。"马羡鱼重复道,"纹面羽。"

"我们真的是纹面羽后人?"龙二吹问道。

"我们为什么要离开故土,迁到天河的这边,因为战争吗?"高博飞问道。

"不,纹面羽的悲剧,还在战争之前。其实可以说,正是因为纹面羽的没落,中州人的战火才得以漫过锁河山,烧到澜州的土地,一直把我们羽人，驱赶到天河的东岸。"

"悲剧？"

"悲剧。千百年来，澜州的森林看似平静，但这密林中对权力的你争我夺却从未有一天停歇。我们的祖先为了保障每一个城邦的利益，在澜州的土地上建立了选王制。东西澜州十座城邦，每一座城邦的王都有权成为澜州的共主，只要他能在每一代的秋叶朝选中赢得多数城邦的拥护。我们纹面羽是西澜州的第一大部，一千三百年来出过四位永恒之王。我们是青羽最大的对手，是他们登上王位的最大障碍。纹面羽与青羽的明争暗斗，贯穿了澜州千年的历史。青羽自诩是最传统的羽人，他们发誓永远不离开密林一步，他们在密林之间修建了澜州最雄伟最瑰丽的秋叶城，但是，他们却都是瞎子，不肯睁开眼看这世界，他们固执地以为自己可以在这密林中再住一千年，一万年，一亿年，永远不会有人打扰。而我们纹面羽却早早擦亮了眼睛，我们住在澜州的最西端，那里是森林的边缘，有锁河山下绵延百里的草原。我们把一只脚踏出丛林，开拓边疆，驯养马匹，我们立木为墙，掘地为壕，在走马山上建起了澜州最威武最宏大的斯特兰城。"

三个年轻人静静地听着，月亮爬上枝头，银色的光芒从窗子里洒了进来。

"六十多年前，上一代永恒之王退位的日子渐渐临近，我们与青羽的争斗越来越激烈，双方剑拔弩张，内战一触即发。当时，我们纹面羽得到了大多数城邦的支持，改朝换代的日子就要来了。终于到了朝选的那个月，外界纷纷传言，青羽的秋叶王病了，整个青羽偃旗息鼓，悄无声息，整个澜州都以为纹面羽将要赢得朝选，斯特兰城的艾格瑞特王家将要成为澜州的共主。可是，歹毒的青羽却包藏祸心，胁迫即将退位的老王，秘密发出了惩处异端诏书，宣布我们纹面羽是羽族的叛逆。那时候，我们沉浸在即将胜利的喜悦中，所有人都放松了警惕，不知道几千青羽武士已经悄悄渡过天河，隐蔽在斯特兰城的附近。六十五年前七月的一个夜晚，正是双月交掩的时刻，明月的光辉完全被暗月遮蔽，羽人的精神力和感知力都降到了谷底，青羽发动了最卑鄙的偷袭。那一夜血流成河，斯特兰城的男女老幼都被杀得干干净净，他们甚至没有用一张弓，没有射出一支箭，他们就用涂成黑色的弯刀，割断了三万纹面羽的喉咙。那是澜州历史上最黑暗最血腥的一夜，它有一个禁忌的名字，没有人敢在公开的场合提起——弯刀之夜。"

年轻人都屏住了呼吸，心脏在他们的胸腔里怦怦地跳动，愤怒的血液冲上了他们脑袋，几乎点燃了他们的眼睛。

"从那以后，纹面羽就成了历史，四百二十一个纹面羽的村落被拆散，分迁到东澜州的各地，从此成为别人爪牙之下的屈辱的贱民。也有一些同胞，无法遗忘这样的仇恨，不能忍受这样的屈辱，他们翻过锁河山，逃到中州，寻求中州人的庇护。据说有些人还参加了中州人的军队，杀回澜州，为冤死的祖先报仇。传说中，艾格瑞特王家的血脉并没有断绝，上一代斯特兰王有一个儿子逃脱了血腥的追杀，也逃到中州，还受到了人族皇帝的礼遇。如果我猜得没错的话，傻子就是那个王子的后代，就是艾格瑞特王家的继承人。"说着，十九叔转向马羡鱼，"你还记得傻子脖颈上那个血红色的飞马徽纹么？那就是艾格瑞特王家的家徽。"

马羡鱼点点头，从怀里摸出那个白鸟坠子来，"这又是什么？"

"白鸟。要知道，白鸟团的名字，本来是我们纹面羽骑兵的称号。在我们遭劫之后，才被青羽的伪王拿走，转到雾水城武士团的身上。他们辱没了这个光辉的名字，在走马山，在我们祖先的土地上被中州人杀得大败。如果我们的骑兵还在，人族怎么敢越过锁河山，怎么敢侵犯澜州一步？据说那个侥幸逃脱的王子，本来就是白鸟团的将军，三千纹面骑兵的统领。那个坠子，正是白鸟团的象征啊。"

马羡鱼低头轻轻摩挲那个坠子，"原来这个坠子，还有这么多的故事，"然后，他抬起头，眼神清亮而决绝，"我不管什么纹面羽，也不管什么王子，我只知道我的妹妹渡过了天河，很危险，我要追她回来，谁也别想拦我。"

高博飞点点头，"族人和祖先的冤仇我们会记在心里，永远不会忘记。但眼前的当务之急，还是把马苇和傻子追回来。马羡鱼，这不只是你的事，这是我们大家的事。我会跟你一起，渡过天河，一起去追他们"。

"还有我。"龙二吹说，"如果马苇出了事，我也不要活了。"

十九叔沉稳地说："对，去是一定要去的。但要先做好准备。要不然，只是白白送死。"

高博飞说："对，所以我不让马羡鱼连夜出发。明天一早米先生就来了，他去过走马山，最好让他领路。"

马羡鱼问："万一他不肯呢？"

龙二吹咬着牙说："由不得他。"

4.徐老疤

米洛是勤奋而守时的人，第二天大早就来到落草村。一进马羡鱼的家门，他就觉得苗头不对，几个年轻人都已经收拾好行装，一副出远门的样子。还没等他开口问，马羡鱼就迎上来，径直说道："米先生，今天不得不麻烦您了，您得给我们带路，去趟走马山。"

米洛吓了一跳，"什么？你疯了吗？那可有五百多里啊！而且远在战线后方，危险得很"。

高博飞在旁边说:"也是逼不得已。傻子跑了,多半是去走马山,马苇自个儿追他去了。"

米洛不由得锁紧了眉头,"这倒是麻烦……"

那边的龙二吹一梗脖子,满眼的血丝便要炸开。十九叔一把按住他,不让他说话,自己却扭转脸来,平静地说:"米先生,我们虽然素未谋面,但先生的神通,我还是略有耳闻。往走马山这条路,先生应该走过不止一次吧。"

米洛点点头,又摇摇头:"走过倒是走过,但危险还是不小。从落草村过天河,往西不到三十里就能看到枯叶河,然后顺着枯叶河一路往西北,顺利的话,六天之内必定能赶到走马山。从前我都是送货,都有中州人的军官沿途护送,自己并不太操心。这次不同了,我们偷偷摸摸地往走马山赶,肯定不能走河边的大路。一路隐蔽行藏,脚程快不了。要是万一被他们的巡逻队发现,后果不堪……"

马羡鱼打断他的话:"困难我们也知道。但小苇不能不救,我们几个今天上午一定要出发。希望米先生看在多年交情的分上,就帮我们一把吧。"

米洛环顾四周,叹了口气:"似乎我没得选择。算了,就跟你们走一趟吧。不过,要容我先准备准备。"

"准备?怎么准备。"高博飞问道。

"我得先备些货,至少要到邻近的红水村走一趟,背些药材回来。"

马羡鱼皱起眉头:"什么时候了,还顾得上备货?"

米洛耐心地解释,"我的意思是,我们至少得做些伪装。我个人能想到的伪装,就是扮成送私货的队伍,"说着,他转向高博飞那边,"你最好跟我去红水,那些药材,我一个人背不动。还有,马家老大,我们去红水这阵子,你最好把你的货都备齐了。还有七天的干粮营具,一样都不能少。"

马羡鱼跟高博飞对视一眼,点点头,"你跟他去吧,我再备些东西。中午之前,你们一定要回来"。

高博飞应了一声,随着米洛便出门了。

中午的时候队伍准时上路。十九叔说要是他自己再年轻个三四十岁,一定会跟他们一起走。四个人背着四件细甲、四张角弓、十二支银箭、二十几斤各式草药,还有每个人的武器护甲干粮营具,真个不用扮了,根本就是一支如假包换的送货队伍。

龙二吹很不忿。按照他的意思,大家就该一早出发,轻装简行昼夜赶路,尽早把马苇追回来,至于傻子,死了最好。可惜大家不是很在乎他的意见。溜过天河没多久,他就累得满头大汗,忍不住抱怨道:"我们在干吗?背得像骆驼,走得比龇牙熊还慢。走死了也赶不上马苇啊。"

高博飞呵斥道:"闭嘴。听米先生的没错。傻子和马苇肯定不会走大路。等我们见了枯叶河,这样的打扮,或许还敢在大路上碰碰运气,走起来快得多。"

二吹恼火地说道:"我怎么觉得自己真的在送货。上了大路,不如干脆雇匹马算了。"

米洛一笑:"龙兄弟说得不错,我正有此意。"

龙二吹气得眼珠子都爆了,可看到马羡鱼和高博飞的脸色,又不敢发作,只好有劲往暗地里使,几乎把牙齿咬碎。

不过马羡鱼心里也存了类似的疑问。

他们到底是追人,还是真的在送货?

背了大堆的货,队伍走得果然缓慢。四个人里以龙二吹最为瘦小,但他性子最烈,偏要背得最多。走了十几里出去,他便有些上不来气,渐渐落在队伍最后。马羡鱼和高博飞有心帮他分担些,可明知道他的脾气,便懒得答理他。二吹掉在队尾,脚步沉重,两眼发虚,心里十分恼火,也不好发什么牢骚,只好自个儿在那儿咬牙切齿地嘟囔,"要是追不到马苇,我也不活了,决计是不能活了。"

二里地的路程,他念叨了百八十遍,马羡鱼听得心烦,忍不住回头骂他:"给我闭嘴!我妹妹就算没事,也给你咒死了。老老实实赶路,累了就说一声,别给我乱放屁。"

二吹一梗脖子,"不是我胡说,你自己说说,咱们这速度,能赶得上吗?"

马羡鱼不耐烦地说:"让你干啥就干啥,哪来那么多废话。"

二吹悻悻地低下头,自顾自地说:"要是真追不到马苇,我真个死给你看。"

马羡鱼虽然骂他,自己心里也没底。思量了半天,他决定还是跟米洛交涉一下。他停了几步,等米洛走到他身边,便拽住他的袖子,"米先生……"

"嘘,"没等他开口,高博飞就打断了他的话。马羡鱼后头看去,年轻的治安官表情凝重一言不发,正支棱着耳朵倾听什么动静。

三个人疑惑地停下来,仔细留神四周动静。

高博飞突然低低地说了声:"有人来了,我们得隐蔽。"

大家还没听出多少门道,不过也按了他的吩咐,拣了几棵大树,藏了上去。龙二吹似乎还要发些牢骚,却被马羡鱼按住脑袋,动弹不得。

四个人藏在茂密的枝叶中,等了一阵,什么也没有发生。只有几只耐冻的虫子啾啾地叫了几声,也不怕招来饥饿的鸟儿,当场给擒了做晚餐。米洛有些耐不住性子,悄悄探出头,向对面树上的高博飞张望过去,可是看了好几眼,硬是分辨不出来人藏在哪儿。他心里嘟囔,"藏得可真好啊,自己人都找不到。"于是便要探出身子,喊他一声。突然,远处似乎有人影闪过,他吓了一跳,定睛看去,却又没了踪影。对面树丛中伸出一只手来,戴着鹿皮的护腕,向他打个手势,意思是别动。他收了高博飞的信号,自然是一动不动,心里又在嘀咕:"不知道他这护腕,是自己做的呢,还是在雾水城里买的,做工看起来还是不错的。"

那边树上的马羡鱼看不到这边的情形,他一手按着龙二吹的脑袋,一手把眼前的树叶拨开条缝隙,往外张望。

果然有人来了。

那似乎是一支巡逻队,七八个老兵,看不出有军官,衣甲都有些破烂,刀柄上缠的麻布都发了黑,油腻腻的,看着很是恶心。

高博飞默默地数着,前面是四个刀手,其中两个挂着盾;两个弩手,箭壶里空着大半;最后那个年纪最大的,脸上有条显眼的刀疤,腰里别着刀,肩上还挂着把短弓,箭壶里满满的,看起来是带队的老兵。

那队伍显然是经验丰富的巡逻队,在林子里悄悄地走,只听见脚步沙沙地响,动静还不如一只长毛鹿。四个人藏在树上,大气都不敢出,只盼着这支凶神恶煞的队伍,早一点走过去。就连马羡鱼胳膊底下的龙二吹,也都屏了呼吸,老实得像块石头。

高博飞眼看着队伍从南边折过来,一步步逼近,走过他们藏身的树下。队伍毫不停顿地前行,很快就越过了他们的藏身地,高博飞松了口气。

突然，队尾的刀疤老兵停下步子，弯腰蹲了下来，伸手拨拉了几下面前的枯草地，仿佛发现了什么。高博飞的心脏骤然收紧，血液涌上眼球，额头上渗出了细细的汗珠。那老兵左手按在刀柄上，右手拂过草地，似乎在计算了些什么，然后慢慢回过头，一点点扫视身后林子里蔽日的浓荫，目光所及，似乎有刺骨的寒冷。树上四个人都觉得与这人目光相交，一个个脊背发冷，眼皮发跳，几乎要按捺不住，从树上跳下来与他拼命。

不过那人看了一圈之后，手却松开刀柄。高博飞清楚地看着他的刀疤脸上浮现出一丝微笑，居然还轻松地打了个呼哨，转身追赶队伍去了。

大家长长地出了口气。

等到那巡逻队的脚步声完全消失在远方很久以后，四个人终于从树上蹑手蹑脚地溜下来，整理行装货物，重新上路。二吹再也不敢造次喧哗，只是默默地跟在后面，深一脚浅一脚地走。

傍晚的时候，他们终于看到了枯叶河，也看到河边蜿蜒而行的那条大路。米洛给他们讲，再往前不到一里，就可以看到第一个驿站，他们可以去驿站雇上几匹马，脚程能快很多。二吹听罢不禁瞪大了眼睛，"真的要雇马？他们可是敌人啊，怎么会答应？"

米洛从怀里掏出一块雕饰精美的薄薄的金属牌，借着林子里彤红的阳光给大家看，"这是走马山中军营王狩将军的通关金牌，上面打着中军大印和王将军的私印，整个西澜州通行无阻。不管你是中州人还是羽人，哪怕是一条狗，嘴里叼着金牌，谁也不敢拦你"。

高博飞还是有些不信，"我们可是敌对的，见了面就要厮杀，他们会容你拿出金牌，慢慢解释？"

米洛耐心地解释，"战争是战争，生意是生意。仗打得再凶，他们也没理由为难一支送货的队伍吧。还有，他们都是军人，天性服从，只要看到长官的指令，哪怕是什么大逆不道伤天害理的事，都是要听从的。"说着他笑了笑，"这就是跟军人做生意的好处，省心。"

马羡鱼问道："既然如此，刚才遇到他们的巡逻队，我们干吗还要躲起来，直接给他们看金牌，不就行了？"

米洛伸出两个指头，"第一，是小高让我们躲的；第二，那些最前线的巡逻队伍，都是些杀人不眨眼的暴徒，如果能避开的话，尽量不要招惹"。

大家虽然心里还存了疑虑，但看他信誓旦旦，便也听了他的安排，一路顺着大路向驿站走去。

那驿站规模并不大，只有三间正房，侧房都是马厩，看样子最多也就能养十几匹马，南屋像是仓库，窗户紧紧地锁着，看来是仓库。米洛给大家解释说，这是最前沿的驿站，规模最小，只有一两个驿卒，再往西走，驿站会越来越大，卒子也越来越多。

他们一直走到驿站墙外，也没人注意到他们的存在。米洛正要带大家进去，高博飞却拦住。他说："这种事我们头一次看，谁都没有底。不如马羡鱼和二吹先躲进驿站外的林子里，我跟米先生进去看看，如果雇到马，再出来一起上路。"

大家觉得这安排也没什么不妥，就依了他。马羡鱼和二吹把货物都拖到林子里，找个隐蔽处躲着。等他们躲好了，米洛和高博飞整点一下自己的装备，就进了驿站。

两人一前一后走进人门，院子里空荡荡的，一个人影都没有，只有两侧马厩里稀稀拉拉的五六匹马，在寒冷的空气中打着响鼻。两人走到院子当中，没见人出来招呼，心里有些不安。米洛清了清嗓子,在院子里喊道,"有人吗?有人在吗?"

这时他们听到正房里一阵簌簌的响,两扇房门同时打开。中间门里,露出一个老兵满是皱纹的脸,头上的青布软帽上,还画个圈,中间有个"驿"字,一看就是守驿的卒子;右手边那个门里,走出了一个壮实的中年卒子,一道长长的刀疤斜贯左脸。

高博飞一看到那刀疤脸,心里咯噔一下,感觉有点不妙。

刀疤脸看到他俩,也是一愣,随即又笑了,"哈哈,你们胆子还不小啊,居然杀上门来!"

米洛诚恳地说:"这位壮士,我们不是杀上门来。我们都是诚实的商人,我们要去走马山,给你们的将军送货。"

老驿卒走出来,仔细分辨米洛的脸,"你……你似乎是来过吧,去年的时候,是不是景副将在这儿接的你?"

米洛的脸上绽开明亮的笑容,"对对对,大哥好记性。大家是熟人,这多方便"。

老驿卒咕哝道:"今儿个是怎么了,一大早先丢了衣服和马匹,现在又有羽人来雇马,啥事都往一起赶……"

刀疤脸没他那么多感触,斜着眼冷冷地打量两人,"怎么只有两个?藏在林子里那阵儿,似乎不只两个吧。他们呢?咋不一起过来?"

高博飞心里一惊,心说这家伙好毒的眼,果然不好对付。他第一次跟中州人面对面说话,心里还有些不安,只能简单地说:"他们回去了,剩下的路我们自己走。"

刀疤脸嘿嘿一笑,"不老实了,那货呢?你们不是送货吗?"

米洛赔着笑脸说:"货在外面放着,同伴走了,我们俩不好搬。"

刀疤脸和颜悦色地说:"告诉我嘛,我让兄弟们搬。"说着,他回头喊道,"弟兄们,出来干活!"

他身后房间里一阵乱响,呼啦啦冲出来六个士兵,全副武装,把米洛和高博飞围在当中。

高博飞有些害怕,扭头去看米洛。

米洛倒是面无惧色,而且看上去非常恼火,"你们,你们这是干什么?"说着他从怀里摸出那个金灿灿的牌子,举在头顶,"这是走马山王将军亲手发的金牌,西澜州通行无阻,谁敢阻拦!"

他话音未落,那牌子就被一个刀手夺过,拉扯之下金牌的边缘几乎划伤了他的手掌。刀手把金牌交给刀疤脸,刀疤脸伸手摩挲了一阵,由衷地赞叹,"乖乖,这是金的么?"说着,他抬起头,眼神里射出炙热的光,"看来你们来头不小啊。这下子,可更放不得你们。"

旁边的老驿卒抢上来,待要说些什么,可没等开口,就被刀疤脸一个嘴巴子扇出五尺开外,掉到喂马的干草堆里。他也是硬气的人,还没从草堆里爬出来,就在破口大骂:"徐老疤!反了你了!王将军的金牌你都不认!你看我……"

刀疤脸脸色一寒,对旁边一个刀手使了个眼色,那刀手掂着长刀摸到草堆前,挥刀就胡乱往里杵,草堆里几声惨叫,痛骂的声音便平息了。那刀手从尸体上割下一块布来,草草擦拭了一下血红的刀身,可那刀上似乎沾了陈年的血,三两下怎么擦得干净。

这时候,米洛突然用羽族语低低地说了句,"你快走,别管我"。

高博飞回过味来,但有些犹豫,"你怎么办?"当然,也是羽族语。

米洛飞速地说:"他们要货,不会杀我的。"

高博飞点点头,"保重"。

那边刀疤脸发现他俩的异常,阴着脸说道:"想耍心眼?"

高博飞目光阴霾地盯了他一眼,眼睛里似乎射出刀子来,然后猛地纵身跃在半空。这时夕阳堪堪挂在墙头，光芒耀眼，高博飞在空中并拢双臂，背后瞬间凝出灰色的羽翼，呼呼扇动两下，地上草屑乱飞。弩手举起弩，想把他射下来。可高博飞片刻也没有停留，振动翅膀直冲着北方飞去，弩手正对着耀眼的阳光，无法瞄准，只能胡乱地射出几发，眼睁睁地看着高博飞越飞越远，不一会儿就隐在远处的林子里。

落草村最擅飞的男人，要逃的时候，是拦不住的。

○

马羡鱼和二吹在林子里蹲着，突然看到高博飞飞了出来，知道坏了，赶忙藏得严严实实，窝着不敢动弹。高博飞兜了个大圈子飞回来，脸色苍白，神情萎靡。马羡鱼知道他这样硬生生凝出双翼，飞这么老远，实在大耗精力，这三两天内，肯定是没有再飞的可能了。二吹迷茫地说："你可算回来了，咱们怎么办？"

高博飞没力气回答，只是摆摆手，让他待会儿再说。

二吹愣了阵儿，又提出意见，"要不这样，咱们把货扔了，轻装往西走，说不定能追上马苇"。

马羡鱼摇摇头，"不行，米先生还陷在里头，我们得救他出来"。

二吹两手一摊，"他自找的，非要去雇马，完蛋了吧"。

高博飞打起精神说："雇马是没错的，只是碰到那帮恶鬼似的巡逻队，贪图我们的财货，要劫了我们。"

"里头有多少人？"

"似乎只有一个驿卒，已经被他们杀了，只剩下七个人的巡逻队。"

马羡鱼皱着眉头捏着下巴，分析实力对比。一边是七个经验丰富的人族士兵，手里扣着米洛当人质；一边是三个羽人，聪明但不够勇敢的自己，勇敢但不够聪明的龙二吹，勇敢而聪明但筋疲力尽的高博飞。永恒之王曰，不打无准备之仗。这场战斗还没打，看起来似乎就会输。"得想个法子才行。"他苦恼地想。

天黑了，驿站里点起灯火。徐老疤坐在正房门前的台阶上，饶有兴致地看着米洛。

米洛此时坐在院子大门边的一把椅子上，手脚都被捆得结结实实。徐老疤倒是不怕他长出翅膀飞走，要是能飞的话，那会儿怎么不走？徐老疤只是觉得，这是一个职业绑匪对待肉票的职业态度，非此不足以表现自己的专业精神。他的做人原则就是做什么像什么，杀人的时候要像屠夫，逛窑子时要像嫖客，劫财的时候要像绑匪。米洛表现得也很好，要钱不要命，死活不吐口，充分表现了一个专业肉票的素养。徐老疤现在琢磨的，是另外那几个羽人。他们是不是够义气，会不会来救他们的同伴呢？

这时候，房上值夜的弩手向他做了个手势，要他上去看。他顺着梯子爬上去，猫在房顶上往林子里张望。林子里似乎有些异常的骚乱，枝叶摇动，不知道发生了什么。马厩里的马匹仿佛嗅到了危险的气息，有些躁动不安。他有些奇怪，两三个羽人，也并非专业的战士，能搞出什么名堂来？

忽然，北边林子里冲出一个人来，体形纤细，脚步飞快。徐老疤瞪大眼睛往那边看，林子边缘距驿站大概三四十步，光线暗得很，看不太清形势。不过，那人速度飞快，转眼间就奔到驿站墙外，一脸贼兮兮的模样，身上没有披甲，手里抱着个圆圆的包裹，不像是武器。没等徐老疤开口说话，那人就抢着说："房上的，你们不是要货吗？拿着！"说着，抡圆了胳膊，就把那包裹丢进院子里，扭头便向东边跑了。羽人的速度，还真不是开玩笑，逃起来就像一阵风。

徐老疤下了房，去院子里捡那包裹。他不会傻到用手去拆，而是在墙根里拿了根棍子，远远地把包裹挑开。里面没有机关暗箭，也没有毒蛇蚊子，只有一个软乎乎圆溜溜的东西。借着火光，他凑上去看。

那是一只龇牙熊的崽子，已经断气了。

林子边缘传来一声沉闷的嘶吼，每个人脑袋都被震得嗡嗡作响。马厩里的驿马炸了锅，又叫又踢，要不是缰绳扯着，早就四处逃窜了。房顶上那个弩手惊恐地喊：“来了！来了！”

徐老疤骂道：“笨蛋，慌什么慌，不就是一只熊吗？”话虽如此，他也知道龇牙熊不好对付。这玩意体形庞大，站起来足有一人半高，比水牛还沉，平时里性子就不太好，一旦发了怒，林子里的虎豹都要躲着它走。它不但力气惊人，而且皮糙肉厚，浑身仿佛裹了重甲，普通的刀箭根本伤不了它分毫。它才是澜州莽林里的霸王，每一个新兵初来澜州，被告知的第一件事，就是千万不要招惹这怪物。正琢磨着，嘶吼声已经到了墙外。一股腥风吹进院子，每个人都心惊肉跳。

砰、砰、砰。

院子在摇晃。龇牙熊已经转到院子西边，正把庞大沉重的身躯往墙上撞。一下、两下、三下，两排原木搭建的院墙已经吃不住它的重量，开始倾斜。一个刀手惊慌地喊道：“头儿，怎么办？”

徐老疤沉声喊道：“六子，上南房。其他人，往后退。”

说话间，西墙已经崩塌。马厩里的马匹挣脱了缰绳，四散奔逃，有一匹在跑过龇牙熊身边的时候，被那家伙一巴掌拍在脖子上，侧着摔出去老远，半天没起来，不知道还能不能活。徐老疤喊道："六子虎头，你俩看准了，瞄着它眼睛，放近了射。"房上的俩弩手应了声，都伏在房檐上，紧张地等待着。

龇牙熊踩过崩塌的马厩，一步步走进院子。它抱起地上断气的熊崽子，放在怀里捂着，仰起头，又爆发出一阵撕心裂肺的吼叫。徐老疤听得头皮发麻，知道时候到了，大喊道："射啊！"

房上的弩手扣动扳机，射出两串短箭。

又是一声嘶吼。

南房顶上的六子落了空，箭矢都射在熊的脑袋上，如撞了墙一般，纷纷落在地上。这弩箭本来就是对付羽人的，不用有多大力道，只求射速快就好，要是扎在龇牙熊身上，根本就是挠痒痒。北房顶上的虎头却得手了，一支弩箭正扎在熊的左眼上，可惜扎得不深，没穿到熊的脑子里。那熊吃了疼，更狂躁了，回头奔向北房，一巴掌就拍断了房檐的柱子。虎头没躲及，一声惨叫就摔下来，掉在断壁残垣间。徐老疤知道要坏，大喊一声："救虎头！大家上啊！"说着他先拽出刀，扑了上去，身后四个刀手都挥舞长刀，不要命地跟上来。

迟了。龇牙熊已经一脚踏在虎头的胸口。虎头也是壮实的汉子，可在龇牙熊的脚下，却像面饼一样，被踩得变了形，血水从口里、从耳朵里冒出来，抽搐了两下就断了气。等徐老疤等人冲过来，那熊正好回头，小眼睛里映出院子里的火光，明亮得很，仿佛里面燃着无底的火焰。徐老疤冲到近前，几乎闻到熊口里热涎的味道，他举刀就戳，直奔熊的胸口而去。扎进去了，他感到刀刃刺破熊皮，扎进熊的肌肉里，可也仅此而已，那刀如同戳在一株老树的树干里，再往下一寸都进不去了。这时候他看到熊又挥起厚重的巴掌,横扫过来。他反应快,撒了刀柄,向右边一滚,那熊掌堪堪从他头皮顶上划过,险些撕下他几缕头发。

徐老疤闪出了空当,后面的刀手得空上来,四柄刀当头便杵,有的扎在肩腿上,有的扎在肚皮上,可惜没一把能深入。龇牙熊虽然要害无伤,但毕竟割裂皮肉,疼痛难当。它用力往后一挣,三把刀都退了出来,只有扎在肩膀上那刀,卡在关节里,夹得太紧拔不出来,被它往后带了几步。那刀手一时间忘了松手,还死死地抓着刀柄,一挣之下,被它拽到面前。那熊见敌人到了面前,又是嘶吼一声,伸出爪子就拍在他头上。这一下打得极重,那刀手的脸登时被打得稀烂,翻倒一旁,手脚抽搐。剩下的刀手都杀红了眼,顾不上抢救同伴,挥刀又砍。徐老疤跪在地上,从肩膀上解下短弓,搭上一支箭,稳稳地瞄着。等到最后一把刀都被熊打飞的时候,他松了弓弦,一箭势若流星,深深地扎在龇牙熊的右眼里。徐老疤这短弓是当年走马山大战时,从羽人尸体上捡的,拉起来软,但射出去力道却很大,不知道是什么工艺,似乎糅了动物的筋角,跟将军们用的河络角弓很有几分相似。这一箭射得深,那熊疼痛难当,一阵凄厉的吼叫,爪子按在眼上,忘了身边的敌人。

徐老疤知道机不可失,马上扣了第二支箭,抬手就射了出去。这一箭射在熊的嘴里,贯穿熊舌。那熊眼不能视物,嘴也合不上,平时里就龅在外面的四颗大牙,此时显得更加突兀吓人。徐老疤知道危险过了大半,便招呼大家四下散开,等那熊自己力气衰竭了,再做进攻。那边叫做六子的弩手,已经从房上下来,一手端着油灯,一手拿着存灯油的皮囊,向徐老疤这边看了一眼。徐老疤点点头。六子悄悄走近熊的跟前,熊似乎闻到了他的气味,忽地转过头来,可惜什么都看不到。六子一刀割破皮囊,把里面半包灯油都洒在熊的身上,紧接着就把油灯砸了过去。转眼间,青蓝的火苗子就把熊裹在当中,空气中弥漫着皮焦肉烂的煳味。徐老疤松了口气,把大家收拢在一起,又把倒下那个刀手拖过来,结果发现也断气了。这时候,不知道谁说了一句,那羽人呢?大家才蓦然想起,回头再看,门口的椅子上,早没了米洛的踪影,东边马厩里的马,也都一匹不剩了。

徐老疤看着火焰中渐渐没声息的龇牙熊,地上两个兄弟惨不忍睹的尸体,看着倒塌的马厩,咬牙切齿地骂了一声,"操!"

马羡鱼驾着一匹黄骠马,穿行在枯叶河边的大道上,感觉自己在腾云驾雾。他是不会飞的,但此刻似乎体会到一些飞翔的感觉。"一会儿得问问高博飞。"他心里暗暗地想。不过他这匹马性子比较急,跑得比其他马快,他也不太知道如何指挥这匹畜生,一夜之间,已经把其他人远远甩在后面。

早上太阳出来的时候,马终于累了,马羡鱼也不知道一匹马的体力极限是多少,只是觉得这兄弟喘得厉害,任你再催它,也不肯跑了。他索性下了马,牵着它慢慢地走,也等一等后面的伙伴。等太阳爬上高高的枝头,他终于等到了龙二吹和米洛。米洛是骑过马的,表情轻松,只是脸上还有昨天绳子勒出的红印。二吹就狼狈多了,一身的土,脸也摔破了。

高博飞落在最后,他马背上驮的货比较多。大家会合的时候,米洛看到马背上横搭的细甲,心疼地说:"这玩意一穿过,就不值钱了。"咋晚上救人的时候,他们几个以防万一,都把细甲穿在身上,遮蔽敌人的箭矢。高博飞没好气地说:"我们好歹把你救出来,钱不钱的就不要提了吧。"

米洛认真地说:"要知道,细甲穿过一次就有了型,人家看得出来,最后至少要打个九折。"大家不想理他,便继续策马向前,只是马匹累了,行进的速度也放缓了很多。

中午的时候,大家又看到一座驿站。

中州人的驿站,其实不单是提供马匹的中转站,还担负着存储物资的功能。这个驿站规模比上个大得多,至少能养二三十匹马,存下百十号人的粮草兵甲。二吹看着高大的院墙,斜着眼问:"这次,还要进去吗?"

米洛肯定地说:"要去,我们要换马。这次驿站大得多,肯定不会有上次的匪兵。"

"要去你自己去。"二吹根本就不信。

高博飞在一旁问:"你那金牌,不是给那个疤脸收了吗?"

米洛嘿嘿一笑,脱下靴子,从鞋底上又变出一沓金灿灿的牌子,"咱还有呢"。

马羡鱼狐疑地问:"你这牌子,是真的吗?"

米洛说的果然没错。大家刚钻进林子,屁股还没坐热,他就从驿站里出来,信心满满地说,房间都安排好了。三个伙伴将信将疑地跟着他,一步步走进驿站大门,个个眼观六路耳听八方,一旦有个风吹草动,随时准备开溜。不过,驿站里的卒子们对于他们的到来,只是略微表现了一下客套的惊奇,便各干各的,不答理他们了。领他们进房间的小个子驿卒,看起来又是米洛的旧相识,态度还颇为恭敬。大家松了口气,在东套院的两间客房安顿下来。

二吹看到大家不走了,很是不忿,"怎么,这就不走了?这样走,啥时候能赶上马苇?"

高博飞安抚他说:"对对对,你说的对,但我们人困马乏,总得休息一阵吧。"

米洛肯定地说:"我们赶了一夜的路,现在已经是中午,不妨休息一下。这驿站里比较安全,不妨多歇一阵,晚上再出发。"

二吹一愣,"晚上?"

米洛点点头,"上番遭劫,我才明白过来,没有人族军队的保护,一路上难免再遇到几伙匪兵。这些兵,打了许多年仗,早就没有一点人性,就是亲爹亲娘路过,也一样要劫的"。

二吹寻思了一下,便不言语了。

大家赶了一夜的路,果然是累了,随便吃了点驿站里存的菜蔬,便各自沉沉地睡了。

　　　　　　●

不知道睡了多久,马羡鱼觉得有人捅他,激灵一下子睁开眼,坐起来,发现并不是同屋睡觉的二吹,而是隔壁的高博飞。他正待要问,高博飞却把手指压在唇上,"嘘"。

他跟着高博飞到窗前,向窗外张望。他这间屋处在院子当中,正对着院子敞开的大门,能看到些外面大院里的景象。外面天已经擦黑了,松明火把已经点亮,借着黄昏微茫的日光和跳跃摇动的火光,他依稀看到一队人马刚刚进了主院,正在解鞍拴马。距离有些远,看不清是什么人。马羡鱼扭头问道:"怎么了?"

高博飞脸色沉重,"是老相识。他们追来了"。

马羡鱼心里一惊,"那个刀疤脸?"

高博飞点点头,"怕是很快,他就要认出我们的马"。

马羡鱼没有说话,回头到床边摇醒龙二吹。二吹睡得满脸口水,被人半路叫醒很是郁闷,一听到敌人追上来,腾地一声坐起来,抄刀就要去拼命。马羡鱼几乎要大嘴巴子抽他,但还是强忍住冲动，把他按了下来。二吹脸红脖子粗地说："没法弄了，没法弄了。我们被堵在这院子里，现在不冲出去，抢了马，肯定被人家收拾了，我们就等死吧。"

高博飞沉稳地说："没关系，这个驿站大，驿卒二三十个。他们不见得会帮那些土匪。我们毕竟有通关金牌，台面上没人敢动。"

马羡鱼忧虑地说："那他们一路追过来，总不会善罢甘休吧。"

高博飞问道："如果是你，你会怎么做？"

马羡鱼低下头，摸了摸腰里的刺剑，悲哀地说："夜袭。"

夜深了，马羡鱼伏在房顶上，躲在石砌的烟囱里，露着俩眼睛往外张望，身上冻得有些哆嗦。院子里平整的土地被月光照得一片煞白，仿佛撒了一层薄纱；院墙之后三五十步外，就是黑黝黝的林子。其实他们满可以悄悄翻过院墙，逃进林子里。可是米洛说，倘若失了那些马背上的货，见了人族的将军，就没法交代，更没法子求人家帮忙，搜索马苇和傻子的行踪。所以他们为了保护那些货，便不得不在这半夜里设下埋伏，静静等待那些土匪撞上门来。

这时候，他突然看见主院正房的房顶上出现一个人影，猫着腰，似乎要往这边来。他慢慢缩回脑袋，抱着剑，一动不动地靠在黑漆漆的烟囱壁上，蹭得满身都是烟灰。那人多半是弩手，要上来房顶埋伏。此时他看不见敌人的身形，也听不到敌人的脚步声，只是凭着直觉，感到那人越来越近，越来越近。似乎过了很久，似乎只是片刻以后，他感到烟囱壁上微微一振，知道敌人已经无声无息地摸过来，潜伏在烟囱的阴影里。

他伸手拽了拽脚边的线头。屋里的米洛得到消息，知道敌人已经来了，又努力往门后的阴影里缩了缩，慢慢拉开弓弦，心里不由得一阵心疼——这弓,又成了二水货。

这时候,虚掩的院门悄无声息地滑开,门轴上肯定是被人抹了油。四个黑影鬼魅般摸了进来,手里掂着明晃晃的刀,三长一短。用短刀的那个迅速地伸手一指,便带着一把长刀奔向左边,也就是二吹潜伏的那个房间;另外两把长刀,摸到米洛潜伏房间窗下。院墙角草料堆中,高博飞悄悄捏紧了手中的箭。

短刀在空中轻轻挥舞一下,房顶上的弩手比画了个手势。四柄刀猛然发力,两间客房门窗迸裂,四条黑影饿虎扑食冲进房间,挥刀就往窗上剁。破碎的门板后,米洛和龙二吹不动声色地拉开弓弦,把黑色的短箭射入五步之外刀手的背心。每个房间里两个刀手刀锋一触到床板,便知道中了埋伏,还没来得及回身,就听到身后弓弦嘣响,一个人先被射倒在地。另一个回身过来,看到门后潜伏的敌人,便不假思索地刀锋平举,一个箭步就戳了过去。羽人的身手,终究是敏捷些,没等刀手扑上来,米洛和二吹就已经飘到门外,把薄薄的弯刀擎在手中。

房顶上,马羡鱼又一次悄悄探出头,探出身子,看到那个弩手伏在面前的房檐上,全身绷紧,端着连弩,正往下瞄。马羡鱼悄悄折下身,右手正握着刺剑,一寸寸贴近那弩手的脖颈。弩手全神贯注地盯着空白的院子,丝毫没有察觉身后的动静。突然,米洛和二吹跳出房间,弩手浑身一颤,似乎有些惊叹,握弩的手也在微微地抖,弩箭的箭头已经瞄向院内的羽人。不过,这些箭永远没机会发射出去了。下一个瞬间,马羡鱼的刺剑就扎进了他的颈椎。

两个房间里暂时沉默了一下。其中一间里,有人大喝了一声,一个刀手便舞着雪亮的刀花冲了出来,米洛和马羡鱼左右分开,躲避他的刀势。草料堆里寒光一闪,银色的长箭划破暮色,穿透了刀手的脖颈。

只剩下一个。

大家都知道，那个使短刀的疤脸还在屋里。米洛和龙二吹交换了一下眼色，犹豫着是不是冲进去杀了他，高博飞从草料堆里跳出来，对他俩喊了声，"别管他，快走！"

马羡鱼飞快地溜下房檐，冲到外面大院里，奔向紧闭的驿站大门。

米洛和二吹愣了一下，随即转身，冲出侧院直奔向马厩，挥刀砍断四匹马的缰绳。换马是来不及了，只能盼着那四匹畜生已经歇了这么久，已经恢复了体力。

高博飞继续架着弓，一步步倒退出院子。

这时候，驿卒们似乎有些警醒，大门口值夜的卒子首先跳了起来，看到马羡鱼搬动门闸，便上前嚷道："你这是干啥？"

马羡鱼看他走上前来，回身一笑，跟着就是一剑，刺穿了那卒子的喉咙。

大门开了。

四匹马嘶鸣着冲出大门，四个羽人翻身上马——其中二吹上了两次——很快就消失在茫茫的夜色中。

很快，驿站里喧闹起来，驿卒们睡眼惺忪地冲出房间，松明火把将院子照得雪亮。

又一匹马箭一般冲出敞开的大门，射入澜州的黑夜。

月光明亮，四人四骑飞驰在灰白色的河边大道上。他们已经渐渐熟悉了骑马的要领，而且羽人身子轻巧灵活，骑在马上本来就不吃力，学起来自然容易。最笨拙的二吹，只是姿势比较难看，胯下的坐骑跑起来，也丝毫不慢。马羡鱼忽然想到，这是六十五年的弯刀之夜以后,纹面羽的后人第一次跨上马背,驰骋在西澜州的土地上。他们沿着哺育了祖先千年的枯叶河,一路狂飙,奔向走马山,奔向他们祖先繁衍生息的地方。那里有他们的故城,斯特兰。这一夜他们并不孤单,白鸟团三千纹面骑兵灵魂附体,他们是纹面羽千年光辉传统的正宗传人,这是他们的土地,他们的森林。他们是西澜州的主人。

"崇高,真他妈的崇高。"他忍不住激动地骂了一声。

"什么?"前面的米洛回头问道。

"没什么。"他平静地回答。

"哦。"米洛又转回头去,继续跟高博飞纠缠,"你真的用那银箭了吗?那是我们的货物,不是武器!细甲和弓还好说,用过了也只是打个折扣,这回银箭少了一支,你叫我怎么交差?你说说……"

高博飞不耐烦地回答:"行了行了,我们是干吗来了?以后别跟我再扯你那些货!"

米洛看他要发怒,便不再言语,埋头赶路,不过心中肯定是郁愤难平。

行到一段地势开阔的路上,高博飞回头看大家,有些人困马乏的迹象,便招呼停住,说休息一阵吧。大家解鞍下马,围成一圈,用些干粮清水,谁也懒得说话。休息时,高博飞忽然支棱起耳朵,警觉地往后张望,马羡鱼看到他表情,便也伸了脖子往来路看去。

远处的高岗上,一人一骑勒着马,沐在金色霞光中,如雕像般凝望着他们。晨光温暖朝雾迷蒙,本是一幅和煦的画面,可马羡鱼却不由得感到心里发冷。高博飞叹了口气,"这个疤脸,真是阴魂不散啊"。说着,他忽然想起什么,转向马羡鱼这边,"马家老大,你没打过仗吧"。

马羡鱼摇摇头,"没有,最多只是偷猎过鹿"。

高博飞慢慢斟酌着字句,一点点地说:"我在雾水城是入过军营的,虽然待得很短。那时候,会有人给我们绑来人族的俘虏,让我们剖开他们的肚子,割断他们的脖子,算是培养我们杀敌的勇气。我只是见过,可没有自己动过手。今天,是我第一次亲手杀人,虽然只是用弓箭,但心里还是颤抖。你却不一样,亲手用剑杀了两个,就没有一点害怕的感觉吗?"

马羡鱼低头看看自己的双手,沉默了半晌,回答道:"应该是有的吧。但我不知道,那算是兴奋还是害怕。杀第一个人的时候,心跳得厉害,我捏着剑,一点点接近他脖颈的时候,总觉得自己心跳如擂鼓,生怕被那家伙听到;杀第二个人的时候,心跳就没那么快,只是觉得眼前发红,一口气憋在嗓子里,不吐不快。等把他戳翻,这口气就吐了出来,说不出的畅快。你说,这算是什么呢?"

高博飞摇摇头,"不知道。从前总觉得,那些中州人是十恶不赦的敌人,是没有人性的畜生,或者虫豸。但他们离我们的生活却很遥远,没什么概念。这次抵到面前,忽然觉得他们也生命鲜活,跟我们一样,是活生生的人。你砍他一刀,他是会疼的。你杀了他,他的父母妻子就没人来养活"。

马羡鱼觉得有些头疼,却不知如何回答。

二吹嚷嚷道:"不管是人还是虫豸,凡是与我们作对的,就得统统砍倒。如果认为他们是虫豸,心理会平衡一点,那就当是虫豸吧。"

"是很有信誉,会做生意的有钱虫豸。"米洛补充道。

虽然知道疤脸不敢追上来，可被人盯梢的感觉却十分不好。他们休息了一阵，便翻身上马，继续一溜烟地走了。等到午后时分，他们便又看到一处驿站。这所驿站比上一个又大了许多，放得下百十匹马，屯得下上千人的粮草。他们已经离天河越来越远，一步步深入战线后方，走马山大营也渐渐地近了。

这次大家不再狐疑，跟在米洛身后，径直就进到驿站里面。

这番进门，风光又是不同。里面的驿卒一见到米洛，非但不阻拦盘问，反而热情得近乎献媚。他们几个都沾了米洛的光，被人家伺候得舒舒服服，心里有些惶恐，不知道为什么会有这样的待遇。米洛倒是不客气，大马金刀地坐在客厅正中的椅子上，"你们头儿呢？"

"来了，来了，"说着，门外就进来一个四十岁上下穿便装的男人。小眼睛，胖脸，绸缎的袍子，怎么看都不像是军人。他一看到米洛，便堆起满脸的笑，"米大哥好久不曾过来，可是嫌小弟怠慢？我该死，该死，要是哪里招待得不好了，大哥直接说，小弟马上就改，马上就改。"

米洛摆摆手，"哪有。每次来都蒙胡大当家的照顾，还要多谢你呢，怎么敢嫌你怠慢？"

那个胡大当家脸马上红了，"这么说，就是看不起小弟了。"说着，他眼珠滴溜溜地扫视一圈，看了看马羡鱼等人的模样，便又说道，"既然大哥一路劳累，我就不多打扰了。请先休息，我晚上再来伺候各位。"

米洛点头，"嗯，那就不好意思了。对了，记得给走马山传讯，说我到了"。

"传了，早就传了。"说着，胡大当家便慢慢退下了。

龙二吹嘴巴张得好大，半天都合不拢。

"怎么回事？"高博飞问道。

"没什么，"米洛平静地说，"一个做生意的伙伴而已。他一直巴结我，想做我家分号，可他的实力、头脑、魄力，都不太行，我一直不给他机会。"

"分号？"马羡鱼问道，"你在这边还有分号？"

"当然有了，"米洛惊奇地说，"没有的话，怎么做生意呢？"

正说着，一个中年驿卒带着两个小厮走进来，送些茶点之类。二吹很好奇，这些中州人的精致食物，他是没见过的。那中年人出去的时候，还朝米洛专门堆个笑脸，撸起袖子，露出手腕上挂的一个金属牌。马羡鱼坐得离他近，看到那牌上有一串数字，右上角还雕着一个小小的"米"字。

待那人出去，他便又问米洛说："那是什么？"

"一张卡片。"

"做什么用的？"

米洛沉吟了一下，似乎在寻找合适的措辞，"这个……简单地说，就是他在西澜州的官营商铺买东西，只要出示这张卡片，在账单上签了名，便暂时不用交钱，把货物先拿去用着"。

高博飞有些不信，"那以后呢，怎么付钱？"

"他买货的钱，自然有发给他卡片的大商家垫付；只要月底的时候，他去那大商家的柜台，把整月的花费一并补上，就行了。当然了，还有很多复杂的算法，比如补全额，半额，十分之一等等，都是不同，要交纳不同的利息。"

二吹听得头晕，左看看右看看，不知道高博飞他们听懂没有。马羡鱼毕竟也做过点生意，勉强听得进去，便继续问道："那这买货的人要是赖账，死活不还钱，要不干脆跑掉，那可怎么办？"

"赖账的，自然会依法处办，这里是澜州军营，开小差的话，军法是问斩的。再说了，既然要开这样的生意，就一定要承担这样的风险。"米洛说得头头是道。

"最后一个问题，为什么那上面有个米字？"

"因为发给他卡片的大商家，就是我。"

二吹喃喃地说，"是我疯了，还是这世界疯了"。

米洛一住进这个驿站客房，就四平八稳地躺倒，再也没有挪窝的意思。二吹看得心急，就问他为什么不走。他不慌不忙地说，以他们骑马赶路的脚程，多半已经超在傻子和马苇的前面，再赶路也没用。不如跟走马山联络上以后，让他们搜寻，效率要高得多。大家也想不出辩驳的理由，只能由着他呼呼地睡。

疤脸应该还在门外游荡，只是不敢进来。

晚上时候，米洛又被那个管事的胡胖子请到客厅，秉烛夜谈。剩下三个无聊得很，也知道安全，便散在院子里，看那些驿卒忙活些事情。中午送茶点的中年人又凑过来，跟他们搭讪。马羡鱼跟他聊起来，知道了他是这驿站的副总管，胡胖子是总管。这里虽然受走马山大营辖制，但他们两个并非出身行伍，却都是宛州的商人，只是近两年才混入军队来到澜州，管些钱粮事务。马羡鱼说起那个疤脸的事，副总管微微有些吃惊，"原来他还活着啊"。

马羡鱼问他："这人你认识？"

副总管摇摇头，"认识倒说不上。只是听过他的一些事迹。他是极老的兵,在澜州打了二十多年的仗,走马山大战的时候,立了大功,本来是要提拔的。可仗还没打完,他便一口气杀了二十几个羽族的俘虏,"说到这里,他顿了顿,看看马羡鱼的脸色,又继续往下讲,"其中好像还有个不小的贵族。结果上头震怒,差点杀了他的头。只是无数将士求情,才留下他一条命,把他赶到最前线,做个最小的卒子,永不录用。他似乎也不以为意,只要有仗打,他便满意了。这些年,听说他在前线常常带着小队,偷偷渡过天河,钻到羽族的村寨间骚扰侵袭,战果显著。很多哨所纷纷效仿,派出不少队伍过去骚扰……"说到这里他便打住,看来是想起面前终究是些敌人,军事上的事情,还是少说为妙。

第二天一整天,他们依旧待在这院子里,百无聊赖。只有米洛忙活得很,整天都坐在客厅里,许多人出出入入,跟他谈很多事情,离开时,脸上表情不一,有的欢天喜地,有的愁眉不展。傍晚时候,二吹终于熬不住了。

"你这是干什么!我们要老死在这混蛋驿站里吗?"二吹冲进客厅,几乎把鼻子抵在米洛的脑门上。

米洛气定神闲地说,"慌什么,坐下说话。"

二吹哪能坐得住,险些一步就跳到桌子上。他伸出青筋暴跳的手,揪住米洛的衣服,"你,到底走还是不走?"

米洛还没答话,远处传来一阵悠长而沉郁的号角,每个人心里都微微一颤。

"来了。"米洛说。

随着那阵低沉的号角,一彪人马旋风般冲进宽阔的驿站大院。

为首一个将官模样的大汉,打着马,直冲冲地对着客厅大门飞驰而来,后面十数骑紧紧跟在身后,所到处尘土飞扬,台阶上的马羡鱼有些眼晕。

屋里的米洛对着旁边的胡胖子说:"你猜他会说什么?"

胡胖子摇摇头。

米洛学着中州汉子粗豪的语气说:"哈哈,步兵出身,还是骑不惯这劣马!"

这时,门外一声长嘶,战马堪堪停在门口,一个比米洛粗豪十倍的声音说道:"哈哈哈哈,步兵出身,还是骑不惯这劣马!"

胡胖子笑了,"景副将来了"。

那景副将滚鞍下马,带着一身尘土,就迈进客厅,抱着米洛的胳膊,又是一阵几乎震碎屋顶的大笑。马羡鱼皱了皱眉,回头跟高博飞说:"要等的,就是这个莽汉?"

高博飞两手一摊,表示一无所知。

身后副总管悄悄地说:"那是走马山锐风骑的景副将,王将军的心腹爱将,当年也是立过大功的,在咱们西澜州,也是响当当的人物。"

屋里人似乎相谈甚欢,时不时爆发出一阵大笑。二吹早就退了出来,蹲在房檐下,愤愤地看着天色。忽然,里面景副将喊了一声:"什么?他还在?"

话音未落,他就雄赳赳地冲出来,大喊一声:"拿号来!"

旁边一个跟来的亲兵递上号角,景副将运一口气,便吹了起来。

这一次,声音又比上次更低沉呜咽,却又清晰无比地敲打在每个人心上,仿佛藏在地底的火,看不见,却把大地烤得火烫。景副将一口气吹完,便把号角扔还给那亲兵,又喊一声:"备马,备刀!"

旁边儿仆人看得云里雾里的,不知道是干什么。

景副将刚刚操刀上马,敞开的大门外就腾起一溜烟尘,一骑自远处山丘上飞奔而来，骑士紧紧贴在马背上，看不清身形。景副将双腿一夹马腹，战马箭射而出，迎着那骑便去了。没多久二骑相近，对面那骑士直起身来，抄刀在手，似乎说了句什么，隔得远，大家都听不清楚。高博飞说了句："是那疤脸。"

景副将没有回答，去势不停，就在二骑交错的当口，他大刀一抡，院子里惊呼一片。徐老疤措手不及，格挡的刀背还没举起来，脑袋已经飞上半空。

景副将兜马回来，用刀尖挑起地上的头颅，回到院里，把那脑袋抛在米洛脚下，"看看，可是他么？"

米洛低头看一下，点点头，"的确是他"。

胡胖子赞道："景将军英明神武，当场斩了这只野兽，也算是为我们除了大害，功德无量啊！"

景副将下得马来，摆了摆手，"算不上功德。我们是老相识，后来分道扬镳而已。今天杀了他，虽然算是严肃军纪，可也算不上什么快事"。

胡胖子马屁拍在马腿上，讪讪地笑了，不再言语。

5.景大峰

第二天一早他们便上路，四个羽人夹在人族骑兵中间，一路上虽知安全无忧，但心里毕竟有些不自在。只有米洛是走熟了这条路，跟景副将谈笑风生，没有一点拘束。马羡鱼几次想问起马苇和傻子的事，每次话到嘴边，却又似乎觉得不妥，总是开不了口，只好盼着米洛早点提出来。米洛却一点不急，只是在问那个徐老疤的事。

景副将似乎很慨叹，说着说着便扯了脖子里的领巾，领口里散出白色的热气。中州人的身体，果然比羽人更热，这寒冷的早晨，也能平白地冒些热气。景副将叹口气说:"那徐老疤,本是百里挑一的勇士。走马山大战那会儿,我们还都是前锋营的步兵,都因为力气大不怕死,被挑进了决死队。仗打得最惨时,大营都被你们羽人攻了下来,队伍里人心惶惶,将军们都害怕了,要往回撤。亏得是王将军性子耿直,带我们前锋营抗命不撤,终于顶住了最艰难的时候。回魂谷一战,我们前锋营决死队七百条汉子,都扎在死人堆里,在你们羽族主力背后埋伏了两天两夜,最后回魂号一响,我们爬出来,断了两团羽军的后路,杀得血流成河。徐老疤和我,那时候都伏在死人堆里,都喝过死人的血水。"

高博飞旁边插话道:"那昨天,你吹的那个号角,就是回魂号?"

"不错,要不然徐老疤怎么会飞马过来送死。当年生龙活虎的七百条汉子,活到今天的怕是不到十个,每一个都熟识。"

高博飞沉声说:"你们这么熟,可你一刀就砍了他的脑袋,这……"

"这有什么?"景副将大喇喇地说,"这是军营,谁不守规矩,都要掉脑袋。我做过大营的掌刑官,亲手砍死的逃兵,少说也有百十个。"

人族果然是残忍的种族,高博飞心里默默念叨。不过,他忽然回过味来,弯刀之夜,三万纹面羽人头落地,羽人,一点也不比人族手软啊。

这时候,米洛突然说道:"景将军,我这次过天河,还有件事情要拜托。"

马羡鱼听得此话,心里一喜,终于说到正题了。

景副将转过来,"我们是老朋友了,有什么话不能说?"

米洛点点头,用手指指旁边的马羡鱼,"他是我的朋友,是我们羽族了不起的工匠。我们的角弓、细甲、银箭都是他打造的"。

景副将微微有些惊讶，打量了一下马羡鱼，"原来都是一个人造的？果然是了不起的人啊，我还以为是许多工匠的作品呢"。

米洛没有接话，径直往下说："这次他跟我来西澜州，一面是为了送货，一面还是为了追回他的妹妹。那孩子一个人渡过天河，溜到这边来，大家都担心得很。景将军最近几天，可有类似的消息？"

景副将皱了皱眉，"羽人女孩？"

马羡鱼赶忙说："对对，十八九岁，长得很小巧。"

景副将摇摇头，"没听过，只知道昨天在大营附近逮到一个羽人，不过是个男的"。

一路上队伍走得急，傍晚时分就到了走马山。

走马山并不是一座山，而是一片起伏不定的丘陵，算是锁河山延向澜州平原的余脉。天堑锁河山隔断澜、中二州，唯一的通道是百里天线峡。天线峡的咽喉在索桥关，大门就在走马山。所以人族侵袭澜州，第一件事就是在走马山屯了重兵，建了大营。而这场延续了三四十年的战争，最惨烈的战役，也就是当年的走马山大战。而大战之后，走马山大营更成了整个西澜州人族军队的核心枢纽，无论是驻军的规模和级别，都是澜州之首。

马羡鱼一行人远远看到黑压压的营盘，胸口便仿佛压了沉重的石头，有些喘不上气来。那营盘绵延十数里，扎着两丈多高的木墙，墙头削尖，本来白色的木头茬子历经岁月的侵蚀，都换做乌黑开裂的面孔，不知道是否凝了当年大战时候，几万羽人将士的血污。顺着木墙望去，每隔上一截，墙内还会竖起一座哨塔，里面的哨兵刀锋雪亮，时不时地反射日光，晃了大家的眼睛。行到墙边，宽阔而深邃的护城壕里淤着污浊黝黑的水，高博飞行在吊桥上，看那凝滞不动的水面，总觉得有点头晕恶心，似乎那水下藏了洪荒的猛兽，可以勾去人的魂魄。

进了营门，里面的场景就没有外面看来那么压抑。此时正是晚饭的时候，伙房的炊烟还没熄，烧饭的老兵把热腾腾的大桶抬在广场上，一列列士兵排着队，端着自己的饭碗依次上前，舀上汤，分了干粮，三五成群地蹲成一圈，笑闹着吃饭。当班的巡逻队和哨兵仍然盔明甲亮，走过广场的时候，都扭头望着那边吃饭的队伍，眼睛里忍不住露出羡慕的神色。

天色已经渐渐暗下来，大群的麻雀和乌鸦在天上盘旋，希望在广场上队伍散去之后，能找到一点残羹冷炙。几个羽人骑在马上，穿行在麻雀乌鸦和几万人族士兵中间，无人理睬。

马羡鱼一安顿下来，就惦记着那个被擒获的羽人，他拉着米洛，不住地说："肯定是傻子，肯定是傻子。小苇呢？他一定知道，他一定知道。"

米洛拍着他的肩膀，"没事，一定没事的。明天一早，我就去跟王将军说，我们去大牢里看看，问一问就知道了"。

二吹不耐烦地问："为什么现在不去？"

米洛答道："这事我们得端住，要是表现得太迫切了，反而被人家拿住，事情就麻烦了。"

高博飞点点头，"也对，我们要沉得住气"。

马羡鱼明白这个道理，便不再多说，回去忧心忡忡地睡下，可心里烦躁，一宿都没合眼。

第二天一早，米洛自己去见大营的王将军，三个人坐在客房里，焦急地等着。事情似乎进行得很顺利，没过了多久，那个景副将就来了，说要带着他们下大牢，去看看那个新抓的俘虏。三个人按住心跳，装出平静的模样，跟着景副将拐弯抹角，走了四五里，终于来到一处石崖下的大牢。

大牢里光线晦暗，只有几处石壁上的通风孔，泻出几丝微薄的光线。再往里走，通风孔也不见了，换成几盏昏暗的油灯，三步之外，都照不清人的面容。一个狱卒提着灯，领着他们下了湿漉漉的台阶，拐到一间狭小的囚室前，指指里面，"就是他"。

马羡鱼把头凑在胳膊粗的木栅栏上，轻轻地喊了声，"傻子？"

里面的人慢慢抬起头，看着栅栏外的几个人，平静地说："哦，你们来了。"

果然是他。

马羡鱼恳切地看着景副将，"能进去吗？"

景副将略微踌躇一下，还是点点头，朝那狱卒挥挥手。狱卒掏出大串生锈的铁钥匙，开了大锁，带着马羡鱼进了牢房。马羡鱼蹲在傻子面前，才看清他一身人族装束，披散着头发，脸上抹得脏，即使是大白天见了，也不见得能认出是个羽人。傻子见他进来，抬起头，微微一笑，"你们，来得好快啊"。

马羡鱼心里一动，似乎傻子有点不一样了。不过他无暇多想，抓着傻子的肩膀，追切地问："小苇在哪儿？"

傻子微微一愣："马苇？她怎么了？"

马羡鱼心里一凉："你不知道？她也过了天河，来追你了！"

傻子摇摇头："不知道。"

二吹也钻进牢房，恶狠狠地盯着傻子："要是马苇出了意外，我撕了你。"

傻子没有回答，看了看这几个人，自言自语似的说了句："得早点了。"

马羡鱼心早就乱了，根本没听到傻子说的什么，倒是高博飞有所警觉，问了声："什么早点？"傻子仍不回答，只是摸摸耳朵上那只孤零零的耳环，"真是好耳环呢"。

二吹骂了声："呸，真是傻！"

高博飞也钻进牢房，走到傻子身前，"你是不是想起了很多？"

傻子抬头看着他，漆黑的瞳孔里映着油灯的亮光，仿佛两点幽暗的鬼火。高博飞心里一寒，不知道这家伙如今是什么状况，却又不知该如何再问。

景副将看大家再没啥话说，便招呼道："如果没事的话，大家就回吧。"

回到客房，马羡鱼已经坐不住了。他在房间里焦灼地走来走去，不停地捶打自己的脑袋，恨不能现在就冲出大营，跑到林子里，把马苇寻回来。二吹倒比他平静一些，只是坐在角落里，默默地擦自己的刀，高博飞很担心，觉得他很有可能在为殉情做准备。他们心里都明白，马苇一个小女孩，孤零零地陷在林子里，下落不明，随时都有可能遇到徐老疤之类的匪兵，多一天就多一分危险。

这时候米洛回来了。看来他跟王将军的会面很是顺利，脸上喜滋滋的，跟屋里三人形成鲜明的对照。二吹见了米洛，就浑身来气，"买卖谈得顺利吗？"

米洛一时没注意是讥讽，居然点点头，"顺利，相当顺利。咱们这次的货，正对了他的胃口，明年开春大宗木材和药材生意，肯定容易多了"。

高博飞哼了一声,"我们这次来,是干什么的?"

米洛看了他一眼,明白过来,脸色马上沉重起来,"当然是为了救回马家姑娘。刚才我听说了,姑娘还是没有消息。这么办吧,我下午再跟景副将商量商量,给下面的各个营区哨所打个招呼,如果发现了年轻的羽人女孩,务必不能伤害,尽快送到大营来。"

事情一如米洛的安排,景副将很够意思,命令很快就传达下去,可一时半晌之间,哪里能见得成效?马羡鱼几个仍然如热锅上的蚂蚁,坐卧不安。

第二天一大早,马羡鱼睁开睡眠不足的眼睛,透过眼球上密布的血丝,他隐约发现外面的气氛有些不大对头。他悄悄起身,贴在窗户上往外看,惊讶地发现,院子里多了几个全副武装的岗哨。隔壁的米洛似乎没发现什么异常,照常地出门,结果被拦了下来。他大呼小叫了一通,发现没有效果,便转到马羡鱼这屋来,愤愤地骂着,显然也不知道出了什么事。

很快事情就见了分晓。

景副将很快就来到他们院子,脸色阴沉得可怕。没等米洛问他,他便直接说:"麻烦大了。昨晚上,大牢里的那个羽人,跑了。"

四个羽人步调一致地惊呼了一声。

傻子是妖怪么?在那样不见天日的石牢中,在如此戒备森严的大营里,他居然跑了。高博飞知道麻烦果然大了。昨天他们刚刚探过监,夜里傻子就逃走,这事他们脱不了干系。就连景副将自己,说不定也要受点牵连。

事情还不止于此,景副将继续说道:"还有更奇怪的事情,不过,在你们看来,这消息不知是好是坏。"

四个羽人面面相觑,不知道他想说什么。

景副将表情怪异地说:"昨晚上那羽人跑了没多久,居然又有人来劫狱。"

马羡鱼觉得自己脑袋都炸了，事情到现在为止，已经超出了他的接受能力。接下来还会发生什么呢？景副将会不会突然拿出一支法杖，把他们都变成乌龟？

高博飞相对而言是一个比较理智的人，他追问道："劫狱的，是什么人？"

景副将一一扫视众人，目光最后落在马羡鱼身上，"羽人女孩，一个会飞的羽人女孩"。屋里一片寂静。

米洛首先打破沉默，"这……马苇她会飞？"

马羡鱼声音颤抖地说："以前是不会的，不过她练了好久，是不是已经……"

龙二吹浑身颤抖地说："一定是她，一定是她，我要去救她！"说着，他目露凶光，手按刀柄盯着景副将，牙齿咯咯地响。景副将怜悯地看着他，"你能出得了这屋子吗？"高博飞往外看去，除了几个持刀的岗哨之外，对面房顶上隐约有寒光闪烁，看来弓弩手已经上房，他们插翅也难逃了。

他按住二吹的肩膀，尽量让这毛躁的家伙安静下来，回头又问景副将，"那女孩现在怎么样了？"

景副将沉吟了一下，似乎在想措辞，最后还是说道："已经加了重铐，锁在石牢里。不过，她没有伤人，我们也没有钉穿她的肩胛。"

高博飞暗暗松了口气。他知道，会飞的羽人一旦被擒，往往会被人钉穿肩胛骨，用铁链锁住，不但困了一时，就算得救，也永远失去了飞行的能力。

马羡鱼问道："景将军，我们有可能再去一次石牢么？"

景副将摇摇头，"没有王将军的手令，你们连这院子都不能出。"

马羡鱼点点头，神情肃穆，"那么景将军，得罪了。"说罢，他拔出了腰间的刺剑，遥遥对准五步之外的景副将，"无论如何，还是请你陪我们走一趟。"

景副将看看那剑尖，叹了口气，"没用的。你知道，我空手也能把你拿下"。

高博飞拔出弯刀，"再加上我呢？"

二吹马上拔刀在手，斜跨两步，堵住房门。

马羡鱼略带歉意地说："我们四个人呢？"

米洛有些慌乱地看着屋里的事态，赶忙撇清说，"是三个，我不算……"，等他看到二吹咬牙切齿的模样，以及手里微微颤抖的刀刃，只好悲哀地改口，"唉，算了，四个就四个吧。"

景副将扫视一圈，笑了笑，举起了双手，"奶奶的，我投降"。

客房到石牢，距离很远。他们不敢骑马，只好一步步走过去。景副将捆着双手，被四个羽人围在当中，马羡鱼的刺剑，一直抵在他的背心。这个小圈之外，是大批人族士兵围成的大圈。刀枪剑戟密密麻麻地堆在四周，上百支弓弩远远地瞄着圈内的羽人，可是所有人都投鼠忌器，不敢轻动。小圈移动时，大圈便如潮水般分开，再重新聚拢，始终套着圈内的五个人，缓缓地挪动着。

太阳出来了，光芒却黯淡。天气很冷，马羡鱼的鼻尖上渗出了细密的汗珠。他很紧张。被上千名人族的士兵围在当中，这种感觉很奇异，也很吓人。二吹脸色通红，握刀的手一个劲地抖，似乎下一个瞬间就会劈在谁的身上。高博飞倒是一如既往地镇定，银色的长发整齐地分向两边，随着风微微地摆。米洛也心不在焉地掂着刀，愁眉苦脸。对于局势的演化，他显然很不满意，可又无计可施。

不知道走了多久，太阳已经升到头顶，马羡鱼的胳膊酸得厉害。他们终于来到了石牢的入口。

他们继续前行，可这次面前刀剑的丛林却没有随着他们的步伐散开，他们再往前走就要撞在人家的刀尖上。二吹挥舞着刀，声嘶力竭地喊道："闪开，闪开！"

没有人动。

马羡鱼跟高博飞对视一眼，两人都没从伙伴的眼睛里发现对策。马羡鱼额头上的汗珠滴落下来，高博飞抿紧了嘴唇。这时候，刀剑丛林之后有人低声喝道："散开吧！"

严阵以待的士兵们闪开一条路，露出了石牢的大门。

大门口，端坐着一个两鬓斑白的中年人。他披着件软甲，脚上只穿了双便鞋，手边没有兵器，身后却站了一排六个持刀的护卫。景副将一看到那人，便不管身后的剑尖，马上单膝跪倒，"末将失职，请大将军惩处。"米洛立马就把刀扔了，举起双手，"这事跟我可没关系。"

走马山大营的主帅，神威将军王狩站起身来，沉声说道："景大峰，本帅恕你无罪。你今日身死，可按阵亡论处。本帅追封你为前锋营统领，俸七百石，并恳请圣上，加授你三等世袭威勇伯，领二百户，子孙后代永受天朝蔽荫。如此，你可满意？"

景副将把头重重地磕在地上，"末将叩谢。"说罢他站起身，依旧拿背抵着马羡鱼的剑尖，神情自若。

王狩一出场，就把景副将当死人看待，三言两语就破解了马羡鱼手中唯一的一张人质牌。龙二吹咆哮一声："看来这家伙也没用了，砍了算了！"说着他就抡起了刀。看来，他也把自己当死人看了。

高博飞一把揪住他的手腕，夺了他的刀。

王狩面无表情地注视着圈内五人,"我数到三,要么投降,要么格杀勿论"。

米洛赶忙跳出那个小圈子,"王将军,我可不是他们一边的……"王狩看也不看,周围的士兵刀枪并举,吓得米洛又跳了回去,神情沮丧无比。

"一。"

高博飞脸上显出紧张的神色,马羡鱼手腕酸楚难当。

"二。"

周围的士兵都举起了兵刃。

"等等!"一声高喝从头顶传来,穿破令人窒息的寂静。

所有人都抬起头来,看到一片枯枝败叶从石崖顶上飞腾起来,一个人影从那里飞身落下,他穿着人族的衣服,戴着一只乌黑的耳环。

王狩轻轻地拍了几下手,"聪明,聪明。所有人都以为你远走高飞,你却躲在石牢的头顶,怪不得谁都寻不到"。

傻子微微一笑,这一笑堪称睿智,丝毫看不出傻样。"将军过奖"。

马羡鱼握着颤抖的剑柄,喊道:"傻子,你又回来干什么?"

傻子回头说:"当然是为了换回你的宝贝妹妹啊。"

王狩不动声色地说:"你怎么知道,我就一定会换?你现在自投罗网,已是我手心的蚂蚁,还有什么筹码可以与我交易?"

傻子又回身看着王狩,嘴角上似笑非笑,平白让人觉得他成竹在胸:"你是统领西澜州七万军兵的主帅,神威将军,世袭镇远侯,不会这么赖皮吧?要不是我自愿献身,你们怎么找得到我?"

"艾格瑞特王家的二王子，达兰·克朗·艾格瑞特殿下，你也应该知道，这点筹码，做交易的话，是不够的。"

傻子不慌不忙地从怀里抽出一支箭，把它对准自己的胸膛，"大将军，艾格瑞特王家的后裔已经失踪了两个月，如果他死在您的营里，被三千人看到，这样是不是有点不好呢？"

"那样的话，我损失的是名声，你损失的可是生命。"

"既然回到澜州，我早就把自己当作死人。"

王狩淡淡一笑，"聪明，聪明。"说罢他回头大喝一声，"放人！"

牢门洞开，两个狱卒夹着年轻的羽人女孩走出石牢，手脚上戴着沉重的镣铐，每一步都磕磕绊绊，不过她脸上的表情，却像打了胜仗的将军。

马苇，果然是马苇，如假包换。

马羡鱼看到宝贝妹妹出现，几乎流下泪来，不知不觉间声音已经嘶哑："解开！给她解开铐子！"

王狩一摆手，狱卒拿出钥匙开了锁，放开马苇的胳膊。马家姑娘三步两步就跑到哥哥这边，拽着马羡鱼的胳膊，神采飞扬地说，"知道吗？我会飞了，我会飞了，我飞给你看！"

马羡鱼一把抓住她，"别闹！"

这时景副将无奈地说道："马家兄弟，现在你是不是可以把剑放下了？"

马羡鱼很不好意思地发现，自己酸麻的胳膊仍然举着剑，指着景副将的背心。他赶紧放下剑，"景将军，多有得罪，实属万不得已，您千万见谅。"

景副将大喇喇地回到自己营中，回身笑道，"见谅个屁。我景某毛都没少一根，有什么可怪你的。"

龙二吹站在马苇身边，脸涨得通红，"马……"哼了半天，也没说出话来。

马苇看到他的表情，忍不住笑了，不过马上又收住笑容，正经八百地说，"你能来救我，我很感谢。我知道你关心我，谢谢你。"

龙二吹听到这话，心里不知道是什么滋味，历尽艰辛地追来，能换来这句话，换来姑娘的肯定，便是死上十次八次也值得；但他这么拼命，就是为了一个谢字？他想要的，马苇恐怕永远都无法给予吧。

这时，马苇已经转到高博飞面前，警惕地问道："你也追来，很奇怪呢。难道说，你也爱上我了？"

高博飞严肃地回答，"没有。"

"那你呢？米胖子！"马苇又转向最外边的米洛。

米洛悲哀地回答："我是被他们挟持来的……"

王狩没耐心听他们这些乱七八糟的话，三下五除二就把局面理清。景副将带着兵士们散去，各回各营；马羡鱼他们还回到客房，门口的岗哨也撤了，至于有没有暗哨，就无人知晓了；而傻子也没有再下大牢，王狩带他直接回了中军大堂，不知道要谈些什么。

回了客房，马羡鱼揪住马苇，恨不能揍她一顿出气，可抬起手又舍不得，最后还是拍在自己的大腿上。高博飞还沉得住气，坐在马苇身边，耐心地问她一路的经历。

马苇说那天早上傻子带了绳索，头也不回地溜过天河，然后回手就砍断了绳索。马苇老大不乐意了。再怎么说傻子也是她的跟班，居然不征求她的同意，自己跑掉，这本身就是大大的不敬；而且他还把绳索砍了，不许她追去，更是狂妄得没边没沿了。马家小姐一怒之下，拣了一棵最高的树，抬腿就往河那边跳，半空中凝出稚嫩的翅膀，居然真的滑翔了过去。这下子她可高兴了，这不就说明自己会飞么？于是她一路藏在树顶，跟着傻子走到大路上。傻子悄悄摸进路上遇到的第一所驿站，偷了驿卒的衣服和马，顺着大路一路地跑。马苇伏在房顶上看他偷东西轻车熟路，很是惊讶。可后来人家骑了马，跳树枝显然是追不上了，马苇情急之下又凝出翅膀，飞着追。或许人人都有这样的潜力吧，只是平时发觉不出来；也可能是马苇坚持不懈天天早上练飞收到成效，反正她是越飞越好，一路也就跟了下来，只是累得够呛。傻子自从偷了衣服和马之后，就大摇大摆地闯进任何一个路上遇到的驿站，休息，吃饭，换马。马苇很诧异，不知道他如何能骗过那些人族的士兵，更不知道他哪来的钱可以消费。经过锲而不舍的跟踪观察，她发现傻子多半把脸擦得乌漆嘛黑，趁着夜色进驿站，再加上一口流利的中州话，很容易蒙混过关；而每次付账的时候，总会掏出一张小小的金属卡片晃一下，签几个字，那卖东西的就什么都敢赊给他。

说到这里，大家都情不自禁地瞅着米洛。米洛赶忙解释道："在西澜州发卡片的可不止我一家，竞争很激烈的。"说着，又有些掩饰不住的得意，"当然了，我做得似乎最好。"

马苇很好奇地问："那卡是你发的？"

米洛谦虚地回答："很有可能，但也不一定。不过傻子也太聪明了，居然知道偷张卡来花。"

马苇瞪大眼睛说："噢，你那么厉害。能给我一张吗？"

米洛从腰里摸出一张金色的卡片，上面刻着四一二六八的数字，右下角当然还有一个小小的米字，米字旁边还勾了金色的框，"这是金卡，我手下所有的分号，不经我的亲自核准，都无权签发的。它最多可以买三百个金铢的东西，也可以拿它在我的分号里借出两百个金铢的现钱，不过要付利息。这卡送给你，你所有的花销，都从你哥的货款……"

马羡鱼不耐烦地打断，"别扯这些没用的，小苇你继续讲"。

"后来，他跑到这片走马山附近，在一个山包脚下挖出点东西来，随身背着，开始在这片山里胡乱溜达，也不知道在找什么。再后来，就遇到了巡逻队，就被抓住了。那时他正在一个光秃秃的山谷里，出了林子，敌人又多，我都不敢去救他，唉，真是没用啊。"

高博飞安慰她说："那时候，冲出去救他的话，就是白痴。"

"后来，我悄悄地跟着，看他被抓进大营里。我藏在高处一直看着，看到他被囚进牢里。我一个人在外面犹豫了很久，昨晚还是去救他，结果，人还没看着，自己倒是被抓到。"

二吹忧伤地说："如果是我被敌人抓住，你也会这样来救我吗？"

马苇拍拍他的肩膀："当然会了，我们是朋友嘛。"

二吹的眼里写满了感激："有你这句话，我死都可以，哦不，应该说，死上一万次都可以。"

隔天一早，傻子出现在客房里，眉眼里有些倦意，左耳上仍然挂着那个黑色的石头耳环，身后居然一个监视的卫兵也没有。

马苇一见他，就跳起来揪他的耳朵，不依不饶地喊："哎呀，还没找你算账呢！"马羡鱼拉住她，撤回到自己身边，神色肃穆地对傻子说："王子殿下，您找我们有什么事情吗？"

傻子摇摇头，"还是叫我傻子的好，也听得惯"。

二吹冷冷地说："你是在取笑我们吗？"

傻子看他一眼，"艾格瑞特王家的后裔，只是流落异邦的丧家犬，哪里还有王家的威严。"他语气平淡，可一字一句都隐着浓重的悲凉，连龙二吹听起来都有些难过，便闭了口不再言语。

傻子看他们都没什么话说，便继续说道："我已经跟王将军商妥。他亲口保证，只要我答应留在走马山，你们明天就可以回去，回到东澜州，回到咱们的落草村。"

高博飞问道："为什么是明天？今天还要做什么？"

傻子笑了笑，诚恳地说："我想让大家帮我一个忙。"

马羡鱼问："什么忙？我们能帮到你？"

"做一个见证。"

"见证？"

"对，"傻子肯定地点点头，脸色变得严峻起来，"我这次逃出天启，潜回澜州，主要的目的，就是将父亲的骨灰归葬在斯特兰故城。六十五年前的弯刀之夜，父亲身在神木园接受圣师的训导，因此逃过一劫。在得知噩耗以后，他连夜逃出神木园，一路历尽艰辛翻过锁河山，逃到中州。虽然他在天启受到人族皇帝的礼遇，与同是纹面逃裔的母亲结合，生下了我的哥哥和我。但他一生最大的愿望，并非报仇，而是有一天能回到澜州，回到斯特兰故城，落叶归根。"

"那他为什么生前不回来？"高博飞问道。

"艾格瑞特王家的后裔，不只是天启的丧家犬，也是人族皇帝手中的棋子。他直到去世为止，都未能离开天启一步。我的哥哥一生下来，就被送入皇宫，名为伴读，实则人质，我从小到大，只见过他两面。而我，还没有成年就被送入禁军踏白营，接受赝羽的训练，准备有朝一日反攻澜州。"说着，他看了看高博飞，"所以我才会用中州人的剑术，刺伤了你的肩膀；所以我才能一路闯过无数道关卡，抵达天河的岸边；所以我才能从这戒备森严的大牢里逃出去。他们教我这样的本领，可没想到被我派上这样的用场。"

"既然你的目的只在于此，那你到了走马山就不必再往东，为什么我会在天河中捡到你呢?"马羡鱼问道。

"我找不到斯特兰故城的位置,所以想渡过天河,寻找纹面羽的后裔,看看能不能找到一点指引。很幸运,我遇到了你们。"傻子诚恳地说,"可惜我不通水性,那时候也不知道溜索,想冒险游过河,如果不是遇上了马家大哥,也就死在河里了。"

马羡鱼心里说:"要不是你那坠子,即使遇上我,也淹死了。"

傻子不知道他心里的嘀咕,继续说道:"今天晚上,明月升起的时候,我会把父亲的骨灰洒在斯特兰故城的神木祭台上,你们都是纹面羽的后裔,希望这个时刻,你们能在场见证,使我父亲在皈依故土的时候,能有自己的族人陪伴。"

高博飞点点头,"我们去"。

马羡鱼想了想,从怀里掏出那个紫色的白鸟坠子来,交到傻子手里,"今夜过后我们应该再不能见面,你的坠子,还是还给你吧"。

傻子接过来,却不收入怀中,反而走到马苇身边,托着坠子,"这个,送给你。"马苇却不接,伸手就敲在他头上,"笨蛋,给我干什么?"傻子又吃了这记熟悉的爆栗,脖子如往日般微微一缩,笑容温柔,"这段日子跟你相处最多,想起来,生下来这些年,从没有过这样无忧无虑的快活日子,谢谢你。"马苇鼻子一酸,几乎落下泪来。她咬着嘴唇,默默地转过身,让傻子把青色的丝线系在她雪白的脖颈上,再转身回来,低着头,泪水簌簌地落下来。

傻子扶起她脸颊,轻轻擦拭她的泪水,"好孩子,不哭。"话音未落头上又挨了一记,马苇泪痕未干,便又凶神恶煞地盯着他,"谁是孩子?胆子好大你,别忘了,你是我的跟班!"

傻子挠挠头,"对对对,我是马家小姐的跟班,永远都是。"这话一出口,马苇又哭了。

好不容易止住马苇的泪水,傻子又想起什么,便把那只黑色的耳环摘下来,递给米洛,"谢谢你的耳环,帮了我的大忙"。米洛摇摇头,"别给我,我已经卖给马羡鱼了"。

马羡鱼恶毒地看了他一眼,"30个金铢,我记得。"说着,他还是接下耳环,放在怀里,说道,"罢了罢了,就算是留个纪念吧。"

傻子拍拍他的肩膀,"其实最该谢的,是你。"

高博飞看他交代得差不多了,便问道,"晚上我们几时动身?"

米洛突然摇摇头,"我可不是纹面羽,我不去。"说完这话,他忽然发现屋里所有人都看着他,眼神中分明不太友好,只得叹了口气,"算了,还是去吧,好歹我也是个羽人。"

月亮升了起来。

又是明月照耀天空的日子,大地被涂得一片银白。

隐在林中的斯特兰故城只是一片荒芜的废墟,弯刀之夜的三万条生灵和一场漫过走马山的大火,纹面羽延续千年的荣光毁灭殆尽。六十五年的岁月悄然而逝,建在走马山南麓之侧的故城早已被茂密而黝黑的森林覆盖,几条溪流蜿蜒穿行,无数飞禽走兽栖息其中,所有文明的痕迹都被森林重重包裹,难见天日。每到明月无踪的夜晚,那森林中总会隐隐传来摄人心魄的哭号,穿破人的耳膜,直接扎到人的心里。早在人族侵袭澜州之初,随军的秘术师就曾说过,走马山南麓的黑森林是不祥之地,不但居之不祥,走到它近前都会受到恶灵的诅咒,所以这些年来,走马山驻了几万的兵,却从来没有人发现在那黑森林之中,还藏了那样一座失落的城市。直到前一阵子,一个放马的士兵约束不住受惊的马匹,误入其中,才发现了那座旧城的奥秘。王狩将军早就知道那座森林不祥的传说,严令部下,绝对不可以靠近森林;但这些出来澜州当兵的人,总有些不怕死。那些想发财的想寻宝的，或是自以为胆子大跟人打赌的，颇有几个偷偷钻进森林，想碰碰自己的手气，可那些人只见得进去，却没几个能活着出来。从此后，不用军令，再也没一个人敢靠近那森林。

进了林子，最害怕的似乎是米洛。连二吹都很鄙视他，觉得一个大男人，连这点胆量都没有，实在丢人。只要他拿出生意场上十分之一的胆略来，别说进这林子，就是要他一把火把这林子烧了，他恐怕也做得出来。米洛却不服，他一直说这里头的鬼魂，都是当年纹面羽的冤死鬼，自然不会加害他们的后人；可他米洛是个外人，保不齐就着了道，被勾走了魂，那才是得不偿失。

这次陪他们进林子的又是景副将。开始的时候，马羡鱼不免有些尴尬，可后来发现景副将谈笑自若，实在是条爽朗的汉子，便渐渐放宽了心。领到旧城的边缘，景副将停下脚步，"发现这城的第二天，我带人来看过一次，还是白天。走到这里发觉阴气太重，便再没往里走，所以剩下的路，我也不知道了。"

傻子看着眼前幽暗的断壁残垣，肯定地说："这里已经到城边，祭坛不会太难找。"

可等他们钻进废墟之内，却发现事情远没有想象的简单。弯刀之夜的那场大火，将斯特兰城烧成了一片废墟。青羽自诩为最传统的羽人，他们讨厌马，痛恨火；可那一夜他们杀完了人，转身就放了一把大火，将自己的罪证消灭得干干净净，也将这西澜州最宏伟的斯特兰城烧成了一片废墟。斯特兰并非建在林中的城市，但建筑材料也多是木材，最见不得火，所以一场大火过后，已经面目全非，再加上六十五年的荒芜，森林滋长，祭坛这样的东西，如何能找得到呢？这一行人在废墟里跋涉了许久，还是没有头绪。高博飞说，"不如我飞到空中，居高临下地看一看，或许有所发现。"大家觉得也没有别的办法，也只好如此。

高博飞闭上眼，默默感受空中明月的力量，精神力渐渐在肩胛骨上聚集，羽翼穿过衣服的缝隙探了出来。景副将打了这么多年的仗，这还是第一次完整见到羽人凝聚羽翼的过程，不禁大为赞叹。高博飞振翅飞到空中，盘旋了两圈，还没等瞧出什么来，忽然翅膀一软就落了下来。头顶上枝叶都生得密，直到他快落到地面，大家才发觉，没等接住，他就扑通一声掉在地上。众人围拢上去，怕他出什么意外。高博飞爬起身，检视身上，只有几处擦伤，心中暗道侥幸，要不是头上枝叶挂了一下，这下怎么也得摔个半死。

大家问他怎么回事，他回想一下，说一飞到空中往下看，脚下黑黝黝的森林便如同墨色的大海，波涛翻涌，让人头晕目眩，一时间失了方向，脑子里一片混沌。身边似乎还笼罩着凄厉的哭号，那哭号如同一根根钢针直扎进脑海，更让人惶然不知所措，还没回过味来就浑身无力，摔了下来。马苇听了便跃跃欲试，一定要亲自飞起来尝尝滋味。马羡鱼一把没拉住，马苇就长出翅膀飞在半空，大家看得目瞪口呆。要知道，高博飞的飞行能力在羽人中已经算是百里挑一，但这种瞬间凝翅飞行的本领，也不敢轻易尝试，上次逃命用了一次，两三天内都飞不起来。马苇却随随便便跳到空中，展开洁白的羽翼，轻盈地滑翔。月光洒在她身上，长发舞动，羽翼的边缘熠熠生辉，仿佛月光下的精灵，有了她的舞蹈，林中幽暗阴郁的气氛都为之一扫。马苇在空中盘旋了好久，丝毫没有坠落的迹象，龙二吹在底下喃喃地说："神哪，她就是这林中的女神啊。"

马苇落下地来，众人围拢上去，看到姑娘额头竟然一滴汗都没有，更是惊奇。高博飞瞪大眼睛说："你是天才吗？如果是平日里也能这样飞，简直是鹤雪的本领了！"

马苇高傲地昂着头，"我当然是天才，傻子，你说是不"。

傻子还像从前那样认真地回答:"是。"

"不够。"

"肯定是!"

高博飞无奈地摇摇头,心说咱们这位王子殿下不是明白过来了吗,怎么说起话来,还是那副痴呆呆的样子。

景副将问道:"马姑娘你看到什么了吗?"

马苇想了想,答道:"也没什么特别的,这片森林暗得很,什么都看不到……对了,东边有一棵很大的树,比普通的树高了两倍不止,远远看,似乎很干枯,似乎又有点叶子。"

傻子眼睛一亮,"大树?领我们去!"

二吹一愣,"去那儿干吗?"

高博飞沉声说道:"生近天,息近木,那大树很可能就是艾格瑞特王家历代先祖沉睡的地方。"

到了大树近前,一行人仰头去看,那大树果然高得吓人,树皮仍然保持着六十五年前大火之后的模样,焦黑如炭。可令人惊叹的是,那树居然没有死,在极高的树顶,居然生着纤细的枝条,显然是今年新发的嫩枝。

马羡鱼伸手抚摸乌黑的树干,触感粗糙,收回手却没有一点黑色的污迹。傻子喃喃地说:"那黑色的不是炭,而是神木的记忆,是对六十五年前那场大火不可磨灭的记忆。这记忆将留存在艾格瑞特王家每一代继承人的脑海里,铭刻在每一个纹面羽后人的血液里,让他们知道祖先遭受的苦难。"

夜晚的风掠过幽暗的森林,枝叶摇动如波涛翻滚的海洋,大树在呜咽,森林在哭号,风在悲泣,空中徘徊不去的三万冤魂唱出六十五年时时不绝的悲歌。每个人都沐在这悲歌里,心神摇曳,没有恐惧,只有挥之不去的悲伤,还有仇恨。景副将不是羽人,对空中的悲歌虽然也有些触动,却远不如其他人感触得深,他茫然四顾,看到其他人神情黯然,傻子泪流满面,心里很是不安,生怕大家就陷在这样的情绪中无法自拔。他忍不住走上前去捅捅傻子的胳膊,"什么时候开始?"

傻子敛了悲伤,平静地说:"现在。"

这时候风停了,月光分外地明。傻子从靴筒里抽出一柄匕首,割开自己左手腕,鲜血涌出。他用右手蘸了血,在自己脸上横着抹过,三道血痕从左到右横梗在他脸上,看上去并不觉得恐怖,反而无比自然,仿佛他的脸上生来就带着那样的纹路。接着,他从腰间解下一个椭圆的瓷罐,拔开塞子,缓缓走到树前。身后四个纹面羽——拿出刀,割开手腕,学着他的样子,将鲜血涂在自己脸上。没有人教给他们,这样的仪式已经融在他们的血液里。他们身后,一个羽族商人和一个人族军官并肩而立,都屏息静气,神色肃穆地看着。

傻子把瓷罐托在手心,站在神木面前,月光无声无息地洒下来,笼罩大地,他整个人仿佛与这块土地这棵神木融为一体。他仰望神木高耸入云的树冠,仰望明月照耀的夜空,脸上的血痕越发地殷红。他轻轻地吟诵:

"我看见了,我看见我的父亲了。"

瓷罐在他的手心里轻轻地摇,不是因为他的颤抖。

"我看见了,我看见我的亲人,我看见我的祖先了。"

瓷罐口散出晶莹的光,微亮的尘屑从罐口飘洒而出,在他面前织成光芒流动的飘带。

"我看见了,他们在天上召唤我,那里万木葱绿,鲜花盛开。"

越来越多的光芒从罐口涌出，微光闪烁的飘带笼罩在傻子的四周，仿佛一层薄薄的雾。

"我看见了，那是我们所有人的归宿，那是永恒的天国。"

光芒越来越强，粉雾越来越浓，傻子的双脚离开地面，他轻轻地升入空中。

"我看见了，我要随他们而去，去向永恒的彼岸，去向神的殿堂。"

傻子在光芒笼罩之下，升在半空，而且还在继续升高，并向神木一点点靠近。马苇忍不住发出一声惊呼。

"我看见了，我看见了神的微笑，我闻到了天国的芬芳，在那里，虔诚的人会得到永生，永远沐浴诸神的荣光。"

"诸神的荣光！"底下四个纹面羽情不自禁地跟着吟诵。

森林寂静无比。

傻子的身体已经触碰到神木焦黑的表面，那看似坚硬无比的神木此时如同水做的一般，傻子在光芒的笼罩下，仿佛晶莹的春雪，触水即化，双手、双臂、额头、躯干，毫无障碍地融入神木之内。底下众人看得瞠目结舌，马羡鱼情不自禁地喃喃念着："生近天，息近木。"

眼看着傻子身体一点点消失，景副将极是迷惑，但一直也不敢开口。直到傻子完全融在树干里好半天，他才轻声地问身边的米洛，"他什么时候出来？"

米洛的目光仍然停留在焦黑的神木上，"不会了，他永远不会出来了"。

景副将吓了一跳，"你的意思是……他死了？"

米洛忧伤地说，"而且埋葬了"。

马羡鱼又自言自语，"他听到了祖先的召唤，去了天国，愿他的心灵在神的庇佑下得到安息。"说着,他闭上双眼,把双手结成一个圆形,放在胸前。剩下的三个纹面羽也依了他的模样,做出同样的手势。连后面的米洛,也依样画葫芦。景副将忍不住问他,"这是什么?"

"元极道。"米洛低声说,"我不是宗教徒,可这种时候,还是表示一下的好。"

景副将看看木头,又看着他们的姿势,大吼了一声:"我回去可怎么交差!"

6.达兰王子

回到大营的时候天色已经发亮,景副将匆匆地去复命,五个羽人惴惴不安地回到客房,不知道会有怎样的命运。不,应该是四个,马苇可没时间操心自己的命运,她还沉浸在与傻子永别的悲伤中,一路上哭得梨花带雨,引得早操的兵士们纷纷侧目。这个楚楚可怜的羽人女孩,还不知道自己的泪水,揉碎了多少中州汉子铁一般的心。

没过一会儿,一队全副武装的士兵就开进来,把他们带出门。二吹被一个士兵推了一把,很是恼火,差一点就动起手来。他们起初以为自己统统性命不保,至少也要先下狱了,可末了却只是换了几间分隔的房子。每个人单住一间,彼此距离很远,根本不知道伙伴身上发生了什么。

马羡鱼在房里被圈了一整天,焦虑得像热锅上的蚂蚁。从门到床是七步,从床到门还是七步;门外卫兵的头盔上有云朵的纹饰,院墙上新刷了暗红色的漆,一日三餐的口粮粗糙得难以下咽。几次他试图向卫兵打听些东西,可那几个卫兵始终都如铁铸的一般,任他怎么唤,都纹丝不动。

晚上的时候,景副将来了。他只是简单地询问了下马羡鱼的状况,休息够不够,吃得好不好之类;马羡鱼着急上火地问他,其他人怎样了,他只是简单地回答,一切都好,然后便匆匆离去。临走到门边的时候,他转回头来,说了句:"王将军放你们回去,明天一早动身,我去送。"没等马羡鱼再追问,他便关上门,消失在夜色之中。

马羡鱼一晚上忐忑不安,心里一直嘀咕,觉得不该有这么好的事,但人为刀俎我为鱼肉,景副将应该没必要骗他才对。就在如此挣扎煎熬之中,他昏昏沉沉地过了一夜,天亮起来,脑袋分外地疼。

起来没多久,门外的卫兵就把他带了出去,那些卫兵身上重甲,个个都结了一层霜花,显然是在外面站了一夜,居然没被冻死,也算是稀奇。马羡鱼稀里糊涂地被领到一间大厅,进去一瞧,发现高博飞、龙二吹和米洛都在里面,唯独不见马苇的影子。正纳闷的时候,景副将推门进来,身后还跟着一个布衣汉子。马羡鱼赶忙上去问,马苇什么时候过来。景副将也不答,径直绕过他,走到大厅里头的一张桌子跟前,说:"大家都过来。"

几个人围拢上来,那个布衣汉子也过来,站在景副将身后。

景副将给大家简单地介绍一下,"这是王参议,送你们回去的事,就由我俩负责"。

那布衣汉子点点头,"一路上还要多担待"。

马羡鱼可不管那么多,一把揪住景副将的胳膊,"马苇呢?她在哪儿?"

景副将没有挣脱,平静地回答:"马上就告诉你。"

王参议从怀里掏出一个乌黑的圆球,放在桌上,大家不明就里,只看到那圆球放在平整的桌面上,却不滚动,如磁石般牢牢地吸在桌上,一动不动。

高博飞问:"这是什么?"

王参议没有回答,却拉过马羡鱼的手,"你把手放在圆球上方,一尺高的地方,心里默念你妹妹的名字"。

马羡鱼将信将疑地把手放在球上,心里默念马苇的名字,不出片刻,那圆球上居然渐渐浮现出马苇的影子。米洛在后面说:"莫非是朝露迹?"

王参议笑而不答。

景副将叮嘱大家,"都看清楚了,这图像维持不了太久"。

大家都瞪大眼睛看着,影像中的马苇渐渐清晰。雪白的长袍披散在暗绿的林间,乌黑的长发束成高高的发髻,脸色苍白如纸,瞳孔幽暗如墨,微微抿起的嘴角有未知的迷惑,也有不可动摇的决绝。马羡鱼的眼珠子都快鼓出来了,可没等他说话,龙二吹先愤怒地叫起来:"她,她怎么了?你们把她怎么了?"

王参议从容不迫地说:"看清楚了吗?继续看,很快就好。"

所有人都盯着圆球,马羡鱼忽然觉得有些不安,额头上渗出大滴的汗珠。

王参议轻声地说了声:"好了。"说罢,他和景副将都背转身。

白光一闪,马羡鱼眼前一片茫然,然后,整个世界一片空白。

南澜州的天河,是不会冻的。即使某些水流平缓的河段,上冻也不过是十天半月的事,不知道什么时候就冰雪消融。而且,这才刚刚入冬不久,天河还不是上冻的时候。

一队人族兵士蜷在独木舟中,警惕地握紧了手中的兵器,眼看着身下的木舟，一点点划过天河，到达天河的那岸。周围寂静无声，但越是寂静，这些兵士便越不安，越觉得周围潜伏着无数的敌人，随时会冒出来大杀一通。等放出观察哨，确保了周围无事，高大的军官指挥着士兵，把四个昏睡的羽人放倒在冰冷的地面上，枯黄的藁草扎在羽人单薄的身躯上，看上去有些硌，有些疼，有些痒。军官看着羽人熟睡的面孔，摇了摇头，喊来一个布衣的汉子，说："现在应该可以了吧。"

布衣的汉子点点头，从怀里掏出一个青花瓷瓶来，滴出几滴透明的液体，抹在每个羽人的鼻孔底下，又结出一个弧形的手印，念念有词地说了几句咒语。空气中仿佛响起竹节破裂的声音，马羡鱼只听到啪的一声，就醒转过来。

他看到眼前的景副将和王参议，腾地一下跳起来，不由分说就喊道："怎么回事？马苇呢？你们把她藏哪儿了？"

景副将没有回答，一把按在他的肩头，马羡鱼只感到一股不可抗拒的力量沉沉地压下来，双腿支持不住，扑通一声跌坐在地上，嘴里却还是不依不饶："若是看不见马苇，我绝不回去！"这时，身后响起高博飞沉稳的声音，"只怕我们已经回来了"。

景副将微微一笑，"我奉王将军之名，将你们送过天河。现在任务已经结束，我马上折返，各位，恕不远送"。

龙二吹"嗷"地一声就跳了起来，不管不顾地叫道："马苇呢？马苇怎么没有回来？"

景副将摇摇头，"再多的，在下就不知道了。还望各位好自为之，从前的事，忘得越干净越好"。

龙二吹可不管，冲上去就要揪住景副将的衣襟。他刚一沾手，景副将便伸出铁钳似的大手，一把揪住他的手腕，稍微用力，就把他甩出五步之外。随即，景副将的脸色阴沉下来，露出一个老军人铁锈般的颜色,"我收到的命令,只包括把你们平安送回东澜州;至于送回以后又发生什么,可就没人管了"。

高博飞看看那十几个兵士手里寒光闪闪的长刀,知道造次不得,便一把拉住龙二吹的胳膊,镇定地问:"那么,景将军愿意告诉我们,她最后到哪儿去了吗?"

景副将略微踌躇了一下,还是挥手把身后的王参议叫来,叹了口气说道:"还是让他们看看吧。"

王参议跟他对视了一眼,读出他心中的不忍,便点点头,又从怀中掏出那个乌黑的圆球,放在厚厚的枯草上。米洛一下子背过脸去,非常聪明地喊道:"别糊弄我,我再也不看了!"

王参议微微一笑:"米先生认得万里寻亲的朝露迹,应该也听说过封印记忆的失魂引吧。"

米洛转过身,半信半疑地问:"你可是说,那封印记忆的引子,用过一次就不能再用?"

王参议摇摇头,"不是。"还没说完,四个羽人齐齐地背转身子,再也不敢看那圆球。王参议笑道,"所谓失魂引,是用暗月的力量,在人的记忆中打上封印,让人再也不能记起某些事情。不过这封印的最大缺陷,是对一个人只能用一次,你们都已经带上烙印,永远就不会遇到第二次了。"

高博飞仍不回头,"我凭什么相信你?"

景副将直接答道:"如今我杀你们,就像碾死几只蚂蚁,为什么还要骗人?"

马羡鱼转念一想,觉得也是,便第一个转过身来,"你对我们的记忆,下了什么样的封印,你让我们忘记了什么?"

王参议答道,"只要你们永远过不了天河,永远不到西澜州,那封印就不会激活,你们什么都不会失去。"

高博飞转过来，"如果我们再次渡过天河呢？"

王参议答道："那么，该遗忘的，你们都会遗忘。"

马羡鱼心里一个激灵："难道说，傻子失忆不是被水淹的，而是中了你们的封印？"

王参议点点头，"所有纹面王族的逃裔，永远都不可以过天河，永远不能踏上东澜州一步，这是先皇的旨意，天启重影宫秘法园内，每个人都知道这个规矩。毕竟我们和那些可怜的贵族，也做了几十年的邻居。"说着，他面对刚刚转身的米洛，"没想到你的回魂石，却能破了这样的封印，了不起。"

高博飞面无表情地问道："那我们的封印是？"

"天河，"王参议马上回答，"还是这条天河，你们只要渡过这条天河，踏上西澜州的土地，就会失去所有的记忆，像白痴，像傻子。"

高博飞脸色铁青地问道："为什么？封印我们的记忆，对你们有什么好处吗？"

马羡鱼嗓音颤抖地抢问："难道……难道是马苇？"

景副将点点头，"是她。她答应了王将军的条件，作为傻子的替代品，扮做纹面王族失散的公主，被澜州大营拿去向天启交差。"说着，他目光晦暗地扫视了一下诸人，"傻子死了我们要交不出个人来，大营上下都脱不了干系。"

龙二吹嗓子几乎撕破："为什么是她？为什么不是我们中的一个？"

景副将竖起两个指头，"一，她长得最漂亮，最有王族的气质；二，紫水晶的坠子，在她脖子上"。

马羡鱼听了第二条理由差点晕过去，早知道如此，何必多此一举把坠子还给傻子，要不然那玩意也不会挂在马苇的脖子上……

龙二吹继续追问，嗓子里几乎滴出血来："那……她不去，你们便要强迫她，便拿我们的生命威胁她？"

景副将摇摇头，"不是。她自己要去的。我不知道为什么，或许她是装出来的，但她是要去的，走的时候也没有那么多留恋，只是回头看了一眼你们昏睡的房间，就走了"。

王参议补充道："可以看这里。"那个圆球里，又浮现出马苇的画面，还是那样的白衣胜雪，还是那样的鬓发如云，还是那样清澈而决绝的眼神。十八年来，马羡鱼并不知道自己最疼爱的妹妹居然会有这样美丽而高贵的神情；水晶球里的马苇，不再是落草村那个懵懂而疯癫的少女，从放弃澜州，踏上中州旅程的那一刻起，她便长大了。马羡鱼突然觉得有些理解妹妹的决定，她已经学会了飞翔，澜州的天空已经容不下她自由的翅膀，为了救回大家的性命，也为了自己对天空对远方的渴望，她选择了这样一条不归之路，从此告别生长了十八年的故乡，告别了自己往昔的生活。她重生了。从此后她便是纹面羽失而复得的公主，是禁锢在天启城里的娇嫩花朵……不，不会的，马羡鱼告诉自己。澜州的天空尚且展不开翅膀，小小的天启城怎么能困住自己的宝贝妹妹。人族的狗皇帝啊，你等着瞧吧。

水晶球上的画面黯淡了下去，众人沉默之间，米洛有些惶恐地问道："我也过不了天河，以后那边的生意怎么办？"

景副将笑了，"所以你需要一个代理人"。

"谁？"

景副将指指自己的鼻子，"就是我"。

米洛二话没说，晕倒在地。

王参议收起水晶球，景副将整理一下盔甲，说道："我们该走了，你们保重。"

四个羽人无可奈何地看着他，不知道怎么办。

就在景副将他们调转头，解下独木舟的缆绳，纷纷上船即将开动的时候，他们头顶上传来一声冰冷的口令：杀！

下一个瞬间，浓密的林梢落下密集的箭雨，一阵惨叫过后，几个士兵很快就被钉成了刺猬。景副将果然久经战阵，一听到不对便趴在船舱里，箭镞把他面前的船舷钉得梆梆作响，却没有一支射到他的身上。那个王参议还没上船，无处躲闪，只好翻身跳进水里，不见了踪影。第一轮箭雨过后，人族的兵士已经倒下了大半，只有三两个还站着，那是仅有的几个藤牌手。趁着羽人射手搭箭的工夫，景副将探出半个身子，伸手去水里摸索一阵，抄住王参议的手，一把拉上船，然后砍断缆绳，船便顺着天河，向下游缓缓漂去。那王参议窝在船舱里，低着头，咬破中指，在手心里写了几个字，一掌印在船梆子上。那船头的木板，登时就显出碧绿的颜色。然后，一条绿线在水中急速延伸，马上便探到岸边，串到那些新死的士兵身体上。尸体一触到绿线，就噗地一声爆开，血肉并不飞溅，却凭空腾起一些绿色的烟雾，袅袅上升，钻到林梢里去。马羡鱼他们虽然不知道这是什么东西，但也明白厉害，个个都伏在地上，不敢动弹。树上埋伏的羽人射手，没等绿烟侵到，也都利落地翻身下树，伏在枯黄的蘦草中间。他们都穿着青色的短衣，并不是雾水城的白鸟团士兵。

那几个藤牌手早就撑不住箭雨，被射倒在水边；独木舟却慢慢漂远。高博飞悄悄问身边的米洛："这是些什么人？"

米洛轻声说："青羽，都是秋叶城赤岚团的人。"

马羡鱼听得暗暗心惊，不知道青羽的主力军，为何会埋伏在这里；还有，那些士兵眼看着独木舟漂远，为什么不去追赶？

后一个问题很快就有了答案。天河的水中，突然浮出一个人形来。那人形由河水凝结而成，体形庞大，足足有两米多高，张牙舞爪地站立在河面上。景副将和王参议从船舱里站起身，还没想好对策，那水巨人就扑上来，抡起巨拳，一下就把船头砸得粉碎。景副将和王参议站立不稳，都掉进水里。龙二吹忍不住惊呼了一声。巨人仿佛没看到那两人的去向，依旧一拳拳砸过去，把那独木舟砸成一堆浮在水面上的烂木屑。然后，巨人看不到目标，在河面上茫然地走来走去，河水被它踩得哗啦啦地响。这时候，大家都听到有人在清晰地诵读着一段咒语"艾玛吉兰，阿拉其撒"。那巨人仿佛突然明白过来，俯身就趴倒在水面上，水花四溅，眼看着就重新与河水融为一体。没过多久，河水就像开了锅的粥，翻涌不停。这些人里，连米洛都没见过高阶印池术师，谁也说不上这到底是怎么回事。不一会儿，水面炸开，两个人影从水里飞出来，没等飞多高，又张牙舞爪地掉下去，原来，这两个军官已经被巨人抓到，恐怕是没什么救了。果然，下次两人从水里飞出的时候，肢体已经残缺不全。马羡鱼别过脸去，不忍再看。与景副将相处的这几次，虽然说不上是朋友，但印象颇好，看着他这样凄惨的下场，心里实在有些难受。

天河里的喧嚣并没有持续太久，笼在林梢的绿色烟雾很快也散去了。赤岚的兵士们整理队伍，一言不发，分列在马羡鱼他们两侧，兵刃都紧紧握在手里，看来是没把他们几个当自己人。马羡鱼他们面面相觑，都不知道这些人是什么来头，米洛的脸色尤其难看。高博飞觉得不对，凑到米洛的耳边，轻声而严厉地问道："这是怎么回事?"

米洛犹豫了半天,也没有回答。

龙二吹发觉他的犹豫,觉得苗头不对,便也逼了上去,恶狠狠地问:"是不是你出卖我们?"

马羡鱼冷静一些,可口气也冷得像冰,"米先生,你是不是知道些什么?"

米洛揉了揉脸,叹了口气说道:"唉,不瞒你们说,我的确向上头发过消息,说落草村多了个来历可疑的傻子。可即使上头发觉了傻子的来历,那也是首相那边的人出面,我好歹还算是一系的人。可这赤岚的队伍,却都是摄政王一脉的势力,他们为什么会出现,我也说不清。"

众人身后传来一阵清晰的笑声,"哈哈,米先生不会连这个都想不到吧。"大家回身看去,一个银发散乱,披着术士袍子的中年人出现在赤岚队伍的一端。"人们都说秋叶城里首相大人一手遮天,可什么事情又能瞒得了摄政王殿下呢?"

米洛声音有些颤抖地问道:"你……你到底想要干什么?"

那术士左手指随便在空中一画,空气中平白地多了一道白茫茫的水雾,右手食指一弹,一道水箭从指缝中射出,把那雾气冲得七零八落。他对自己的这个小伎俩非常得意,似乎从心态上看,他并不像个杀人于无形的高阶印池术士,反而更像个爱玩噱头的杂耍艺人。

龙二吹不屑地哼了一声。

那术士看看他,又看看米洛,"你不会告诉我,那个傻子已经不在了吧"。

米洛吓了一跳,"你怎么知道?"

那术士嘻嘻一笑,"落草村登记在册的214口人,现在空地上躺着198个，逃了两个，眼前还有三个，总数这都不够，哪里还有多的傻子。再说了，这203个我都一个个亲眼瞧见，没一个像是傻子——哦，对了，有两个跑掉的，一个疯子，一个小孩，不过年龄终究是不对。"

马羡鱼和高博飞一时间都没回过味来，为什么落草村214口人，躺着198个？

龙二吹自然还是最沉不住气的那个，梗着脖子就问道："谁躺着了？"

那术士又笑了，看来他是个非常和蔼的人，"空地很近嘛，跟我来看看就知道了。"说罢，他转身便走，大家不由自主地跟在他身后向村西空地走去，每个人心跳得都像打雷。

还是那片熟悉的空地，却又是不一样的场景。198具羽人的尸体密密麻麻地铺展在地上，每个人胸口都插着红色的箭矢，每个人的表情都扭曲而狰狞，落草村的羽人们，都死绝了。

马羡鱼疯了似的扑上去，在尸体堆中拼命翻拣，希望找到，不，应该是希望找不到马六的影子。那边的龙二吹和高博飞已经找到自己亲人的尸体。二吹抱着父亲的尸身，声嘶力竭地痛哭；高博飞默默地站在家人尸体的跟前，一言不发。那术士怜悯地看着他们，摇摇头，伸出右手，对着身后的兵士做了个张弓搭箭的手势，轻轻地说："谁让你们收留那家伙的。"

这时，高博飞突然转过身来，灰色的羽翼从衣服的缝隙中挣脱而出，腾地一下他便飞起在半空中。术士有些惊讶，似乎没想到这样荒僻的村子里还有瞬间凝翼的能人在。高博飞腾在半空，双手却空空如也，没有可以进攻的兵器。兵士们缓过神来，纷纷举起弓，对着天空中的影子松开弓弦。高博飞猛扇几下翅膀夺过纷乱的箭矢，却又徘徊在上空不肯离去。那术士从容不迫地抖落双手，凭空做出一副张弓搭箭的姿势来，仿佛他手里真的握着一张看不见的短弓。他眯着一只眼，煞有介事地瞄了瞄，口里喊一声，"疾！"一支白色的水箭从他右手食指间凭空射出，直奔天上的高博飞。高博飞看那水箭来势并不快，便往左偏偏身子，躲开箭势。没想到在那水箭擦身而过的时候，术士的指尖一转，又喊一声，"打！"那水箭便如同有生命的一般，拐了一个直角的弯，直直地戳进高博飞的胸膛。水箭一扎进人体内，瞬间就化做水滴，消失不见，但那伤口可是真真切切。高博飞受此重创，血水顺着箭孔汩汩地流出来，随即大喷一口鲜血，背后的羽翼黯淡下来，整个人像断线的风筝，一头栽在地上，决计是没命了。这时候地上的龙二吹已经被射成刺猬，米洛还在一边瞠目结舌，虽然还没有箭矢往他身上招呼，但吓也吓得半死了。所有人都在，唯独不见了马羡鱼。

马羡鱼在尸堆中没有找到马六的影子，抬起头来正看见术士箭射高博飞，于是他趁了纷乱的空当，朝最近的灌木丛冲去。有些士兵发现了他的影子，一阵箭雨招呼过去，他却命大，一支都没挨到。也亏得是路熟，马羡鱼一跳进灌木就不见了踪影，士兵们呐喊着追上来，一时间却也看不到他的所在。术士收拾完高博飞，回头就对着米洛说，"知道我为什么留你？"

米洛摇摇头，腿肚子还在哆嗦。

"你是个很不错的商人，摄政王殿下说要见你。"

米洛还是说不出话来，任凭四个士兵过来把他架走，一点反抗都没有。

术士对剩下的兵士挥挥手，"愣着干什么，追啊！"

马羡鱼在林子没命地逃,全然不顾荆棘枝条划破胳膊大腿,不一会儿浑身上下已经伤痕累累。刚才一出敌人的视线,他就往西折去,抄最短的路奔向天河。东澜州已经没有他的活路,但马苇还在,马六也没死,所以他一定要活下去,为了自己的弟妹,不管遇到怎样的艰难,他都要活下去,要不然,谁来照顾他们呢?

天河已经到了。马羡鱼望着波光粼粼的河水,长长地吸了口气,从怀里拿出那只黑色的回魂石耳环,戴在左耳上。既然傻子可以用它破解封印,他马羡鱼也一样可以。这时候他听到身后传来一阵轻轻的掌声,"聪明,聪明,要过河了吗?"

他不用回头,知道是那个术士来了,心里登时一片死灰。

但他又有什么选择呢?

马羡鱼用脚踩了踩河边潮湿的地面,突然发现,这里就是他平时下网子捕鱼的地方,那时候把傻子从河里捞上来,也正是在这片河滩上。他有生以来第一次觉得马六真的是个预言家,他还记得马六看到傻子以后说的话:"神的礼物,都会以神的名义收回。"他想,如果以后还能见到马六的话,一定要对他更好,对他更呵护,再也不要鄙视他的预言。

想到这里,他的嘴角浮起淡淡的微笑,心里默默念了一句:"再见了,澜州。"然后,他便扑通一声跳进水里,奋力向河对岸游去。不管前面有水巨人,身后有水矢,都无所谓了。第一支水矢如期而来,穿破了他的左肩胛骨,很疼,整个左臂都不能再动;第二支水矢接踵而至,穿过了他的胸膛,他大口大口地咳着血,右臂和双腿还在水中划动不停。他渐渐感到身上冰冷,感到意识混沌,他不知道这是封印的作用,还是伤势的原因,他也不知道,他已经游了多远,还剩下多远。他在天河的水中慢慢下沉,他知道他的生命无多,但在最后一丝力气耗尽之前,他不会停止游动,不过,他还是闭上了眼睛,天黑了。

天亮的时候,他不知道自己身处何方,只感到周围很热,感到胸口麻痒痒的疼。他听到耳边有人问,"你是谁?"他没有睁开眼,心里有些恼火。"难道死都这么麻烦?"他没好气地回答,"我怎么知道。"说完以后他发现这是实话,因为他根本不知道自己是谁。这个发现让他很惶恐,也有点暗暗的惬意。他只知道自己因为某种很不愉快的原因,快要死了,但现在似乎又能活过来。周围又有人问:"你的耳环,是你的吗?"

他更没好气了,径直骂道:"笨蛋,我的耳环,当然是我的!"

这时候他听到身边的人发出一阵压抑着的欢呼,"果然是他,果然是他!"

他很烦躁,谁是谁啊,这都是什么事啊?

他睁开眼,挣扎着想坐起身,却发现胸口上方有个光芒四射的白色圆球,轻飘飘的似乎没什么重量,却压得他动弹不得,就在那光芒的照射之下,伤口麻痒痒的,有些疼,又有些说不出的舒服。

他只好偏过头,向说话的人那边看去。

那不是一个人。

他看到黑压压的一片青衣兵士跪倒在他床前,不知道是五百还是一千。为首的一个羽人军官银发灰瞳,看到他睁开双眼,更是满脸喜色,"达兰王子殿下,我们青风团救驾来迟,伤了殿下的身体,个个都是死罪。还望王子伤愈之后,能在首相面前替我们兄弟求情。"

"王子?"

"纹面羽的达兰·克朗·艾格瑞特王子殿下,在我永恒之朝危急关头,不计前嫌,单身涉险回到澜州,与您的子民并肩作战,一同捍卫羽人神圣不可侵犯的森林。您是我们澜州的骄傲,您是我们羽人的骄傲。我们青风团的每一个战士,都愿意为您而死!"那军官说得慷慨激昂,恨不能现在就割了脑袋,放在王子的床前。

床上的王子从别人口中明白了自己的身份,不禁热血沸腾。他挣扎着伸出右手,紧紧握住那军官激动的双手,"澜州,还要靠你们"。

那军官感动得热泪盈眶,回头向身后跪倒的大片兵士们喊道:"你们听见了吗?王子殿下说,澜州还要靠我们!"

士兵们爆发出一阵阵低声的咆哮,这些年轻的羽族男孩心中的热血,就这样轻易地被一个病榻上的男人点燃。

王子也很振奋,脸涨得通红。他轻轻咳嗽了一声,忽然想起一件事来,便向那个军官问道:"我的网子呢?"

九州·公主列传及其他

贲书·公主列传·怀宁公主

怀宁公主苇，懿和皇后螟蛉女，本姓经氏，故纹面羽王室胄也。平威五年，怀澜郡王私返澜州，殁。大将军王狩得其妹，送返天启。武帝始怒，终怜而赦之，封怀澜郡主，明年召入宫为太子伴读。与太子善，懿和皇后亦深爱之，收为义女，封怀宁公主。主性顽劣，多有奇思，尝戏外域使团，纵珍禽异兽归山，帝都震动。言官谤议之，帝但笑曰："生女若此，何以置之？"终不问。永宁元年，下嫁澜州天渺城南怀璧。太子泣曰："生无复得见邪？"主曰："生不得见，期天上可也。"笑辞帝阙，不复通音书。胜武四年，羽夷远遁，南怀璧献降，昭帝使大将军洛忠迎主返，阖城无人知主及怀璧所踪，遍索未得。胜武七年，以衣冠葬北望山。

附：野史一则

正说赍史·怀宁公主轶事

大赍朝历十六帝，皇子公主总数超过三百人，其间只有一位出身与众不同，个性境遇也与寻常帝王子女迥异，她便是武帝义女怀宁公主。帝王子女的出身一般有两种：嫡出与庶出，嫡出即皇后所生，庶出则为嫔妃所生。此外还有一种特殊情况，就是帝王的养子女，例如文帝时，大学士伍君曾为帝幼时伴读，与文帝情谊深厚，清嘉十九年伍君出使北陆，病死他乡，文帝悲痛不已，收伍君幼子为义子，封怀北王。怀宁公主却更为特殊，她不但非帝王亲生女儿，而且并非人族。

早在文帝清嘉年间，澜州羽族爆发了严重的内部冲突，羽人十族中第二大族——纹面羽元气大伤，贵族几乎被屠戮殆尽。纹面羽斯特兰王家仅剩克朗系王子桑德·克朗·艾格瑞特（通用语中艾格瑞特家的姓氏为"经"，所以又称为经桑德）逃出澜州，寻求大赍朝的庇护。出于种种动机，中州人族政权接纳了这位王子，并封其为怀澜郡王，史称"悲愤王"桑德。此后多年间，陆续有许多澜州羽族王权的不同政见者(以纹面羽为主)流亡中州。他们聚拢在桑德周围，逐渐形成了一支实力虽不算强大，却也不容忽视的政治力量。武帝平威五年，在第一次澜州战争的中期，第二代怀澜郡王（思乡王）达兰·克朗·艾格瑞特（经达兰）抱着未知的目的私自潜回澜州并失踪，征澜将军王狩多方搜寻未果，却通过思乡王的线索找到了他流落澜州的堂妹，艾格瑞特王家克朗系的女儿苇·克朗·艾格瑞特（经苇）。经苇被送回天启后，初次朝觐就深得武帝欢心，封为怀澜郡主。

怀澜郡主属于羽人中天赋异禀的体质，可以在一个月中的大多数天内凝翅飞翔。中州羽人群落中本不乏飞翔技能突出者，但他们飞翔的才华受到了贲朝官方的严格限制。大贲朝《刑典》及《睦夷法》规定，羽人的日常飞翔高度不能超过三尺，距离不能超过二十步；超过此限额者须报巡城署署尹批准。幸好这些常年在中州生活的羽人对飞翔的兴趣也很淡薄，所以根据官方记录，在怀澜郡主来到天启之前，引发纠纷并引起巡城署介入的非法飞翔事件，没有超过十件。

遗憾的是，怀澜郡主的到来改变了这一切。当然，这种改变在官方统计数字上是无法得到体现的，因为她的身份很特殊。根据贲朝礼制，确切地说是根据《贲礼·贵族篇》，郡王和郡主属于第二等贵族，在地位上仅次于得到封号的皇子和公主；而前三级贵族的行为是不受《刑典》约束的，也就是说，任何一级执法机构均无法对前三级贵族的行为做出任何形式的制裁。当然，他们也有自己的行为准则《贲礼》，甚至可以说，在《贲礼·行为篇》中对贵族行为的约束比《刑典》对庶民的约束更为严格。但很不幸，《贲礼》中并没有对贵族的飞翔行为做出明文限制，这大概是因为在《贲礼》的制订和修订过程中，完全没有考虑到羽人成为贲朝贵族的可能。所以，怀澜郡主的飞翔行为，完全合礼合法。

但可以确信的是，郡主在扇动翅膀飞翔在天启城南郊的时候，完全没有想到自己的行为与《贲礼》和《刑典》的关系，或许，终其一生她都没有弄明白这二者有什么关系。她只是舞动着雪白的翅膀和雪白的长裙，终日盘旋在南郊的上空。那里有郁郁葱葱的森林和潺潺不绝的溪水，就像她的故乡。某些喜欢寻根问底的历史学者曾经提出过一种观点，说怀澜郡主此时的飞翔技能尚未运用纯熟，所以才需要经常进行飞翔练习。他们最有力的佐证是：根据宫廷库牒记录，怀澜郡主的飞翔行为频发期主要集中在她到天启后的半年之内，此后就逐渐减少。还有一派学者认为，郡主的飞翔行为主要体现了她对故乡的思念。他们最有力论据是：郡主一般只选择在南郊树林的上空飞翔，那里最主要的地貌特征与澜州极为相似。

随着时间的推移，怀澜郡主的飞翔事件在民间的影响力与日俱增，在平威五年的秋冬，它已经成为了整个天启城民间谈论的主要话题。它具备了成为八卦议题的所有关键要素：1. 名人（或豪门）隐私。诚然，怀澜郡主新来中州不久，但已经以她的贵族身份和卓尔不群的行为成为了天启城内家喻户晓的人物；2. 对权威的践踏。在普通民众心中威力无穷的巡城署对郡主的出格行为完全无可奈何，这极大满足了群众的对权威的蔑视和复仇心理；3. 男女问题。虽然没有证据能证明郡主的飞翔之舞是为了献给情郎，或者为了怀念澜州故乡的情郎，但公众更愿意接受的观点是："若不是为爱情，谁会做那种事呢？"

宫廷方面对怀澜郡主的行为始终没有给出明确的意见。有一种说法是，自从思乡王私自逃回澜州并且一去不返以后，朝廷对待澜州流亡纹面贵族的态度就有了一些微妙的改变。比如说，取消了羽人上街必须两人以上结伴的规定，而羽人在夜晚出城也只须有怀澜郡主的手令——从前他们夜晚出城是需要提前一天向巡城署提交申请的。当然了，这一切改变并不见于书面公文。但也有一种说法认为，这种制度上的松弛只是表面的，天启宫廷对纹面逃裔的控制实际上是加强了。内务府中还专门成立了一个名为"从客司"的机构，专门负责纹面羽族事务。据说在怀澜郡主挥舞衣袖翩翩起舞的时候，林子里至少有三十多名贲朝公务人员隐蔽监视，保卫安全。他们主要分属于内务府从客司、天启巡城署、相府近卫以及禁军踏白营，还有个别其他部门的公务人员也曾不定期到场，比如礼部祀祭司——他们认为郡主的舞蹈来自一种祀祭仪式；比如兵部武选司——他们认为考察羽人的飞翔姿态及习惯，对于澜州戍守部队的战备训练是有意义的；还有天启军巡铺，他们是负责救火的——难道他们认为郡主的飞翔行为会引发火灾？

不管怎样，这一切在第二年的春天都结束了。武帝为太子遴选伴读，怀澜郡主居然中选。从此后，她便极少有机会离开宫城；另一种说法是，从此后她就发现了许多更有趣的事情，不再稀罕出来飞行了。关于此次中选，也有很多蹊跷的未解之谜：首先，其时太子十三岁，郡主十九岁，虽然郡主是羽族，看起来要比同龄的人族年幼灵秀许多，但这终究不是一个应该入宫伴读的年龄；其次，太子两岁识字，四岁吟诗，是出了名的神童，大贲朝前所未有的高智商接班人，而郡主虽然已经十九岁，耳聪目明，通用语也说得很流利，却从来没有受过人族的正统教育，如何跟得上课；第三，太子伴读是各家贵族的适龄子弟抢破头的生意，郡主从没打过一天主意却莫名中选，此举未免失了我贲朝皇家的威仪；第四……

不管怎样，怀澜郡主还是作为第一个叩开天启宫廷大门的羽人，载入了大贲朝的史册。

郡主在宫中的第一天是如何度过的，并不见于史端；但第二天是怎样度过的，则早已成为平威年间有名的轶事流传下来。最通行的说法是，她在光天化日之下飞上了后宫玉虹殿的琉璃顶，使用专业工具，把飞檐上镶嵌的五彩水晶珠子一颗颗都掰了下来。那是一个风和日丽的春天的午后，美丽的怀澜郡主衣袂飘飘，曼舞飞扬地飘上玉虹殿五光十色的琉璃顶，从怀里掏出锤子和凿子，卖力地敲下一块块水晶。在殿里午睡的张贵妃被头顶的敲击声惊醒，带着宫女内侍出门查看，路过飞檐底下时还吃了满脸的土。郡主见了贵妃，不但没逃，反而满不在乎地拿出水晶，要分她几颗。张贵妃当场晕厥，吓坏了宫女内侍，急忙传唤太医；反应迟钝的侍卫们终于反应过来,把玉虹殿围得水泄不通,却无人敢妄动。消息传到天子耳中,天子亲临,这才收拾了局面。九阙大明殿上,张贵妃脸色苍白地质问郡主,为何做出这种大逆不道的事来?郡主讶然,说哪里大逆不道了?张贵妃一时气结,结巴了半晌才说,你惊扰了陛下休息。郡主迷糊不解地说,我还以为是惊扰了你的休息。张贵妃又晕了过去。天子问郡主,你可知道那水晶是别人的,不能妄取么?没想到郡主落落大方地答道,知道,事先问过内侍,说这宫里一草一木都是陛下的。天子惊奇地问道,既然知道是寡人的,为何还要妄取?郡主答道,整个国家都是陛下的,整个宫城也都是陛下的,这几颗水晶怎么会放在心上?我若问陛下要,陛下一定会送我。这样的话,干脆自己取就好了。

天子听完,大笑一场。笑完了便说,这个伴读选得不错。天子一笑,众人皆喜。没想到天子接下来说,说得虽好,罚还是要罚的。接下来一个月里,本着损毁哪里就到哪里赎罪的原则,郡主居然被罚到内务府土木营里做了三十天的画工。更令所有人吓掉下巴的是,天子有旨,既然郡主是太子伴读,那么就要不离太子左右,所以太子也跟到土木营里,跟着郡主做了三十天画工。

他们到土木营,可不是赋闲。武帝说了,二人是去做工,一个内侍都不许带。当时土木营正在天启城东修缮重影宫,以备夏天移驾避暑,郡主就穿着土木营的灰土布制服,在重影宫层层叠叠的飞檐斗拱间飞来飞去,向底下等候的太子报告,说哪里的彩漆剥落,哪里的木纹又开裂了。太子捧着纸笔,一字一字地记下来,三天里就记了好大一本,足够土木营的漆匠们忙活一月。郡主喜欢这里的气息。重影宫的每一根柱子,每一个木楔,都来自澜州。当年第一次澜州战争,中州军开了三百里的粮道,修到黄崖城,沿途伐下的每一根巨木都穿过天线峡运回中州,在天启城东搭起这座层层叠叠的重影宫。自此后，这里就成了贲朝天子夏日避暑的离宫。郡主飞翔在重影宫的幽深檐壁间，仿佛回到了幽暗的澜州密林，每一次呼吸都带着故乡的气息。太子跟着郡主玩得兴起，便自告奋勇扛了漆工的梯子，爬上檐壁，自己来做检查的事。到了责罚期的最后几日，太子已经爬得精熟，如猴子一般在檐壁间上蹿下跳，不亦乐乎，最后终于还是摔了下来，断了左臂。

太子断臂，内廷震动，人们纷纷猜测，怀澜郡主这次要在劫难逃。没想到天子下旨，太子不必回宫，继续在重影宫养伤，郡主继续伴读。朝野哗然。内阁七名大学士联名上书，说怀澜郡主性情顽劣，不宜放在太子身边，还是早日逐出宫去为上。天子答曰：儿子是要糙着养的。此话既出，在太子养伤的两个月里，天子果然没有踏足重影宫一步，完全没有理会这个儿子。倒是太子生母懿和皇后心疼儿子，不久就搬到重影宫，照料太子伤势。太子的伤还没有全好，一只胳膊还吊在胸前的时候，已经在重影宫外小演武场里与郡主比赛骑马了。郡主从澜州来，从没骑过马，开始的时候，太子吊着胳膊都能轻易赢她。但郡主毕竟是羽人，身体轻盈，不久就熟悉了骑术，与太子并驾齐驱难分伯仲。那些日子里，皇后就整日坐在演武场外的华盖下，晾着酸梅汤，等两个孩子累得一身汗水回来，躲在伞盖下大口大口地喝。天气已经热了，等天子移驾重影宫的时候，正赶上太子少师称病还乡。天子知道是太子近来玩闹，惹了夫子生气。不过天子也没有挽留，只是给夫子加了爵，封了重赐，礼送回乡。

第二天，天子就在重影宫里下旨，收怀澜郡主为义女，封为怀宁公主。世人猜测，多半是懿和皇后喜欢这个孩子，便力劝天子开了这样的先例，收羽人为义女。

怀宁公主自从进了皇家，似乎行为有所收敛，大半年没有传出过什么奇异的故事。但就这年冬天的末尾,临近新年的时候,她又搞出了大乱子,这一下天启震动,青史留名。

那年冬天原本的最大新闻,是西陆使团的到来。那些西陆人在新年之前毫无征兆地来到中州,以朝拜天子的名义来到天启,就把帐篷扎在城西的平地上。西陆是片神奇的土地,传说中那里才是华族的发祥地,但现在却笼在重重云雾和密林间,极少有人能一窥其面目。不过天启城外的这些西陆人,相貌上却很普通,鼻子眼睛跟中州人毫无二致,只是身上的衣着奇异些,带着自然的气息,散发着青草树叶的香味。真正引起轰动的,其实并不是这些使者,而是使团带来的无数珍禽异兽。

在朝觐天子之后,天子并没有把那些奇异的生物们圈养深宫,而是把它们带进东市,圈在笼子里供市民观赏。那些日子里,东市人山人海,每日都有几万市民争先恐后拥向市坊间,一睹异兽真容。为了维持秩序,不但巡城署全员出动,连禁军金甲营都派出四百武士支援。可就是在这样的情境下,在一个大雪纷飞的夜里,数十只异兽突然间同时挣脱牢笼,散入天启城的大街小巷,给市民生活造成了极大困扰。这些异兽不但样貌奇怪,而且许多都具有匪夷所思的能力,把整个天启搅得天翻地覆。受灾最严重的东市,街道房屋等公共设施受到了极大损坏,城市排水系统和商贸建筑都受到了极大的破坏——当然了,多半不是房倒屋塌,而是一些奇异的后果。由于受到某种异兽排泄物的污染,整个东城的排水沟里弥散着一种强烈的酸腐味道,数日不散。味道最强烈的街区中,居民日常生活已经完全无法继续,不得不暂时迁出躲避。而另一种生物的嘶吼声则对一些居民的听力造成了很恶劣的影响,附近所有使用硬质枕头侧身睡觉的居民都患上了不同程度的耳鸣。最令人发指的一种生物居然会变成每个人心目中最完美的异性模样,造成极大诱惑。

那一夜所有秉烛夜读的书生都见到了自己的梦中情人，个个春心大动，一发而不可收拾，导致来年春试的整体成绩较往年有了较大幅度的滑坡……事件末了还是禁军和秘术营在内廷的直接干预下出动，这才勉强控制住局面。等到收拾残局，一切尘埃落定，已经是来年春天了。出了事的第二天，那些西陆人就消失得无影无踪，据说是捅了娄子畏罪而逃，不过还没等群情激愤爆发反西陆大游行，就有人主动站出来承担罪责。怀宁公主。

公主坦承是自己夜入东市，躲过重重护卫，把这些生物都放了出来，无意间却搅得天启城鸡犬不宁。此论一出，朝野哗然。这样的重罪要是放在庶民身上，杀头都不为过，但是《贲礼》上对此类事件的处罚措施却无据可考，所以内务府踌躇了很久也不知该如何处理，但此事影响委实过大，几十万天启市民都眼睁睁地瞧着；而公主深得天子宠爱也是人所共知，所以事情最后只能拖到天子那里。天子却只说了一句"女儿生成这样，我又能怎么办呢？"便不再解释，只是责令巡城署清查事故损失，做好赔偿抚恤。拖来拖去，民间又生出了无数种传言，猜度事件背后的无数种隐情黑幕。随着时间的流逝，这些流言逐渐发展壮大，每一派都自圆其说，演变成血肉丰满的故事，曲折离奇跌宕起伏引人入胜。最后这起事件本来的意义已经无人关心，它成了大贲朝平威年间民间文学的主要素材，由此衍生出的小说、评书、戏剧数不胜数。严格地说，此事不但引发了后世史学家孜孜不倦的追索研究，更是文学家反复挖掘的宝藏；甚至它在史学界的地位，远远不如在文学界重要。

但我们今天讲述的是历史，所以我们并不去关注其中精彩纷呈的故事细节，而要把目光放在事件的根源和来龙去脉上。

纵观后世种种考据流派，影响力最大的共计四种。

一，阴谋说。一些史学家认为，那些西陆人到来的背后隐藏着不可告人的阴谋。那时候西陆与东陆之间的官方往来已经中断了数百年，这些人突然出现，实在有些蹊跷。而且，我们实在看不出他们的朝觐有什么意义，既不是为了打开商路，又不是为了获取政治上的支持，而且他们带来的那些异兽中有一些所具有的能力实在不可思议，远不是仅供观赏的宠物那么简单。比如说，根据时人笔记，那些动物中有一种生物体积庞大，相貌丑陋，行动迟缓，被放出后整夜间不过走出一条街区，但整条街的居民都陷入了不可思议的沉睡。第二天巡城署清查损失时吓了一大跳，以为所有居民都睡死在梦中，身体冰冷毫无知觉。但军医又说他们还有心跳，命未该绝。巡城署秘术房的明月系术士专门查验过，发现跟魅惑类秘术也毫无关系。最后还是禁军秘术营的术士们来看过之后，发现跟谷玄秘术有某种联系。那些居民似乎都被暂时冰冻，身体并没有损坏，只是凝固了。正在所有人无计可施的时候，第五天头上，所有居民都醒了过来，似乎只是睡了一大觉，身体没有任何异常。还有一种生物，身形小巧如獾，动作灵活神出鬼没，所到之处的所有木制品都长叶开花，居民家里的家具一夜之间都活了过来，在这天寒地冻的时节，它钻过的整整十条街都变成了藤蔓丛生的森林，许多市民发现自己家的门窗都长在一起，牢不可破，至少两百多户人家出不了门。最后还是禁军出动，用斧头在林子里开路，才救出这些市民。发生这些事情后，我们不能不想到，如果这些本来是送给皇帝的生物被圈养在皇宫内，如果一旦脱出掌控，整个王室会发生怎样的劫难，国家的权力中心会陷入怎样的混乱。公主放跑这些生物，虽然给天启城造成了很多混乱，却在无意中破坏了敌人的阴谋，所以天子就宽恕了她的罪责。

但这些人究竟怀着怎样的阴谋呢？他们会在这样的混乱局面中得到怎样的好处呢？这是这派学说无法解释的。

从这派学说中衍生出来的文艺作品有：小说《百兽夜行》，音乐剧《野兽与公主》。

二，代罪说。一些史学家认为，公主挺身而出承担罪责，其实是为了替太子顶罪。根据《武帝谕旨汇编·卷十四》记载，在事发之后三个月内，天子两次下旨加强宫内人员管理，重点是强化太子的每日生活制度。虽然在这次事件之后，整个内廷都在严肃规典，但专门下旨约束太子却非同寻常。而对于怀宁公主却没有一字提及，仿佛这件事已经被全然遗忘。当时就有民间传说，说事发当日太子曾在公主陪同下私自溜出宫外挤在人群中看异兽展览，当晚就发生了纵兽事件。但这种说法在任何官方史料中均无记载。另外，在巡城署和禁军的严密防护下，能以一人之力独自释放所有异兽是不可想象的，即使公主长于飞行，可以从空中突降到营地中央，但她如何才能躲过重重岗哨，神不知鬼不觉地放出所有生物？而单凭"公主"的身份和权威是无法号令巡城署和禁军的，不可能靠"亮出身份"在众目睽睽下做出这样的事来。而太子是皇储，名义上的禁军最高统领，太子的权威在某种程度上甚至超过皇后和太后，仅次于天子。所以如果太子执意要释放这些动物，没有任何人敢于阻拦。这个假说有个必要的前提，即太子是一个爱护动物的环保主义者。在目睹了动物们身遭囚禁的惨状之后，他心中的善良天性被最大限度地激发，所以才胆大包天地做出了这样疯狂的举动。应该说，太子对这些动物的危害毫无认识。

但太子作为一个受到严格礼法教育的皇位继承人，会做出这样出格的举动，实在有些不合常理。而且这派学说对西陆人的动机和下落，也没有给出合理的解释。

从这派学说中衍生出来的文艺作品有：评书《百兽闹天启》，小说《雪夜》，戏剧《打东宫》（主要刻画了事件发生之后皇宫内部的种种纷争。）

三，异界生物说。有些不负责任的史学家认为，那些生物甚至那些西陆人都是异界的生物。他们出于某种原因来到天启，为了不引起人们的怀疑，就扮成西陆人。最后公主出于热爱动物的天性把他们放归自然，结果使其失去控制造成混乱，他们无奈之下只好告别九州大地，回到自己的世界中。这派史学家的理由是：这些生物最后的结局都是凭空消失，且不论那些来去无踪的敏捷型生物，即使是最蠢笨的生物在事件后都消失在了市民的视野中（由此也衍生出所谓的国家机密说，认为那些生物最后都被朝廷控制起来，用于研究生物武器）；而且那些所谓的西陆人消失的时候，营帐里的一切物品都原封未动，锅里的粥还冒着热气，缝了一半的袍子上还插着缝衣针。这种突然消失的情形正是异界旅行的特质，而且异界旅行本来就不能携带许多事物，他们放弃所有装备就有了合理的解释。

这种说法的最大问题在于，"异界旅行"这一概念根本没有得到任何形式上的官方认可。也就是说，基本没有人真正相信"异界"的存在。事实上这派学说最重要的倡导者是平威年间著名史学家兼文学家兼神秘学家马瑞大学士，而本派学说最权威的专著正是他的《平威灵异现象考》。

四，造梦说。有些史学家以及魔术爱好者认为，根本不存在什么异兽和西陆人，天启军民眼前发生的一切都是内务府秘术堂和禁军秘术营联手策划的一场巨型魔术表演，严格地说，是幻术表演，目的是给市民一点新奇的刺激，让大家欢度新年。他们的根据是，在整个事件中，只有很少市民受了轻伤，重伤和致死的一个都没有，而近十年来每年的新年游园会被踩死的人数平均为七点五四九。这次事件着实让市民们兴奋了好久，余波数年不息。而公主站出来承认罪责是这次表演的落幕，因为怀宁公主天马行空的名声早就传遍了天启,是做出这种疯狂举动的最佳人选。而且,在《贲礼》的保护下,她可以名正言顺地避过《刑典》的追究。

这种说法的最大漏洞在于,这样大规模的幻术在九州历史上还从来没人用过,即使集合贲朝所有官方注册的高阶密罗幻术师的力量也不见得能完成。退一万步讲,集合如此规模的秘术力量,做什么不好,非要逗市民开心?这样一支秘术军团出现在澜州前线,足以改变战争的进程。

以此种学说为基础流传后世的文艺作品有:大型舞台魔术《兽之影》,通俗歌曲《天启一夜》等。

当然了,这只是所有学说中最盛行的四种,此外还有地质裂变说、羽人入侵说、动物主人说等等,因为影响不大,在此便不再一一赘述。回到我们这场史学讲座的本题上,继续看我们的怀宁公主。

纵兽事件平息后,公主似乎在天启民众的视野中消失了,整整五年时间再没有传出过任何奇闻轶事。不过这样似乎更增添了她的神秘感,引起了无数种匪夷所思的猜测。人们把天启发生的每一桩神秘事件都算到了她的头上,传说中她三头六臂上天入地无所不能,会在一个个漆黑的夜里穿行于天启城的黑暗街巷中,夜盗明珠或劫富济贫,救助动物修葺道路……有人说纹面羽王家的人都是天上星神的化身,每个人都有通天彻地之能,比如怀宁公主的哥哥"思乡王"经达兰就曾无视禁令一个人远赴澜州,躲过了重重岗哨甚至天险索桥关,最后夜渡天河回到族人中间——若非有大神通,他怎么能做到呢?

但根据知情人士透露,这五年里怀宁公主其实是领武帝之命,完成了一项极其秘密而艰难的使命。有人说,她是回到澜州领导那里的纹面羽地下抵抗运动,但根据公主的性格和政治活动能力,她似乎并不适合这样的使命;还有人说她被派到宛州河络地下王国,担任大贲朝的使者——但让羽人担负这样的职责,是不是有些不像话?还有人说,她是去了西陆追查那些朝觐的西陆人的下落——这就说明那次纵兽事件绝不简单。

不过回头再想,纹面逃裔一直以来都被贲王室牢牢掌握在手中,作为对抗澜州羽族的一张大牌。能把纹面逃裔的首领、艾格瑞特王家的后裔放出天启数年不归,实在是不可想象的事情。

以上种种皆为猜测,没有人真正知道她去了哪里,直到五年后,怀宁公主重新出现在天启民众的面前。

是年二月,太子十八岁,行冠礼。天启城北社稷宗庙之内,文武百官皆华服而立;天子着百龙袍,授三冠。太子已经不是唇红齿白的少年,眉宇间英气逼人,肩膀宽阔身形魁梧。站在对面的大宾是宛州十二城河络的大夫环火山罗奇——没想到只有人族一半身高的河络,在赤金甲的映衬下,会显出山一般的威严。而侍立在天子身侧、手里依次捧着缁布冠、皮弁和爵弁的"赞冠",正是白衣飘飘的怀宁公主。

羽族生命的流逝的确要比人族慢很多,五年的时间并没有在公主身上起到一点点的作用,一颦一笑一举手一投足仍然是旧时模样。文武百官都看到面前一袭白衣无风而舞,羽人公主脸色雪一般的白,几乎能看到皮肤下面淡青色血管里血液的流动,一只暗绿色的木钗闲闲地挽起长发,仿佛随时都会松脱,可从始至终都没有一点点松动。

公主从前并不以美貌称,这次她的样子明明没有任何改变,不知为何,所有人都觉得她突然就变成了仙女般的容颜。五年来太子在深宫里,在演武场上,在禁军营中长成了英武逼人的少年将军,公主也在不为人知的地方悄悄地长大了,从一个可爱而精怪的小女孩长成一笑倾城的绝色女子,而且那动人模样不似太子带着未经阵仗的青涩和跃跃欲试的勇猛，而是带着海阔天空的包容，仿佛走过了万水千山吸取了九州大地的精华灵气才长成这样的卓尔不群的美丽。

冠礼之后，太子正式移居东宫。

其实从某种程度上说，公主的重新出现在民间的影响力远远超过了太子的成年。她又一次轻易地征服了天启市民的心，噢，不，是整个帝国民众的心。很多外地人来到天启游玩，很重要的一个愿望就是能看一眼久负盛名的怀宁公主。但他们都失望了。

当时没有人能想到，公主那次惊为天人的亮相其实是她在中州的倒数第二次露面。她的告别演出接踵而至。

那一年的三月，武帝改元，改平威十一年为永宁元年，其缘由就是澜州停战协定的签署。经过了几十年漫长的拉锯战，战争的双方都精疲力竭——其实在澜州前线，事实上的停战已经持续了许多年，双方除了偶尔派出巡逻队侦察骚扰一番之外，并没有发生什么大的战役。和平终于如双方所愿地到来。大贲朝派出了大规模的和平使团访问青都，传说羽族也将派出使团回访，但久久未至。传说中更激动人心的消息是，七年前从天启逃走的"思乡王"经达兰将担任羽族使团的团长，回到澜州。传说此时他已经代表纹面羽与羽族王室冰释前嫌，和好如初，并且进入了青都秋叶城的权力中心，地位举足轻重。这件事引发了天启纹面逃裔的严重抗议，他们拒绝与秋叶城青羽和解，并且把经达兰当作纹面羽最卑劣的叛徒。但公主似乎没有对此事表示出明确的态度。市民们都翘首等待他们兄妹相见的日子——虽然及不上公主的大众偶像地位，但思乡王作为忧郁王子的形象也曾深深打动过无数少女的芳心——当然，当年被他打动的少女此时多半都是少妇了。

可是相会的一天却始终没有到来。从来没有大规模的羽族使团踏入天启的城门,而天启市民心中完美女性的典范怀宁公主,也终于要告别了。

四月底,贲朝的澜州使团还在返京路上,武帝突然宣布,怀宁公主下嫁澜州羽族天湫城主南怀璧,即日启程赴澜州完婚。此谕一出,天启再次震动。

南怀璧是澜州羽族最富有传奇色彩的名将。要知道,来自于敌方的赞美,是一个将军最高的荣耀。这位南怀璧将军曾在二十多岁的时候一手导演了澜州战争中最大规模的战役——走马山大战,差一点把十五万人族大军全歼在走马山的丘陵间。可是战役的结果是人族惨胜,南怀璧将军在战争进入尾声的时候受了重伤,几乎丢了性命,最后他被送到神木园,连太阳长老都治不好他的伤,最后岁正长老用了秘术把他封在神木园外的年木中,一封就是二十年。在神木的滋养下他的伤势渐渐恢复,但当十二长老启封年木,南怀璧重新睁开双眼的时候,大家发现他的手脚虚弱无力,还不及孩童。重新归来的南怀璧已经拉不开最柔软的角弓,再也无法回到熟悉的战场上了。羽王把澜州最北端的城市天湫送给他,让他世袭天湫城主。一代名将最终远走天涯,安守孤城,恐怕一生再也没有临阵杀敌的机会了。

这次婚姻,在天启市民心中就是两个传奇的相遇。唯一的遗憾是他们舍不得美丽的公主——毫不夸张地说,许多市民认为少了公主,天启的魅力就减少了一半以上。出使归途中的太子听闻此信,孤骑兼程而返,终于在天子送公主出城的时候赶了回来。太子来不及洗去脸上的风尘,忘了放下手里的马鞭,大步赶到御前,拉住公主的手,泪流满面。那泪水滑过太子满是尘土的脸颊,居然留下污浊的痕迹。公主笑意盈盈地擦去他脸上的泪痕,说这么大孩子了,还哭什么?太子悲泣,说难道此生再无缘相见?公主笑着说:"如果此生不能相见，我们就化为星辰，在天上相见吧。"

道别之后，公主从此一去不回，音信皆无。

人羽之间的和平并没有维持太久。八年后，战端重启，澜州再次陷入战火之中。这次战争很快结束了，贲朝大军势如破竹，武帝跃马天河，改其名为销金河。五年后战争结束，羽族残部度过天拓海峡，投奔宁州羽族而去。羽族在澜州最后的城市天渺城被团团围住，城主南怀璧不战而降，随即消失，公主也同时销声匿迹。

当时的贲朝天子已经是昭帝，也就是当年的太子。他专门委派禁军大将洛忠搜寻公主下落，历经数年而无果，最后只能长叹道：还是天上相见吧。

独角兽书系

九州系列
唐缺
《九州·茧语》
《九州·天空城》
潘海天
《九州·铁浮图》
《九州·白雀神龟》
《九州·死者夜谈》
《九州·地火环城》
遥控
《九州·无星之夜》
水泡
《九州·龙之寂》系列
小青
《九州·大端梦华录》系列
塔巴塔巴
《九州·澜州战争》
苏离弦
《九州·浩荡雪》

新九州系列
水泡
《九州·舞叶组》
裴多
《九州·炽血王座》
麟寒
《九州·荆棘之海》系列
荆泽晓
《九州·狂舞》
秋风清
《九州·乱离之域》
因可觅
《九州·月见之章》系列
沉水
《九州·荣耀之旅》系列

◎选题策划 / 邹 禾　◎装帧设计 / 谢颖设计工作室

独角兽奇幻文化公众平台
weibo.com/tianjiankt

重庆出版社天猫旗舰店
cqcbs.tmall.com

九州·澜州战争

WAR IN DARK WOODS